沒有名字的人

迷失之海

NO NAME

THE LOST SEA

FOXFOXBEE——作

目錄

楔子

德國褐宮。

古典巴洛克風格的辦公室，牆上掛著《自由引導人民》的大幅油畫。

一名穿著筆挺軍裝的中年人坐在鍍金雕花的椅子上，全神貫注地打理著辦公桌上潔白的鈴蘭花。

他對金錢和財產只有一個模糊的概念，也許對他來說唯一的奢侈品就是真正的戈布蘭掛毯、古典名畫和精心裝飾的鮮花。

他仔細地修剪掉鈴蘭花的枯枝，手法嫻熟得像一個藝術家。沒有人能想到，他會在不遠的將來，成為背負幾千萬人命的戰爭狂人。

坐在中年人對面的，是一個一臉病容的老年人，正恐懼地畏縮在椅子裡。周圍的一切仿佛要把他吞噬掉，他甚至不敢直視前面那個手捧花盆的人，仿佛那人就是黑暗中藏匿的魔鬼。

老年人身旁站著的年輕軍官從公事包裡拿出兩本書，扔在地上。

一本書叫作《在祕密的納木措》，另一本叫作《黑暗籠罩納木措》。

老年人盯著這兩本書，全身像篩糠一樣發著抖。

「希歐多爾・伊利恩，如果不想讓你的家人遭殃，就趕緊實話實說。」年輕軍官不耐煩地說。

這名叫希歐多爾・伊利恩的老人霎時間臉色蒼白，如果不是椅子兩邊都有扶手，恐怕他這時已經從椅子上摔下來了。

「克勞德爾，你先出去吧。」

鈴蘭花後面的那個中年人終於抬起頭，他摘掉手上的白手套，緩緩地把身體靠在椅背上。

「是，元首陛下。」年輕軍官隨即敬了個軍禮，轉身走出辦公室。剩下的兩人，沉默了很久。

「伊利恩先生，」名為阿道夫的元首率先開了口。「告訴我，您愛您的祖國嗎？您是否深愛著您的同胞？」

伊利恩的身體就像被閃電擊中般劇烈晃動了一下，良久後，他猶豫地點了點頭。

「很好，很好。」阿道夫欣慰地點了點頭。「那麼你告訴我，我們為何而戰？」

「為……為了自由而戰？」

伊利恩在極力回想著大街小巷貼著的新政府傳單。

「您說得對。」阿道夫從鍍金雕花的椅子上站起來，緩緩地向伊利恩。「我們為了自由而戰！我們的民族是一個偉大的民族！我們流著同樣的血液！告訴我，您願意讓它冷卻嗎？」

不知道是受到了阿道夫的鼓舞，還是恐懼的作用，伊利恩的頭搖得像撥浪鼓一樣。
「我知道很多人在背地裡叫我惡魔，但猶太人搶走了我們的尊嚴。」
阿道夫痛心疾首地說。
「即使猶太人消失了，明天英國人還會來，後天那些該死的黑人也會來，我們的民族又該何去何從？如果今天我們不掌握力量，明天就只能在敵人的槍砲下失去自由！
阿道夫俯下身，在伊利恩耳邊輕聲說道：
「只有掌握力量的民族，才能屹立不倒。伊利恩先生，您說對嗎？」
伊利恩閉上眼睛，點了點頭。
「您做得很好，現在我們來說說您的著作。」阿道夫從地上拾起其中一本書——《在祕密的納木措》。
「這本書我拜讀過許多遍，您說您在穿越納木措的時候，見過一個垂直的洞穴——您把石頭向洞穴中扔去，卻久久都聽不見石頭落地的聲音。您說它的深度無法估算，連接著另一個世界——一個更高級的世界，被您稱為『香巴拉地下王國』。很多人都懷疑您沒去過納木措，也認為它只是一本虛構的小說。可在我看來，您才是真正見識過這個世界終極奧祕的人。」阿道夫神祕地笑笑。「您說您進入了那個洞穴，卻因為恐懼逃了出來——您究竟看到了什麼？」
伊利恩痛苦地抱著頭，像是陷入了某段恐怖的回憶，他喃喃自語著：「黑暗……

永無止境的黑暗……它們……在等待……沒人能活著離開……」

「也許在您眼裡的黑暗——」阿道夫挺起胸膛，他的眼睛裡迸發出欣喜和瘋狂。「在我眼裡卻是我們民族的曙光！那個帶你去香巴拉入口的人，叫什麼名字？」

「他沒有名字……」伊利恩目光再次呆滯，抬起頭緩緩地說。「他是神的子孫，只有神有名字……」

阿道夫皺了皺眉頭：「那個神叫什麼名字？」

「清晨的時候它叫蒙，中午的時候叫拉，夕陽的時候叫陶瓦，凌晨的時候叫圖爾古……」伊利恩喃喃自語。「凡人無法知道神真正的名字……」

「克勞德爾——！」阿道夫大叫了一聲，剛才出去的年輕人在幾秒之內打開門跑了進來。

「元首陛下——」

「叫希姆萊過來！我們要找到香巴拉，找到阿格哈塔的入口！」阿道夫大吼著，聲音裡充滿了狂熱。

話音未落，伊利恩不知道哪兒來的勇氣，竟然死死地抓住了阿道夫的手。

「不！別去！不能去……求求你，沒有人能穿過迷宮！」

伊利恩瞪大了眼睛，絕望地看著阿道夫。

阿道夫一把甩開伊利恩的手——他有潔癖，厭惡地看著伊利恩，拿起手套使勁擦著手，不耐煩地對祕書克勞德爾說：「快把這個人給我帶走！」

克勞德爾架起癱在椅子上的伊利恩，往門口走去。

阿道夫走到窗前，冷笑了一聲，自言自語道：「我倒要看看，這個世界上有什麼地方是我的軍隊進不去的……」

納木措。

那是一座雪線之上的廟宇。

納木措的六千七百座廟宇，絕大多數都是依村寨而建，靠近雪線的本身就少之又少，建在雪線之上的寺廟更是寥寥無幾。若不是有熟悉來路之人帶領，任何一個普通人絕對無法找到這裡。

這座寺廟孤獨地隱藏在皚皚白雪之間的懸崖上，遠看就像遺落在哈達上的瑪瑙石。

就在此時，一個年輕的紅袍僧人正站在這座廟門外的雪地裡。

隨著緊促的叩門聲，一個老僧人推開沉重的木門。年輕僧人一個不穩摔進木門，臉上寫滿了焦慮和不安。老僧人似乎早就預知了山下發生的事，他淡淡地轉過頭，眼神平靜如納木措的湖水。

年輕僧人跟著老僧人穿過一排排轉經筒，夕陽的餘暉越過屋簷落在地上的殘雪上，融化了兩串長長的腳印。

主寺大殿空蕩蕩的，並沒有供奉任何佛像，一群面目平靜的老僧人坐在地上，佝僂著身子，身邊擺放著一些骨制的小碗，裡面有七彩的沙。

在大殿正上方，蜷縮著一個很老很老的僧人。

他的皮膚就像風化的枯木一樣乾澀，沒有人能看出他的年齡。他穿著顏色陳舊的僧衣，頭戴通人冠，一手拿著一串不知名的念珠，另一手拿著鈴杵，口中吟唱著生澀難懂的經文，聲音悠揚，在大殿中回蕩。

「上師——」年輕僧人撲通一聲跪在地上。「那些異教徒勾結了一些喇嘛，找到了阿格哈塔的入口，我們的人死了，血流成河……嗚嗚……」

年輕僧人嗚咽著說：「他們帶來了鐵做的車和武器，要用大砲強行炸開香巴拉的入口……他們帶走了經文和法器，鑿毀了神堆……他們很快就要進去了……」

「孩子……你來……」

上師伸出乾枯的手，年輕僧人匍匐著爬過大殿，上師把手放在他的頭頂上。

「你看到的那些人，還不是註定的人。時間還沒到，就算強行進入香巴拉，沒有地圖，只會永遠迷失在地底迷宮中。」

「上師，那迷宮的地圖在哪裡呢？」

上師緩緩抬起手，指著那一群坐在地上的老僧人。他們中間，是一幅就快完成的曼荼羅沙畫。

曼荼羅，又稱壇城，由圓形包裹方形，象徵著宇宙。沙畫的四角各有門，門口有梯，則象徵著四個入口通向外部世界。

老僧人們身邊的古碗裝著不同顏色的沙子，每一種顏色的沙子都是用手工磨製的特殊石頭所做成：紅色的是瑪瑙，黃色的是黃金，白色的是珍珠，藍色的是青金石，黑色的是炭灰，綠色的是綠松石……總共分為七種顏色。他們用細勺舀出彩色的沙子，填充著曼荼羅中間最後的圖案。

年輕僧人仔細地看著地上的沙畫，這些僧人描繪的曼荼羅和他平日看到的有所不同。圓形世界的四個入口後面，竟然是一個七重七層七障，看似無窮無盡的迷宮。而居於曼荼羅迷宮中間的，是一扇緊閉著的大門，上面畫著一朵金色的蓮花。

「這……這就是地圖？」年輕僧人低呼。上師搖了搖頭。

「孩子，這只是地圖的一部分。」上師緩緩地開口。「這是時輪曼荼羅，是香巴拉的平面圖，是神的地下之國……也是我們來的地方……」

「那……另一部分地圖在哪裡？」年輕僧人喃喃地問。

「看到曼荼羅周圍的四個入口了嗎？」上師說。「那是香巴拉的四個入口，千萬年之前，我們黃色的先知，帶著時輪曼荼羅，從其中一個入口來到這裡，從此守護著這個入口……而地圖的另一部分，則由紅色的先知保管，他們從另一個入口出去，在世界另一邊的土地上，守護著迷宮的祕密……

從此我們日月顛倒，他們的太陽是我們的月亮，我們的黑夜是他們的白天——從此我們不分晝夜地用心靈的力量，清淨這個渾濁的時代……」上師昂起頭，顫抖地說。

年輕僧人並沒有關注上師的偈語，而是一言不發地盯著地上的沙畫。製作壇城的老僧們，沒有在地上繪製草稿，而是像畫過千萬次一樣一氣呵成，就像將自己腦中爛熟的世界觀默寫出來一樣。

最後一瓣蓮花花瓣完成了。

年輕僧人看著看著就入了定，這是他有生以來看過的最華麗宏偉的曼荼羅沙畫。

下一秒，一名老僧人站起來，打開原本關著的大殿的門。

「不——」年輕僧人大叫了一聲。

外面的狂風夾著雪花吹進來，他的聲音瞬間淹沒在風聲之中，地上的曼荼羅沙畫頃刻被吹得一乾二淨，化為烏有。

「生命本是從無到無，無色無相，萬法皆空。」

上師的鈴杵，在他手中響起。

「一切繁華，不過一捧細沙。金錢、權力、地位，到頭來都是虛妄，你還不明白嗎？回去告訴派你來的人吧，香巴拉並不是稱霸世界的工具，他們沒有資格進入神的世界。」上師淡淡地說。

年輕僧人如五雷轟頂，腳一軟趴倒在上師面前，額頭一下下撞在地上，沒兩下就頭破血流。

「尊貴的上師，原諒我的冒犯，我對他們說了，香巴拉只是虛妄的傳說而已，可他們不信。他們……那些軍人許諾我，若能把萬字旗插在阿格哈塔的土地上，我的弟弟就能成為下一任的住持……」

「罷了……」上師搖了搖頭。「當你為了金錢和權力出賣靈魂的時候，你已經不能再留下了。納木措已經沒有一寸土地容得下你。」

「我不能空手回去！如果我沒帶去他們想要的，他們就會到這裡來，不會放過您的……」

「我活得夠久了……」

上師閉上了眼睛。

「我已經很累了，不想再等到預言實現的那一天了……」

與此同時，大殿中的老僧人們就像得到了上師的默許，紛紛盤膝而坐，緊閉雙目，嘴裡念著往生咒。

「當鐵鳥在空中飛翔，當鐵馬在地上奔馳，就是末法時代的到來；突厥人將會流離失所，圖爾古的子孫將會到達紅人的土地，他們將再次回到神的國度……」上師重複著千年前曾有的預言，和老僧人們在大殿中坐化了。

只剩下那個流著淚的年輕僧人，跪在地上久久不起。夕陽的最後一絲餘暉，消失在雪線下。

第一章　奇葩社團

「今天的作業仍舊關於美國的南北戰爭，以『自由對黑人奴隸意味著什麼』為題目，寫一篇五頁的論文……大家下禮拜見。」

隨著下課鈴響，我從飛行模式切換到日常省電模式。

半年前到美國，一下飛機，我就馬不停蹄地跑去了腦科醫院。

舒月說得沒錯，媽媽看起來氣色好多了，身體的各種數據也恢復得七七八八，偶爾會迷迷糊糊地說話。

醫生說，腦功能的恢復還要大半年，至於能不能完全康復，就要看她的意志了。

為了方便去看老媽，舒月給我聯繫了一所私立高中，在離亞特蘭大市中心不遠的小鎮上。週末坐兩個小時的公車就能到醫院。

我們在小鎮上租了棟房子，竟然和國內的價格差不多，唯一的缺點就是小鎮子畢竟不如大城市，一到晚上七八點，路上連鬼影都沒一個。

開始我還埋怨舒月找的地方太偏，後來發現電影裡的高樓大廈都只是我們一廂情願的想像而已。美國除了大城市那幾個固定景點之外，其他的地方就是赤裸裸的大農村，好多美國人一輩子連卡拉ＯＫ是什麼都不知道。

有時候想想，大中國三線城市的「殺馬特家族」都比這裡的潮流人士前衛。

沒有燒餅，沒有烤羊肉串兒，沒有珍珠奶茶，更沒有沙縣小吃，對我這種吃貨來說，這才是最煎熬的。

方圓百裡唯一的中餐館是個黑大哥開的，只賣兩種享譽美國的中國著名食品：左宗棠雞和芝麻牛肉。

根據我幾個月來的觀察，左宗棠雞跟左宗棠半毛錢關係都沒有，芝麻牛肉裡也沒芝麻。

舒月給我買了一輛自行車、一部手機和一臺電腦。安頓好後，她就毫無徵兆地在某一天早上消失了。沒有一點點防備。

我根據梳妝檯上同時消失的四、五十件護膚品推斷，她應該是自己走的，不是被人綁架。

舒月沒告訴我她去了哪裡，也沒說什麼時候回來，只在桌上留了一張字條。駱川：4703887689。

駱川就是之前跟她視訊的那個吳彥祖風格的帥哥。

言下之意，就是書還是要讀，課還是要上，遇到問題了就找她的備胎解決。幸好美國的高中不像中國一樣壓力巨大，只要每天準時出現在學校還是能瞎混下去的。尤其是數學，史前碰到的最難題目無非就是原來國內初二代數水準，老師還很擔心大家做不出來，給每個人發了個計算機。

語文課和歷史課只要不讓我當場回答，回家查查字典也能湊出一篇狗屁不通的論文。幸好老師對我的語言能力有心理預期，被我唬弄一下也就讓我通過了。最難的還是社交。

半年裡，無論是誰，跟我說什麼，我都在靠三句話活著：

「酷！」

「棒極了！」

「太有趣了！」

翻譯成中文都等於一個字——「哦」。

當然也沒有人care（在乎）我在想啥，我在幹麼。

所以，我一個人自自由由的也挺好，早上在學校，晚上回家寫寫作業看看漫畫，日子就過去了。

可是，今天無論如何也逃避不了跟別人社交了。我撓撓頭，向窗外看去。

外面人山人海，一個個小檔口密密麻麻地擠在操場上。沒錯，今天是報名社團的日子。

小鎮高中有一個特別奇葩的規矩，社團活動是必修課之一，算一門學分。

我記得類似經歷是小學時參加的第二課堂興趣組，內容基本上就是織織毛衣、做做手工，主要目的是騙小孩錢。一旦期末臨近，第二課堂形同虛設，全被語數英老師霸占成模擬考試。

相比之下，美國學校的社團真是五花八門，什麼名目的社團都有。我跟在人群後面晃晃悠悠地往操場走去。

第一輪被我淘汰的就是合唱團，別說唱歌了，我講話都講不流利，除非有人喜歡聽帶南粵地區海鮮味兒的碧昂絲歌曲。Pass（淘汰）。

棒球社、橄欖球社和瑜伽社我也快速略過了，國內的十年寒窗苦讀已經讓我成了中級運動殘障，身體素質跟五、六十歲的老太太沒啥區別，何必自己給自己找虐呢。Pass。

隨即篩掉的是各種社工社團，主要就是幫貧困人士蓋蓋房子、做做慈善什麼的。我不是不想樂於助人，只不過我天生手殘，我怕蓋出的房子把人砸死。Pass。

我的真愛是美食社和電影社，但這兩個社團都以同樣理由把我淘汰了。

「對不起，只有平均成績在4.0（滿分5.0）以上的同學，才能成為社團的候選人。」

好吧，我實在想不出來，吃吃看看和成績好不好有啥必然關係。

轉眼就到了四點半。要是五點收攤前還沒找到合適的，留給我的唯一選擇就是亞洲傳統文化社了。

說得好聽點是亞洲傳統文化社，難聽點就是一群老外穿著旗袍或和服耍功夫，為了一句「狗改不了吃屎」的俚語做四、五百字注釋的無聊組織，但凡黃種人來者不拒。

想到這兒，我歎了口氣。

我沒什麼朋友，更不想參加什麼社團，我寧願回家待著。

突然，我聽到一個低沉的聲音：「孤單……沒有朋友，妳現在想立刻回家吧？」

我渾身一顫。

「別問我怎麼知道的，這個世界上有些人，能毫不費力地讀出妳的思想……他們的外表和妳一樣，卻有妳沒有的特殊能力……」

我的心狂跳起來。

腦海裡閃現的第一個名字——四十三。他又復活了嗎？

難道他還有同伴？

「他們就藏在這裡，在我們中間……」我深吸了一口氣，慢慢轉過身去。然後，我看到了一個胖子。

他正汗流浹背地坐在一張桌子前，灌了一大口可樂，他對面坐著的是一個女生。

我走了過去：「你……你剛剛說什麼？」

「這位同學，原來妳也對特異功能感興趣啊？請坐請坐！」胖子立刻從後面拿出一個椅子，同時塞給我一張傳單：

××高中特異功能社團，專注穿牆術及其日常使用

其他培訓項目包括：人體自燃、憑空消失、讀心術、靈魂出竅等社團主席：達爾文‧陳

……

「這位同學，我還沒說完呢，這些人就在我們中間，無處不在——但他們掌握的特異功能，普通人也可以通過後天的練習達到，這就是我們社團的偉大目標……」

坐在他面前的女生一頭黑髮，看起來應該是亞洲人。她的尷尬都寫在臉上了，下意識地一直點頭：「呀……好厲害……」

原來是個日本女孩，我終於明白為什麼她能聽那胖子瞎白話這麼久了。真實的日本女孩都是非常有禮貌的，她們幾乎不會在別人沒說完話之前打斷或離開。她們的三大口頭禪包括：

「好可愛啊！」

「好厲害啊！」

「好好吃啊！」

翻譯成中文都等於一個字——「哦」。

眼前這個日本女孩，我打包票她在十分鐘之前就想走了，一直憋著沒走，真的只是因為教養好而已。

「你會讀心術？」我問胖子。

「讀心術我倒是不會——」胖子還沒說完，我站起來就要走。

「這位同學！請等一下！」胖子一看我要走就急了。「雖然不會讀心術，但我真的有特異功能！」

「哦？」我轉過身看著他。「那你會啥？」

「等一會兒妳就知道了……」胖子神祕地對我笑了笑。「先回來坐……」

「兩位女同學怎麼稱呼？」胖子一邊問，一邊從桌子底下掏出了兩瓶冰可樂，他先把一瓶塞到日本女孩手裡。

女孩的臉一下紅了，這下她更不好意思走了。

「Sa……Sayaka……」

原來日本女孩叫沙耶加，和我一樣都是十一年級生。

「哎呀，妳是第一個對我們協會感興趣的日本人！」

沙耶加非常尷尬地笑了笑。

「那妳怎麼稱呼？」胖子轉頭問我，把另一瓶可樂遞給我。「正黃鑲白旗瓜爾佳氏容嬤嬤。」我翻了個白眼接過可樂。「%& ＊%￥……麼麼？」胖子的舌頭都繞不回來了。

「嗯，我的名字比較長。」

才不要告訴你我的名字，當我傻啊，被你認識多丟人呀。我心裡想。

「正式介紹一下，我叫 Dick Pound（迪克・龐德），是特異功能社團的心靈導師……」胖子摸著心口自豪地說。

「噗。」

「噗。」

沙耶加臉一紅，和我同時露出了匪夷所思的謎之微笑。在英文裡，Dick 是「雞雞」的意思，**Pound** 是搗爛的意思。不知道別人叫他的時候，他的下體會不會跟著痛。

胖子沒理我們，而是在旁邊的筆記型電腦裡輸著什麼。過了一會兒，他大功告成地出了一口氣：「好啦，兩位的名字我已經登記在學校社團檔案裡了，恭喜兩位正式成為我們的社員。」

我和沙耶加同時瞪大了眼睛：誰說我們坐下喝瓶可樂就要入社團了？幸好我說的是假名，無所謂。想到這裡，我站起來就要走。

「Wang Wangwang 同學，妳的名字也登記了喲，如果退出社團會影響年度考核和信譽的喲。」迪克一臉賊笑地看著我倆。「我們學校沒多少亞洲人，在花名冊裡找到妳的頭像不難喲。」

還沒等我的眼睛裡噴出火，迪克趕緊一臉討好地說：「本社團不用績效考核，不用擂臺比賽，不用寫報告。每次聚會，披薩飲料沙拉熱狗吃到飽。夏季每月兩次泳池派對，冬季每月一次滑雪，學期末免費參加社團旅遊。」

聽起來還是有點吸引力的。

我看了看沙耶加，她也看了看我。

「不要走，我們今年再招不到人，社團就要解散了……」迪克使勁擠著眼睛，一臉悲傷。

我歎了口氣，和沙耶加又坐了下來。誰知道屁股還沒坐熱，迪克又把我們震了個跟斗：「既然大家聊得這麼開心，那就先把社團年費交了吧，女生打五折，一人兩百八十美元。」

還要交年費？

不是說沒人加入快要倒閉了嗎？你怎麼還敢要年費！

「兩百八十？隔壁美食社才一百五！」

「這位同學，科學是無價的！」

我從書包裡掏出零錢包，扔了一張十塊在桌上：「就這麼多錢了，兩個人。」迪克想都不想就把錢收下了，又從桌子底下掏出兩袋洋芋片遞給我和沙耶加。「你們這種偽科學還能成立社團？」我咬著洋芋片，一臉鄙夷地問道。

「這位同學，妳這樣說就不對了。」迪克指了指旁邊攤位一個身穿白袍、手拿《聖經》、頭戴光環的學生說。「基督教都能成立社團，為什麼特異功能不行？」

「迪克的老爸是這個學校的榮譽董事，他想幹麼都行。」一個戴著黑框眼鏡的亞洲男生從後面走過來打斷了我們，一屁股坐在迪克邊上。

他瞅了我和沙耶加一眼，哼了一聲，問：「中國人？」沙耶加沒反應。

「呃，嗯……」我不自覺地點了點頭。

「我叫陳毅，你可以叫我達爾文。」他用標準的普通話對我說。原來，他才是主席。

「準備好了嗎？」迪克問達爾文，達爾文點了點頭。

迪克突然從書包裡拿出了一個大喇叭，刺耳的聲音差點把我和沙耶加震翻在地上：「女士們、先生們！為了歡迎我們特異功能社團的新成員，我，迪克．龐德，決定今天放學後，在大禮堂向大家展示我的特異功能！」

操場上的所有人都朝我們看過來。我覺得我像個弱智。

不得不說，迪克吼這一嗓子還是有點效果的，大禮堂來了七、八十人，大多數是低年級生。

迪克朝舞臺一側的兩張椅子指了指：「新成員要坐到那裡去。」說完就跑進後臺了。

沙耶加從坐到舞臺上開始臉就漲得通紅。日本女孩其實不像漫畫裡那麼開朗，她們日常極其拘謹，一般都屬於慢熱型的。現在，迪克讓她坐到舞臺上，面對這麼多人，這跟要了她的命沒兩樣。

「沙耶加，妳一直都在這個學校讀書嗎？」我想幫她放鬆一下情緒，沒話找話說。

「我是去年秋天九月六日入學的。」沙耶加馬上一本正經地回答我的問題。

「……」

「……」

我也不知道該說什麼好，兩人又陷入了尷尬的沉默中。

「那你喜歡吃日本料理嗎？」我又憋出一個問題。

我真是個傻子，這不就跟問一個中國人愛不愛吃飯同樣道理嗎？

「……嗯。」

「那妳都喜歡吃什麼呢？壽司嗎？生魚片嗎？拉麵嗎？」我在內心對自己翻著白眼，在傻瓜的路上越走越遠。

「……嗯。」

好吧，我已經把我畢生積累的日文單詞全說出來了。Sushi，Sashimi，Ramen，都是我愛吃的。

唯一剩下的詞就是「雅咩蝶」了。

「……汪桑，妳是中國人？」沙耶加猶豫了半天，問我。

「是啊，難道我長得像日本人？」

「我很喜歡中國文化……」沙耶加突然用中文跟我來了這麼一句。雖然她的發音不標準，但我還是震驚了：「妳怎麼會講中文？」

「對不起，我初中開始上中文補習班，還有西班牙文和拉丁文補習班……」沙耶加臉又紅了。「週末會去市區上音樂課和繪畫課……」

「學霸啊！」我又一次震驚了。「那妳每天得學到幾點啊？」

「嗯，我一般淩晨兩點才睡覺……我的志願是考上哈佛大學……」沙耶加小聲說。

要申請常春藤（美國一流名校統稱），除了日常的在校成績，特長都是加分項。

「沙耶加，妳太厲害了。」我由衷地感歎道。「要是讓我每天這樣學，我早就累死了！」

「對不起……」沙耶加立刻不好意思地把手捂在臉上。
「各位朋友！歡迎來到特異功能協會的主場！」
禮堂一下暗下來，一束聚光燈打在迪克身上。他竟然換了一身中國的道袍，頭上戴了頂和尚帽，出現在舞臺中央。
「一切特異功能都有一種神祕力量在背後起作用，這種力量來自浩瀚的宇宙，在地球上存在了億萬年。今天，我會和大家一起見證人類的奇跡！」
難道這小子真的有特異功能？我咽了一口口水。
沙耶加有點害怕地朝我這邊靠了靠，無意識地攥緊冒汗的手。
「各位請看我手裡的撲克牌，」迪克拿出一張紅桃K。「當我發動特異功能——」
迪克闔上手一頓猛搓，再攤開手，紅桃K變成了黑桃K。
「當人類掌握了宇宙的奧祕，」他隨即又掏出一個橘子。「就能釋放能量操控外界事物，包括用意念使物體移動——」
迪克手裡的橘子緩緩離開了他的手，懸浮在空中。
「使物體從我們的空間消失……」迪克話音未落，橘子驟然消失在空氣裡。「好厲害！」沙耶加難以置信地瞪大了眼睛。
「這種能力，並不是永遠沒辦法攀登的高峰，通過日常練習，就能夠——」迪克在眾目睽睽下，從舞臺中升了起來。「擺脫地球自身的引力，成為更高級的生物……」

「匡啷。」

我聽到一聲巨響，腳底下的地板震了一下。迪克仰面朝天地跌到地上。

「你們知不知道在這裡吊鋼絲很危險的？」教導主任從後臺冒出來。「我就知道你今年又會跑進來，才特意來看看——去年你假裝『萬磁王』，還嫌被電得不夠慘？」迪克揉了揉屁股站起來，他的屁股下面除了一堆撲克牌，還有一個被壓扁的橘子。

臺下所有人的表情像吃了屎一樣，看著我們三個人。我的形象啊，再見了。我的智商啊，再見了。

我在夕陽下奔跑的青春啊，再見了。各位同學！我真的不是神經病！現在假裝自己在夢遊還來得及嗎？能不能偽裝成我是自己的雙胞胎妹妹？有沒有地縫可以鑽進去？

什麼自殺方法最快？

如果人生能夠重來，我寧願選擇死……也不會進什麼鬼社團！我還是個純潔的孩子啊——！

「趁你爸爸還沒發現之前，快回家吧。」教導主任歎了口氣。

臺下幾十人像躲瘟疫一樣，以迅雷不及掩耳的速度離開了禮堂，剩下的幾個人都是前排還沉浸在驚嚇中沒反應過來的。

傻瓜真的會傳染啊，我閉上了眼睛。

「沙耶加，這只是我們為了招募社員的權宜之計，相信假以時日我們一定能練成超能力的……妳不會拋棄我們吧？」在我抬頭的時候，迪克拉著沙耶加的手真誠地說。

「呃，不會……」

我對日本女生是很服氣的，在這種情況下換成我，早就一個拳頭掄過去了。

「我智商有限，搆不到貴社的認知門檻，今天天氣不錯，我有急事先走了。」我頭也不回往外走。

「旺旺同學，妳等一下啊，現在走了會費不退的！」

「十塊錢就當我為這個社會的弱勢群體做貢獻了，不用找。」

「現在退社團會扣學分的——」

「我明天退學，拜拜。」

「再等等——」

「有空還是去大醫院看看，保重。」

「再給我一次機會！我真的有特異功能！一次！」迪克跑到我面前豎起一根手指。

「求求你放過我。」

我都快給他跪下了。

「迪克，今年橫豎是招不滿了。」達爾文·陳從後臺走出來，懶懶地說。「走吧。」

「我不走。」

看來這胖子也是個倔脾氣。

「汪桑……要不再讓迪克試試吧。要是這次沒有成功，我就跟妳一起走……」沙耶加一臉請求地看著我。

我歎了口氣：「你還有什麼本事？快使出來。」

「我會隱身術。」

胖子坐在舞臺上面，眉頭擰成了一個「川」字形，也不知道他是熱的還是因為意識太集中而汗流浹背。

臺下，坐著我和沙耶加以及幾個心理承受能力巨大的吃瓜群眾。時間一秒一秒過去了，一分鐘，十分鐘……

半小時後，吃瓜群眾也全走了。

我應該好好地檢討一下自己，too young too naive（太年輕太天真了）。腦子是個好東西，真希望每個人都有一個，這樣世界會更加美好。

我拉起沙耶加：「女人的青春很有限的，別浪費時間了。」沙耶加點點頭，跟我走出禮堂。

「同學，不要自暴自棄，你們還是有機會得到救贖的。」

那個穿著白袍、拿著《聖經》的哥們兒看到我們一出來，立刻湊上來。

「同學，還是加入我們電腦小組吧，C語言、B語言和P語言在未來世界都比英語好用——」另一個哥們兒拿著傳單向我倆撲過來。「女生額外享受Windows 2000

免費升級和防火牆維護……」

「Interesting（有趣）。」

在這個時刻，我連白眼都懶得翻了。

「妳倆……不會真的進那個超能力社團了吧？」基督教社團的哥們兒像看智障一樣看著我倆。「迪克要不是因為老爸是校董，早就被開了，只要智商高於室溫的人都能看出他是傻蛋。」

「我每次看到迪克，都以為自己在動物園——聽說去年他用他的『超能力』跟持槍匪徒幹架，結果屁股上挨了一槍，在醫院躺了半個月……」電腦小組的哥們兒也湊上來吐槽。「他們社團今年連五個人都招不滿，只是出來刷刷存在感而已……」

「用超能力跟持槍匪徒幹架？」我疑惑地問。「為什麼？」

「去年有個低年級生，在學校外面被人打劫了，對方吸粉兒吸過量了，還拿著槍——沒人敢過去，迪克非說自己有超能力，子彈打不穿，要做英雄去救人——」電腦小哥哼了一聲。「結果成了阿甘，說起來，他們的智商也確實比較接近。」

「難道看到自己的同學被人拿槍指著頭，你們都不幫忙？」

「我們會報警，以及為他祈禱……」基督教哥們兒在胸口畫了個十字。

不知道為什麼，我突然對迪克有了一絲好感，下意識地轉過頭往禮堂裡看了一眼——

迪克還滿頭大汗地坐在舞臺上。

唉，要是他不那麼傻，或許我們還是可以成為朋友的。我正這麼想著，迪克突然消失了。

一瞬間。

我使勁眨了眨眼睛。

他還坐在舞臺上，臺下空無一人。我剛剛眼花了？

「你看到了嗎？」沙耶加睜大眼睛看著我。

「妳也看到了？」

我和沙耶加四目相對。

「感謝主，你們終於感覺到了神的召喚——」基督教小哥還沒說完，我就拉著沙耶加跑回禮堂。

「迪克消失了將近半秒鐘……」

沙耶加跟在我後面輕聲說。

第二章　微能力者

「我是不是成功了？」迪克使勁擦了一把汗，站了起來。

「你……剛剛好像消失了將近半秒……」

沙耶加話還沒說完，迪克就跳起來一聲高呼：「哈！成功了！我就說了我有超能力！」

迪克一臉興奮，轉頭問坐在臺下擺弄攝影機的達爾文：「錄下來沒？錄下來沒？」

「記憶卡好像滿了……」達爾文皺著眉頭說。「剛才沒錄進去……」

「啊！不會吧……」迪克頓時滿臉沮喪，像死豬一樣癱在地上。

「不會這麼巧吧？」我也替迪克有點不甘心，趕緊跑過去，看到達爾文似乎迅速地在攝影機上執行著什麼操作。

他正在抹去最後一條影片！為什麼啊！

這不就是迪克有超能力的證據嗎？如果這條影片發到臉書上，還愁沒有人加入社團嗎？

「你……」我剛想阻止，達爾文一把捏住我的手，意味深長地看了我一眼。他用非常輕微的動作對我搖了搖頭，壓低聲音用中文跟我說：「別說話。」

「你幹什麼？為什麼要刪掉？」我用中文不解地問。
達爾文沒有回答我，而是轉頭看向另一邊。
迪克聽不懂中文，還躺在舞臺上哼哼唧唧地抱怨著。
沙耶加偷偷地看了我一眼。我朝沙耶加聳了聳肩，意思是我也不明白。
達爾文收起了攝影機，走到迪克旁邊，拍了拍他的肩膀說：「哥們兒，雖然攝影機沒拍下來，但她們倆都看到了，我們都相信你。」
「好吧——I am just fine……你懂的，就是有點小遺憾……」迪克歎了口氣。「可是這麼一來，我們無論如何都湊不齊五個人了，今年的特異功能社團又開不起來了……」
我這才想起來，學校規定新社團的最低人數是五人。我、沙耶加、迪克和達爾文，加起來只有四個人。
迪克默默地摘掉了頭上的和尚帽，從褲兜裡掏出十塊錢：「會費還給妳們……」
一時間我也不知道該說什麼好，猶豫了半天，拍了拍迪克的肩膀：「下次別再搞那些騙人的把戲了，好好練習你的隱身術，我們明年還來參加。」
迪克憋出了一個比哭還難看的微笑。
「請問……我能不能參加……」空曠的禮堂裡，一個怯生生的女聲從角落裡傳來。
我在心裡反應了五秒，才聽懂對方說什麼。
坐在角落裡的是一個特別瘦的小個子女生，不得不說，她實在太不起眼了。不知道是因為緊張還是其他什麼原因，她前後晃動著身體，顯得極不自然。她穿著一件大號灰色T恤，用皮帶紮進藍色短褲裡，幾乎完美地融進禮堂的灰藍色椅子裡。如果不是她說了一句話，我就算再看兩圈也找不到她。

紅髮白皮膚，一臉小雀斑，綠色的眼睛閃爍不定地往地上看，好像說出剛才那句話已經用完了她所有的勇氣。

最突兀的是她剪了一個和男孩一樣的短髮。如果不是因為她的聲音，我百分百以為她是男生。

「OH——老天保佑祖先顯靈阿彌陀佛！」

迪克像打了雞血一樣從舞臺上彈起來，我還沒反應過來，迪克就搶過了我手裡的十塊錢跑到「T恤」旁邊，從口袋裡掏出一張皺皺巴巴的紙：「社團費用兩百八十美元，在這裡簽個名字，你就是我們的人啦！我叫迪克・龐德！」

「我，我，我沒有錢……」「T恤」連正眼都不敢瞧迪克，一直盯著地面。

「嗨，我是社團主席，你可以叫我達爾文。」

達爾文顯然沒想到還有人會加入社團，他兩三步攔在迪克前面，有點不客氣地說：「其實我們社團只招十年級以上的人，妳幾年級？」

我算是看出來了，達爾文的種種表現，都表明他其實根本不想成立社團。

既然不想成立社團，為什麼要做社團主席呢？我和沙耶加疑惑地對視了一眼。

眼前這個「T恤」，站起來還沒有我高，要知道我以前在中國都算矮的了。橫看豎看，她最多也就十三、四歲。

可能是感覺到了來自達爾文的惡意。「T恤」的結巴更嚴重了：「十，十，十一年級……」「T恤」又指了指我。「同班……」

啊？我怎麼完全不知道我們班有這麼個人？難道她也會隱身術？

達爾文轉過臉看著我似乎在求證。

「呃，似乎可能也許大概……見過。」看著「T恤」，我一臉茫然，使勁撓了撓頭。「同學，妳千萬別介意，其實我從小就有臉盲症，醫生說多吃點藥還是有機會治癒的……」

「同學，錢不在多，意思意思，少出錢多出力也行——」迪克一邊攤開手，一邊扒開擋在前面的達爾文。

「T恤」猶豫了半天，從口袋裡摸出幾個硬幣。

「歡迎你！」迪克一把把硬幣搶過去，不知道從哪裡掏出來一罐可樂遞給「T恤」。

「你剛才不是說科學是無價的嗎？把我的十塊還給我！」我感覺智商受到侮辱，衝過去掏迪克的口袋。

「旺旺同學，大家都是斯文人嘛，就算妳很崇拜人家，也不能這樣摸人家呀——」迪克騷了吧唧地朝我眨眨眼睛。「妳的錢，我放在小褲褲裡了。」

「不會吧！」我立刻彈開兩公尺遠，一口老血差點沒噴出來。「十塊錢不夠你治病吧，要不要這麼拚！」

「你叫……Mabinda？」胖子看著「T恤」寫在紙上歪歪扭扭的字。

「美年達（Marinda）……」「T恤」不好意思地說。

原來英語爛的不止我一個。

「歡迎加入！M！從今天開始，特異功能社團成立啦！以後逢週一、三晚上聚會，週六校外活動！這是我和達爾文制訂的排程──」

迪克從道袍裡摸出一張卡片，我湊上去看了一眼。

特異功能起源與分析，團隊合作培訓，冥想與初級特異功能練習，心得分享大會，大霧山校外考察……

看起來竟然還挺有幾分條理，莫名有點小期待呢。從禮堂走出來，天已經快黑了，竟然下起了大雨。

「實在抱歉，我要先走了。」沙耶加又鞠了一個日本式的躬。「我還要去補習班……」

美國的高中生，十六歲就會開始陸陸續續買車，倒不是說美國家庭都有錢，而是地廣人稀，沒車幾乎寸步難行。

除非家裡特有錢的，高中生的第一輛車一般都是二手車，價格從五百美元到幾千美元不等，買車在美國小孩看來就像成人禮一樣，有了車就代表有了自由。從此，爸媽就不管接送了。

沙耶加開著她一九九四年的二手日產搖搖晃晃地出了校門。

「妳們倆怎麼走？」達爾文問我和M。

我瞅了瞅雨裡被打濕的自行車。

「走路……」M晃著頭小聲說。

「我送你們！」迪克拍了拍胸口，得意地指了指停車場剩下唯一的車——嶄新的騷紅色二〇〇一道奇。

校董兒子果然是喝優酪乳不舔蓋的・終極・豪・二代。

達爾文把我的自行車扔進迪克車後車廂後就跳上前座，我鑽到後座後，才發現M還在禮堂屋簷下站著。

「M，上來啊！」我搖下窗戶叫她。

M在屋簷底下窸窸窣窣地發著抖，眼睛盯著地面，說什麼也不肯上車。

「M，你怎麼了？」我只好跑下車，可是我一碰到她，她就像觸電一樣抱著頭躲開了。

這姑娘是不是腦子有什麼問題？

第一眼見她我就有這種感覺，她跟我一個年級卻還沒有我高，普通美國女生這個年紀早就人高馬大了，她的小身材就像沒發育一樣，連胸都沒有。

而且她一直搖頭晃腦，眼睛都不敢盯著人看，說話吐字不清，有點像是……智障。

M真是個累贅，別管她了。

我被自己的這個想法嚇了一跳，為什麼我會這麼想？

我的腦海裡浮現出那個連鉛筆都不願意借給我的同桌的臉，還有連我消失了幾天都沒發現的其他同學。

難道我也變成跟他們一樣的人了嗎？

M還是站在屋簷下的一角，一言不發。

我使勁搖了搖頭，把這些自私的想法從腦袋裡拋出去。

「嘿，這麼大的雨妳走回去會生病的！」我繼續勸道。剛想再上去拉她，一隻手抓住了我。

是達爾文。

「她不願意上車，也許她有不能說的理由。」達爾文用中文壓低聲音跟我說。「既然她不想說，你應該尊重她。」

達爾文看了看天，用不經意的口吻說：「雨快停了，一會兒一起走回家。」

他沒問原因，也沒有責怪，更沒說什麼「天黑了妳一個人走不安全」之類的套話，而是輕描淡寫地提出一個解決方案。

他的語氣就像他住在M隔壁一樣。

聽到達爾文的話，M竟然露出一個大大的笑容，使勁點了點頭。我這才看清楚，她發音不準是因為戴了牙套。

我看著眼前這個毫不起眼、戴著黑框眼鏡的男孩子，這傢伙冷冰冰的外表下，竟然有一顆很能為別人著想的心。

很多年後我才逐漸懂得，無論是對朋友還是對陌生人，真正的關心，不是刨根問底地分析利弊，不是無限誇張自己的聖母心和對方的弱勢，也不是站在道德至高點的說服，而是平平淡淡的一句「雨快停了，一會兒一起走回家」。

駕駛座裡的迪克聳了聳肩，把車停在了一邊。他似乎很聽達爾文的。

果然沒多久雨就停了，迪克在車上睡覺。我和達爾文跟著M從學校往北邊走了十來分鐘，就來到了小鎮邊上。

這裡稀稀疏疏地散落著幾個年久失修的窩棚，一些拖車停在樹林裡。公路旁邊一棟破爛的木屋外面，抱著孩子的黑人大媽警惕地看著我們。

如果非要用一句話來形容這裡，我會說，在這裡看不到希望。

沒有自來水和煤氣，地上扔著沃爾瑪的廉價罐頭盒子和紙皮箱，衣服亂糟糟地晾在樹叢裡，偶爾能看見廢棄的重型機車扔在雜草裡面。

我有點害怕，緊跟著達爾文，M在前面駕輕就熟地穿過荒蕪的小路，停在了一輛拖車前面。

坐在門口烤火的或許是M的媽媽，她手裡拿著一根菸，既沒有跟我們打招呼，也沒有說話。只是看了我們一眼，便繼續呆滯地望著遠方。

「明……天見。」M朝我們揮了揮手。

我和達爾文走上大路，他打了個電話。沒過多久，迪克就開著他的道奇出現在我們面前。

回家的路上，迪克聽說我一個人住，頓時兩眼放光：「那以後我們社團聚會，可以去妳家了！」

「你把你的車送給我，我就考慮一下。」我翻了個白眼。

聊起來我才知道，迪克的校董爸爸是上校，是美國陸軍的高層幹部，因為幾年前調到喬治亞州任職，所以舉家搬了過來。

「我爸可是參加過『越戰』的英雄！我的偶像就是我老爸，所以我以後也要做英雄，就像『美國隊長』一樣！」迪克激昂澎湃地說，我真看不出來他是十二年級生，智商跟他的體型一點也不相配。

他爸平常都在部隊執行任務，所以家裡只有他和他老媽。

因為部隊待遇好，他爸不但捐了一筆錢給學校，還買了一棟連體複式大別墅——他們家主要住在前院，後院空置的一間就分給達爾文住了。

達爾文算是第三代移民，爸媽在亞特蘭大開中餐館，不怎麼管他。他是迪克從七年級開始的唯一的朋友。

「我能不能也成為你的好朋友？我也想住豪華別墅。」

「如果妳把妳的會費從小褲褲裡摸回去，我就考慮一下。」迪克露出一個很猥瑣的笑容。

我吃了一癟，英文又不好，只能暗戳戳地詛咒迪克人如其名（爛雞雞）。

別人都說好事多磨，沒想到，特異功能社團的九九八十一難還有一難在前面等著我們。

第二天一到學校，我就被叫到了教導主任辦公室。一進門，就看見迪克、達爾文和M像鵪鶉一樣縮在牆角。

沙耶加眼睛通紅地站在教導主任旁邊，和她一起的還有一對日本中年夫婦。看起來是她的老爸老媽。

「我不明白學校為什麼會容許這種社團存在？難道社團不是為了幫助孩子提高成績的嗎？特異功能可以幫助我女兒上大學嗎？難道史丹佛會因為她會穿牆術而特招她嗎？」

沙耶加的爸爸義正詞嚴地劈裡啪啦說個沒完。

「也不是沒這種特招的可能……」迪克話還沒說完，教導主任的一個白眼讓他吞下了要說的話。

「我們把孩子送進貴校是為了讓她好好讀書，不是去做一些沒有意義的事！」

教導主任是一位名叫戴西女士的中年婦女，她表面認真地傾聽著這對日本夫妻的抱怨，其實在桌底不耐煩地抖著腿。

一個五十歲的大媽，每天還要處理校董兒子和奇葩家長之間的矛盾，換成誰不得高血壓啊！

縱橫沙場多年，戴西早已對這種家長的招數了然於心。她默默含了口真氣，使出畢生絕學：「親愛的，冷靜點，calm down——我很理解妳（經典美式套路一），我也非常同情妳的遭遇（套路二），為人父母總是非常希望孩子得到良好的教育（套路三），這也是我們學校多年的教學思想（套路四）——

哦，但我覺得沙耶加已經十七歲了，她做為一個成年人可以自主地決定她的興趣愛好，而不是由父母去替她選擇……」

苦練四十餘載，戴西的拿手絕活美國公民經典套路之「人權自由」，已經練至天人合一、手到擒來的地步。這一招又快又狠、彈無虛發、百發百中，硬是逼得沙耶加的媽媽倒退一步。

但明顯對方也不是省油的燈，只見沙耶加的媽媽氣運丹田，瞬間，第二招已經殺到戴西面前：「我女兒說了，是這個小子——」隨即反手一指。「誘騙她參加的社團，她自己根本不想參加！」

迪克莫名躺槍。

「寶貝，妳是被強行拉入社團的吧？」媽媽轉攻為守，將自身受到的傷害反彈給他人，這一招可謂陰損至極。

沙耶加淚眼汪汪地看了看站在角落的我們，硬是接下了這一次攻擊，半聲沒吭，傷害＋1。

「沙耶加，說話！」爸爸神助攻。

沙耶加渾身一抖，在父母的夾擊下迅速掉血掉智商，過了一會兒，只好點了點頭。

「看來要團滅了。」我在心裡暗暗地說。

「您看到了嗎？我女兒不是情願的。」媽媽厲聲說。「我現在有理由懷疑我的女兒在學校被人脅迫，我甚至懷疑您對我們的請求一再推諉，是因為要維護校董的兒子！這已經構成種族歧視了！」

敵人在我們還沒反應過來的時候，竟然續了一個大招！而且一下放了兩個奪命連擊——校園霸凌和種族歧視！

在美國這片神奇的土地上，這兩招簡直是各路家長乃至任何有色人種行走江湖的奪命絕殺，能夠絕地反攻、一招制勝。讓對方根本沒有還擊的能力！

「種族歧視」這四個字，在美國的厲害程度已經可以殺人於無形之中。

「這位女士，我想我們必然是有些什麼誤會。」這兩招震得戴西吐了一口老血，可算是千年道行一朝喪，徹底敗下陣來。「我們尊重沙耶加的選擇，如果這不是她的意願，她當然可以退社。」

「您不知道我們為了培養這個女兒，付出了多少心血。」媽媽就差聲淚俱下了。

「她從小一直成績優異，五年級時還跳了級。她SAT考了滿分，精通三門外語，不但是學生幹部，還能彈一手好鋼琴。我敢說，即使她現在去申請常春藤，也有機會被破格錄取……」

沙耶加的媽媽堅定地說。

「她應該加入一個對未來的發展有幫助的社團，而不是被一個不入流的社團和一群……毀了前途！」

沉默。

我想除了我之外，大家也都能聽明白，沙耶加的媽媽沒說出來的那一群人，是什麼意思。

「ＯＫ，ＯＫ。我現在幫她辦退社手續。」

戴西顯然不想再繼續這個話題，直接就跳過了爭辯的環節。

「沙耶加想轉去哪個社團，才會對未來的發展有幫助呢？」

傳統白人大媽都這樣，話不投機半句多，但我誓死捍衛你瞎「嗶嗶」的權利。戴西還是暗戳戳諷刺了這對日本夫婦一把，她說這句話時，根本沒看沙耶加，而是看著她的父母。

她饒有暗示地把重音放在了「對未來的發展有幫助」這幾個字上。老太太沒白活這麼多年，這種家長見得多了，心裡跟明鏡似的。

「沙耶加至少應該加入常春藤學校裡面流行的那些社團，比如說金融社或者戲劇社……」沙耶加的媽媽並沒在意戴西的尖酸，而是一本正經地闡述著自己的觀點。

「當然社團成員也應該和她一樣成績優異，社團的導師最好也來自名校，如果是知名人士就更好了……」

老太太從檔案櫃裡拿出一大疊社團資料，一邊抖腳一邊翻著。

我偷偷拉了拉迪克，縱使再不甘心，這時候我們幾個悄悄出去才是正路。

「所以你們只是要沙耶加加入名校流行的社團，對嗎？」一直沉默的達爾文突然來了一句。

「看來你聽懂我們的意思了。」沙耶加的媽媽轉過頭看了一眼這個華裔男孩，聲音裡竟然有幾分挖苦。

「您說的名校，是不是指史丹佛大學、哈佛大學、康乃爾大學或者杜克大學之類的美國ＴＯＰ10？」

達爾文，不如咱們土遁算了，難道還要再被人家諷刺一下才開心嗎？

「你就是這個社團的社長？」沙耶加的爸爸除了剛才的神助攻，一直沒有再說話。這時候卻打量了一眼達爾文。

和沙耶加的媽媽不一樣，她的爸爸讓我想起了武俠小說裡那種沉默的隱士高手，通常用殺氣就能震翻敵人。

「孩子，我覺得如果我們是你父母，現在一定會非常擔心你的前途。」

「我的父母在亞特蘭大開中餐館。」

「那我就可以理解了。」爸爸依然憐憫地看著達爾文。「這些學校似乎對你來說確實有點遙遠。」

「您並沒有回答我的問題。」達爾文竟然不屈不撓地繼續問。「您說的名校到底是什麼學校？」

「是的，你說的沒錯，哈佛大學或史丹佛大學就是沙耶加未來會去的地方。」

「那我覺得，您一定對名校有什麼誤解。」

達爾文竟然笑了。

「哦，願聞其詳。」說這句話時，沙耶加的爸爸的表情變得更嘲諷了。

我已經靠近門邊了，迪克一把抓住我低聲說：「中尉，難道妳要做逃兵？我們到底是不是一個戰壕的戰友？」

「你以為我們在太平洋戰場（美軍勝利）上嗎？這明顯是歐洲西線戰場（美軍失敗）啊！上校，我請求撤退！」

大哥，你放過我吧，打嘴仗我真不擅長，我連史丹佛的英文怎麼拼都不知道。

「你看著吧，我們達爾文將軍會打一個漂亮的反擊戰的！」面前這個胖子信心十足地說。

「這位先生，如果您稍微留意一下科學期刊，就會知道史丹佛大學從一九七二年開始就成立了美國第一個『超感官知覺（ＥＳＰ）和念力（ＰＫ）』的研究機構，對特異功能展開探索；

杜克大學超能力實驗室從一九三五年開始，就列為全國第二大正式的超自然研究課程機構，直到現在還在對預知力和念力進行研究；

普林斯頓大學一九七九年成立的超自然現象研究所培養了至少五位諾貝爾獎得主。」

達爾文不疾不徐地說下去。

「至於杜克大學著名的萊因超感實驗——當然我不認為在您的日常生活中會聽說過這個學術名詞，但您如果想了解這個實驗和愛因斯坦的關係，我願意為您找些資料。

抱歉，我並不是在嘲諷您的學識，但您對這些著名大學的美好想像，真的讓我有點憂心。我十分慶倖您剛才的那番話是在這裡對我們說的，而不是在史丹佛或杜克大學的面試中。」

達爾文聳了聳肩。

「否則您的女兒就算連跳十級，他們也不會招收的。」

我得說明，以上這段話是後來達爾文翻譯給我聽的。

現場他的語速非常快，我只能聽到「史丹佛劈裡啪啦吧啦吧啦，普林斯頓嘰嘰呱呱麼麼噠噠」之類的話。

所以大家還是要好好學習英文，以後就算別人裝，你也不會不懂。

就在我還沒搞明白發生了什麼事的時候，就看到沙耶加的爸爸臉一下憋得通紅，轉頭對戴西說：「這就是你們學校培養出來的學生？這麼不尊重長輩？」

「您去過史丹佛大學嗎？」沒等戴西做出反應，達爾文又問。「請問您知道這些常春藤的招生標準嗎？

他們考核的恰恰不是一個學生的成績高低，而是觀察力、想像力、思維力和創造能力——當然，也許您還需要一些時間去接受這個殘酷的事實。」

這句話我聽明白了。

日本人很喜歡吃芥末，因為夠嗆。但明顯他們並不太習慣在現實中被別人嗆這麼一下。

怪不得，迪克不是社長。

我不管用A眼、B眼還是C眼看，迪克的平均成績都不可能超過3.0 。哪怕他爸是校董，都不能破了社團社長要高於4.0 的規定。沒有一個開了掛的隊長，怎麼可能帶一群豬一樣的隊友。

「沙耶加，既然你的社長這麼優秀，你還願意去別的社團嗎？」

不得不說，薑還是老的辣，戴西趁熱打鐵，把決定權拋回給沙耶加。沙耶加用力搖了搖頭：「我留下……」

「不行。」

沙耶加的爸爸斬釘截鐵地說。

「他成績再好，也只是學生而已。我跟妳說過多少次，站在巨人的肩膀上才能看得更遠。」爸爸哼了一聲。「別的社團都有各種導師帶領，他們的推薦信就是妳去常春藤的敲門磚，妳能指望一個高中生給另一個高中生寫推薦信嗎？」

迪克沒料到敵人的砲臺早就布下了天羅地網，頹然坐到了沙發上。

「呃，不知道我們導師如果是，呃……麥、麥克阿瑟的獲獎者，他的推薦信管、管用嗎？」我結結巴巴地說。我想起舒月走的時候，給我留下的駱川的電話。戴西一臉震驚地看著我。

從教導主任的辦公室出來，我們幾個長長吐出了一口氣。

「爸爸……」沙耶加跟在後面輕輕地叫了一聲。

「不要叫我爸爸。」沙耶加的老爸站在門廊下面，言語中透露著冰冷。「妳自己好自為之吧。」

說完後，他們就離開了。

沙耶加又超級抱歉地看著我們幾個：「我給大家添麻煩……」

「啥都別說了！停！停！」迪克立刻開始手舞足蹈。「把會費補齊就行了。」

「我還有課。」達爾文啥也沒說，和迪克優哉遊哉地走了。留下我們三個十一年級生在走廊裡。

沙耶加又轉過頭向我拚命鞠躬：「汪桑，不好意思麻煩到妳……」

「哎呀媽呀，求妳別鞠躬了，我們不都沒事嗎？」

「我十分過意不去……」

「沙耶加，其實妳不用在意我們啊，我們終究是外人。」我撓了撓頭。「但你爸爸媽媽對妳希望這麼高，妳不累嗎？」

沙耶加並沒有回答我，而是把頭扭到另一邊：「我沒想過……」

「沒想過就不要想了，去喝汽水吧！」我一手拉著M，一手拉著沙耶加，走出了教學大樓。

第三章　暴雨將至

我一臉迷茫地看著身邊熙熙攘攘的人群。沒有人看向我，也沒有人留意我。

我曾經看過一本書，裡面說我們每一個人生來就在高空鋼索上行走，許多人因為看到了腳下的真相，心中的恐懼絕望讓他們失去了平衡，最終跌入萬丈深淵。命運之神對凡人心生憐憫，所以蒙住了我們的眼睛。我們沒有看到「真相」的能力，反而在鋼索上走得平坦。

可仍有無數人想透過眼前的面紗和命運之神的指縫，窺探「真相」。

就像現在的我，試圖透過眼前的濃煙和擁擠的人群，看到對面的……印度薄餅攤。

「目標已經靠近了，妳還在發什麼呆！快點『叫』啊！」迪克一邊滿頭大汗地烤著雞肉串，一邊推了我一把。「我們今天的目標是五十盒肉串啊！」

「咕咕咕咕——」我喉嚨裡發出老母雞的叫聲。

「中尉！妳的任務是招攬生意，不是嚇跑客人！」迪克把肉串翻了個個兒，我才想起來，英文裡「招攬」和「叫」是同一個詞——「Yell」。

「上校，請問哪個編制裡的中尉穿成這樣？」我扇著兩個大白翅膀，翻了個白眼。

「可是達爾文說，今年是中國的雞年啊！這衣服我們跑了很遠才租到的！」

「可是你們做的也不是中餐啊！」我頂著一個大雞冠和毛絨玩偶套裝，被走來走去的人群撞得眼冒金星。達爾文在後面擺弄著一堆燒烤醬料，沙耶加和M在捲飯糰。

「這是根據老外的口味改良的，你以為他們會吃鳳爪和豬蹄嗎？」達爾文頭都沒抬地回了我一句。

我想起加入社團時，迪克給我們看的神奇社團排程：

每週三天，社團聚會內容包括特異功能起源與分析，團隊合作培訓，冥想與初級特異功能練習，心得分享大會以及各種校外考察。

除了第一週的特異功能起源與分析——我們去迪克家看了一晚上超級英雄電影之外，所有的團隊合作培訓就是在各種校園集市和社區活動裡賣烤串。

「社團將把團隊合作掙得的錢，用於校外考察——至於冥想、特異功能練習以及心得交流，將在校外考察時同時進行。」

這就是迪克在擺攤前一天告訴我們的話。

「那也不用賣烤串吧？」我氣呼呼地說。「我丟不起這個人！」

「妳看旁邊基督教社團都能丟這個人，為什麼妳不能丟？」迪克把烤好的肉串反射地塞進自己嘴裡。

不知道為什麼每次我覺得心裡不平衡的時候，基督教社團就會自動出現在我旁邊。上次試圖說服我和沙耶加入會的哥們兒，正背了個加大號十字架在賣番茄汁。

我不擅長烹飪，也算不明白帳款，似乎除了扮成一隻雞之外也沒什麼別的選擇了。

「汪桑，加油。」沙耶加做了一個加油的手勢。

「來自中國的中式燒烤——來自中國的肯德基——」我有氣無力地喊著。「咕咕咕咕——」

社區集市持續到下午五點，人群才陸陸續續散去。我癱倒在草地上：「做雞好累……」

「汪桑，妳好厲害啊，大家今天都好厲害啊，我們賣掉了五十四盒！」沙耶加摘了圍裙和我一起躺在草坪上。

「妳們都弱爆了，老子今天烤了幾百串雞肉，這輩子也不想吃雞肉了！」迪克開了一瓶沒賣完的可樂灌了幾口。

還在整理東西的達爾文看著我們三個，有點輕蔑地笑了笑：「體力勞動怎麼會有腦力勞動辛苦？」

「切雞肉需要啥腦力勞動啊！」我嗤之以鼻，達爾文一直在後廚切肉和調醬料。

「我不是說我，我是說M。」達爾文捧著一大箱水，用下巴指了指在旁邊認真收東西的M。「我們都太小瞧她了。」

「什麼意思啊？」

「我們社團成立到現在，總共出來賣過多少次烤串、賣出去多少東西？」

我想了想，每週兩次，就算不加上節慶假日，怎麼也賣有二十幾次了。

「一盒雞肉能做五串左右的烤串，每天平均三十盒，還有沙耶加的飯糰和汽水，偶爾會賣的水果杯……」迪克掰著手指頭數了半天也沒數明白。

「我們總共賣過二十四次東西，平均下來雞肉每天三十一盒、飯糰十四個、可樂二十罐、水果杯四個。雞肉串每串含稅五塊四毛二、飯糰六塊七毛二、可樂一塊九毛九、水果杯五塊六毛七。」達爾文一邊收東西一邊說。「所有錢收的都是現金——M一直負責收錢和算帳，二十四次她沒算差過一分錢。」

我和迪克同時瞪大了眼睛。

「M從來不用計算機的。」沙耶加小聲跟我說。

我來美國快一年了，能認出來的硬幣只有Quarter（兩毛五）。而對那些一毛、五毛、一分和五分的硬幣，則從來傻傻分不清楚。

美國買東西加上稅之後一定會精確到分，所以平常如果是現金付帳，每天找零的硬幣就能塞滿整個錢包，這也是為什麼老外喜歡用信用卡的原因。誰都不願意帶著一堆鋼鏰兒到處走。

我對這些零錢的處理方式就是每月存下一大包帶去銀行，再換整錢出來。就算去超市付現金，我也會從口袋裡掏出一堆硬幣讓收銀員大姐自己選。

不單是我，好多來美國生活了一輩子的移民都分不清楚這些錢，更別說算清楚了。

看著默默忙碌的M，那一刻我只是認為她算術比較好、心比較細而已，如果當時我能早點留意到她的特殊，也許最後M就不會死了。

「無論怎樣，」迪克興奮地說。「我們社團的經費算是攢夠了，下週勞動節放假，我們這個週末就出發去大霧山！」

「預言術是最早出現在各種歷史紀錄中的特異功能。最早的紀錄能追溯到《創世記》中以諾的預言，以及諾亞對他三個兒子閃、含和雅弗的預言……」

迪克喝了口可樂，神祕地說道：「我相信現在仍舊有許多有預言能力的人生活在我們周圍，他們只是很少將自己的能力公之於眾而已……你們知道達倫・布朗吧？就是英國那個『預測』樂透中獎號碼的魔術師。他在直播裡當著現場和全國觀眾，在樂透開獎前一天把預測號碼寫在乒乓球上……全中！號碼是在直播的前一天寫下來的，開獎全過程沒人走近過那些乒乓球。這已經不是他第一次預測成功了，他在之前至少中了兩百四十萬英鎊，目前英國彩票當局明確規定不允許他再買樂透。他是如何做到的？難道是普通的障眼法而已？Come on！只有特異功能才能給他的能力做出合理的解釋……」

「那你到底會不會預言術？」我問。

「我正在練習啊，普通人最開始都要借助道具才能發動超能力，比如你們中國的搖籤卜卦和我們西洋的水晶球……」

「那你這次出門前到底搖了沒？」我翻了個大白眼，癱倒在地上。「你預言出來這幾天的黃色暴雨沒？」

「其實就算發動不了預言術，也可以先查一查天氣預報……」沙耶加坐在旁邊小聲說。

帳篷外面，傾盆大雨。

此刻，我們五個人正在距離喬治亞州六小時車程的田納西州。三頂帳篷被風吹倒了兩頂，現在五個人都擠在迪克帶來的軍用防水營帳裡。迪克參加童子軍的時候校董老爸送給他的軍用帳篷，是軍方從哥倫比亞戶外用品公司訂做的，品質穩妥妥地，沒有個十級颱風吹不倒，配備防蚊內帳和加厚防潮墊，頂棚拉開就能透過透明塑膠布幕看到星空。

然而現在棚頂除了被暴雨打掉的樹枝，什麼都沒有。

回到四十八小時之前。

還在床上做著美夢的我被一陣急促的敲門聲吵醒。

「汪桑，我們要出發了！」我迷迷濛濛地聽見沙耶加在外面叫我。

迪克和達爾文的車已經在家門口等著了，那輛紅色的道奇後面，竟然掛了一輛小小的拖車。

我還以為去野外考察怎麼著也得租一輛房車。

「我們都沒滿二十一歲，租房車算上保險太貴了。」達爾文說。「但露營需要的物資我們都配齊了。」

沙耶加背著一隻「極度乾燥」的防水包，裡面的衣服、盥洗用具和藥品，工工整整地用防潮袋分門別類地區分開來。

「汪桑，這個給妳……」沙耶加說著把兩樣東西分別塞進我和M的手裡。

一個精巧的多功能手電筒，前面半段是手電筒，後面撑開則是簡易螺絲刀、鑷子和剪刀。在手電筒的把手中間，還有校準好的電子錶和濕度器。

沙耶加遞給我和M的手電筒，外觀都分別有磨損的跡象，應該是有些年份了。

「爸爸媽媽在昭和六十年來到美國的時候，從日本帶來的。」沙耶加不好意思地說。

「這玩意兒逆天了啊！」我按了一下按鈕，手電筒亮了起來。

日本昭和六十年就是西元一九八五年，沒想到十幾年前的老東西到現在都沒有半點問題。有時候日本人的嚴謹我還是很佩服的，他們喜歡把事情做到極致，甚至會把這種對細節的執著帶到日常生活中。

沙耶加就是一個很好的例子，我偷看過她的課堂筆記，有密集恐懼症的人恐怕會瘋掉。

M依舊背著上學的書包，外面掛了雨傘和水壺。

我不知道美國社團的野外考察應該是什麼樣子，想像中應該跟小時候春遊差不多。

所以臨走前，我把床底下的乾貨全塞進書包裡：鹽焗雞翅、真空鴨脖、魚皮花生和紅燒牛肉麵——在美國尤其是我住的小鎮上，這些零食絕對是珍貴得不得了的寶物，給我美金我都不換。

一路上我的嘴就沒停過，除了達爾文偶爾接過我的鴨脖之外，其餘三個人都禮貌地拒絕了來自中國的神奇食物。

我們的目的地說白了沒什麼神祕的，是田納西州號稱擁有「全世界最大地下湖泊」的天然洞穴，叫作迷失之海（The Lost Sea）。

直到十九世紀以前，迷失之海都只是當地印第安原住民的傳說而已。眾所周知，田納西是美國的一個內陸州，它在地理位置上相當於中國的貴州省。兩個地方的地貌也非常相似，山谷和岩洞特別多，氣候也比較濕潤。可偏偏這個內陸州口口相傳他們的祖先從海裡而來。據說這個海存在於他們居住的岩洞深處——那是他們起源的地方。

這聽起來就跟《天方夜譚》沒什麼兩樣。

所以最初到達田納西的西班牙人對這段傳說嗤之以鼻，只是把它當成聊天話題而已，沒人真的去探尋過。

直到一九〇五年，一個叫班（Ben）的熊孩子，在洞穴玩耍的時候偶然發現了這個巨大的地下湖泊，神祕的迷失之海才被公諸於世。

我曾經問過迪克，去迷失之海和特異功能社有什麼關係。

「你看看旁邊基督教社團，他們社團考察去的是華盛頓，四天三夜遊。華盛頓和耶穌也沒關係啊，為什麼他們能去華盛頓，我們就不能去田納西？」

反正我們社團只要出了任何問題，基督教社團都會莫名出來躺槍。

「人家去的是聖保羅教堂啊！怎麼說也是美國國家大教堂！」這次我不得不為基督教社團說話了。

「聖保羅大教堂和我們鎮子的教堂有什麼區別？十字架還不就是那個叉？《聖經》還不就是那一本？」迪克咂嘴不耐煩地說道。

好吧，我再次無言以對。

據我所知，生物社的期末考察會去大溪地採標本，天文社則是去NASA美國國家航空航太中心參觀。

但特異功能社應該去哪裡，我也說不清楚，總不能去外太空觀摩伽馬射線吧？一路上睡了醒、醒了睡，我沒話找話地問達爾文：「你之前去白宮的時候，總統都跟你說什麼了？」

「什麼都沒說啊，他有點慌張。」達爾文漫不經心地說。「因為我沒預約。」

「你不是說，你是受邀去白宮的嗎？」我有點迷糊了，沙耶加也把耳朵湊過來。

「妳還真信啊？」

他和迪克兩人對望了一眼，隨即哈哈大笑起來。

「什麼意思啊！你不是說你參加過什麼史丹佛實驗，在ＴＥＤ（環球會議）做過演講，還受邀去過白宮嗎？」

他倆笑了半天，達爾文才跟我說：「妳知道我在ＴＥＤ演講的內容是什麼嗎？」

我搖了搖頭。

「如何用駭客思維構建網路防火牆。」

接下來的半小時，達爾文向我們講了兩個故事。

第一個故事，就是哥倆去華盛頓旅遊，因為買不到白宮參觀的門票，其中一個熊孩子一怒之下，侵入了白宮的訪客系統，把兩人的名字加在了當天總統的會見日程上。

第二個故事，則是同一個熊孩子，為了和哥們兒證明史丹佛的人工智慧實驗室並沒有傳說中這麼智慧，用了一個禮拜的時間駭進了保全系統，在眾目睽睽下打開了實驗室的大門。

「你是駭客!?」我的三觀又被震碎了。「總統竟然沒有抓你去坐牢!?」

「他聽完這兩個故事之後，就推薦我去ＴＥＤ演講了唄。」達爾文輕描淡寫地說。

「至少我真的去過史丹佛ＡＩ實驗室和白宮。」

我這才明白為什麼學校沒有大肆報導，這種事確實也不怎麼值得鼓勵。

「可是駭入國家系統也很困難啊，達爾文好厲害啊……」沙耶加還是露出一臉崇拜。「就像《攻殼機動隊》裡的情節一樣。」

「在我認識他以前，電腦就是達爾文唯一的朋友。」迪克說。
「那你能不能駭進學校的系統，幫我改改成績啊？」我裝可憐地問。
「這不可能。」
「為什麼？」
「學校系統的防火牆是我建的，任何人都不可能駭進去。」達爾文竟然有幾分自豪。
我翻了翻白眼，怪不得教導主任這麼袒護他。
M似乎很疲憊，從上車開始就一直在睡覺，汽車轉彎的時候她慣性側靠在我的肩膀上，她的紅頭髮有好聞的香皂味。
我看著M，雖然她是個白皮膚姑娘，可她的小鼻子和單眼皮並不像傳統意義上的美國人，尤其是這瘦弱的身材，要知道大部分美國人都是大骨架。
我一下也說不出來M像哪裡的人。

二十四小時之前。
「歡迎來到迷失之海！」
我們跟隨著嚮導通過了二十世紀八〇年代修建的防坍塌隧道，往洞穴深處走去。和我們一起的還有一堆白人大爺大媽。
嚮導是個棕色頭髮的壯小夥子，他告訴我們，雖然以前田納西州的原住民是印第安人，但因為一八三〇年美國國會頒布的《印第安人遷移法》，使得許多原住民被迫遷往西部，剩下的頑強抗爭的人也陸續被驅逐。

後來美國聯邦政府在離這兒不遠的大霧山附近，建立了一個印第保全護區，讓剩下的不到一千名原住民在那裡生活，一直到今天。

「你們怎麼能這麼對待原住民？」我忍不住吐槽了一句。人家在這兒好歹也生活了幾千年，憑什麼要人家拋棄自己的家園，就為了你們這些「開化民族」的利益？

嚮導小哥無奈地攤了攤手，表示自己真的只是來打份工而已。本來我還想再吐槽幾句，但是立刻被洞穴裡的奇景吸引了。不得不感歎大自然的鬼斧神工。

洞穴內部非常空曠，目測有十層樓高，洞壁上石筍叢生，借助美國旅遊局安裝的照明燈的微弱燈光，能看到洞壁上到處布滿了蜘蛛網的洞口，儼然一個撲朔迷離的迷宮。

時間凝固了，空氣也凝固了。

我記得以前看過一本叫《地心歷險記》的小說，書裡說幾個探險家從冰島的一個坑口進入地下，走了很久，來到一個地下海洋。那裡雷電交加，天空布滿陰雲，巨大的恐龍在海中浮游。

我眼前的這個洞穴，就像是《地心歷險記》中過了千萬年之後的殘像一般。雖然沒有恐龍、沒有聲音，可是我的面前，有一片一望無際的碧綠色大海。對，是大海。

湖泊有盡頭，而大海無邊。

旅遊局在水下安裝了昏暗的照明燈，我們藉著微弱的光登上了船。

迷失之海的海水清澈透明。至少我能一眼看到五公尺以下的地方。水裡有黑色的魚，最小的至少五十公分長，大的將近一公尺。

這些魚在船旁邊跟著我們，一點也不怕人。

「這些彩虹鱒魚是我們為了吸引遊客放養的，因為工作人員整天餵它們吃飼料，所以不怕人。」

嚮導小哥想必是個直男，在這麼神祕美麗的天然洞穴，冒出了一句乾巴巴的毫無懸念的解說詞。頓時全船人都集體沉默了。

「對不起，為什麼這裡叫作迷失之海呢？」船開了半天，沙耶加小聲問道。

「因為發現這裡之後，國家派了許多專業潛水夫來尋找水的來源，可是一直也沒有找到。」嚮導小哥撒了一把魚飼料到水裡，頓時有幾條一公尺多長的大鱒魚浮了上來，把我嚇了一跳。

小哥又接著說：「這裡的水雖然沒有流向，卻是活水。我們在這裡放養了許多魚，也是希望它們能夠找到水源所在——彩虹鱒魚並不是田納西州的原生物種，如果某天它們能出現在附近的地上湖泊裡，就證明這裡的水從那個湖泊而來——但這些笨魚被我們飼養習慣了，哪裡也不想去，每天只會守在這兒等船出現。」小哥打開電動船頭的探照燈，向洞壁上照去。

洞壁上竟然開著兩朵粉紅色的花！

它們像雛菊一樣伸展著花瓣，孤零零地開在洞壁之上，嬌豔欲滴，卻沒有枝葉。

「這才是最罕見的洞穴之花，『安琪的禮物』。」小哥把船靠近岸壁。「這種洞穴之花只存在於迷失之海，別的鐘乳石平均一百年長一公釐，可它每七百年才生長一公釐。」

「好美！」沙耶加讚歎道，忍不住伸手去摸。

「別碰！」嚮導小哥大叫一聲，洞裡的回音差點把我的耳膜震破。

「實在是對不起……」沙耶加又開始拚命鞠躬。

「它和其他鐘乳石不一樣，它是活的。」嚮導小哥歎了口氣。「它不但生長得很緩慢，而且非常嬌弱，只要碰到我們手上的細菌，它就會變成灰白色，不再生長了。」

果然，我看到比那兩朵低一點的位置，有幾叢已經石灰化、變成像死珊瑚一樣的洞穴花。

「隨著遊客的增多，這裡活著的洞穴花已經沒剩下幾朵了，這兩朵算小的，都長了兩萬年。」

原來這兩朵小花這麼珍貴！

我下意識地屏住呼吸，朝M的方向靠了靠，卻感覺到M在發抖。

地下洞穴的氣溫確實比地上低了10℃左右，所以進來的時候我們都加了一件外套，所以我的第一個反應是M冷了。

「妳是不是穿得太少啊？我的外套給妳穿。」我脫下外套披在M身上。M抬起頭看著我。

她在流淚。

第四章　計算未來的公式

「M，你怎麼了？」我被她嚇了一跳。船上的大爺大媽也都回過頭來。

M灰綠色的眼睛突然變得有點陌生。她抬起頭看著黑漆漆的洞頂，自言自語：

「暴雨將至……」

「這位女士，請不用擔心。」嚮導小哥剛才被M嚇了一跳，聽到她這麼一說，鬆了一口氣。「即使外面真的下雨了，我們在這裡也感覺不到的……」

話音未落，突然整個洞穴裡響起了咕嘟咕嘟的回聲。

「你們看，那裡在冒泡！」迪克最先發現迷失之海不太對勁。順著他手指的方向，我看見湖中心浮起了一個巨大的氣泡。

一個泡泡、兩個泡泡、三個泡泡……迷失之海逐漸沸騰起來。

「快掉轉船頭！」迪克喊了一句，嚮導小哥才反應過來。

「各位稍安勿躁，這種現象也很常見的，除了岩壁上，湖下也有很多洞穴彼此相連，會導致一些空氣從湖底灌進來……」嚮導一邊發動馬達，一邊安撫著我們。大爺大媽們似乎還是對M的失常有所顧忌，其中一對立刻往船頭靠了靠，以便離M遠一點。

畢竟在一個漆黑的洞穴裡，出現任何一點怪事都足以讓人的恐懼翻倍。

船上裝的是環保的電動馬達，就算全速前進也只是一小時五公里的速度，和公園裡的腳蹬遊船差不多。

更多的氣泡從忽明忽暗的湖底浮了上來。

「暴雨將至……暴雨將至……」M靠在我身邊，不停地發抖。

船上的人都沒說話，整個洞穴裡只聽見電動馬達和氣泡的聲音。

一個老大媽哆哆嗦嗦地從皮包裡掏出一張紙巾擦了擦汗，人在密閉的空間裡很容易出現幽閉恐懼症。

「孩子，現在是田納西的旱季，不會下雨的。」一個白人大爺有點不耐煩地說，也不知道是為了安撫M，還是安撫他自己。

「汪桑，魚沒有跟上來。」沙耶加小聲地對我說。

我看了看周圍的水面，發現原本跟著船的魚都不見了。它們就像被催眠一樣朝周圍的洞壁遊去，貼著岩石爭先恐後地浮出水面，張大嘴巴一呼一吸，就像它們想從水裡逃出來一樣。

船不知道開了多久，終於靠了岸。走出洞穴那一刻，雨水傾盆而下。

「這鬼天氣……真是奇了怪了。」白人大爺疑惑地看了一眼M，搖了搖頭，最終還是走進了雨裡。

「M，妳怎麼知道要下雨了？」所有人走光後，達爾文才開口問道。M搖了搖頭，還在重複那句話：「暴雨將至……」

「暴雨不是將至，是已經下起來啦。」迪克調侃了一句。「各位還是想想我們怎麼在雨裡露營吧！」

M沒有再說話，而是低下了頭。

時間回到現在，五個人坐在唯一沒被風吹倒的帳篷裡，就預言術的話題大聊特聊。

「既然你說預言能力可以通過後天習得，那你能不能現在練習一下，然後告訴我們這雨啥時候能停？」我癱在地上嗆迪克。

「我幫妳預知一下妳的未來吧。」一直沒說話的達爾文開口了。「百分之百準確。」

「別告訴我你有超能力，我才不信！」我哼了一聲。

「打不打賭？」達爾文問我。

「賭……我的最後一包鴨脖子！」

「我賭明天雨停，妳會走出帳篷。」

「你看我長得像傻子嗎？如果明天我就是不出帳篷，你是不是給我一百萬？」

「呵呵，其實我在說出這個預言的時候，你已經輸了。」達爾文笑了笑。

「預知未來分為相對未來和絕對未來，相對未來的就是妳可以透過我的預言改變未來——我告訴妳，妳明天會走出帳篷，妳為了防止這件事成為事實，就不出帳篷。那麼妳已經根據我的預言改變了妳的未來，我的預言就進入了平行宇宙，在另一個宇宙裡預言仍然會實現。

絕對未來是世界的規律，無法因為預言就會改變——比如說四季變換、生老病死。就算妳不走出帳篷，明天我們也會把帳篷打包上車，把妳從裡面扔出來——那麼我的預言還是實現了。」

達爾文說完，從目瞪口呆的我的手裡，抽走了最後一包鴨脖子。

「你，你這個是偷換概念！」我反應過來自己被耍了，氣鼓鼓地說。「你用常識偷換了預言這個概念！那你為什麼不預言我明天會拉屎？這些不是常識嘛！我說的不是常識呀！是精準的預言！」

「我想汪桑指的，是類似『幾歲會遇到白馬王子這種預言啦』！」沙耶加捂著嘴笑起來。

「預知未來本身就是個悖論，試問如果有兩個預言者猜拳，他們彼此都能看見對方會出什麼，那麼誰會贏？」達爾文反問。

達爾文嗆得我和沙耶加說不出話來。

「不是的……」一直沉默的M突然輕聲說。「有一方會輸的，因為『輸』是他的宿命，神讓他輸，他就必須輸。」

「M，妳相信預言術嗎？」沙耶加問道。

M點了點頭，又搖了搖頭：「計算未來的公式，就是神的名字。」不知道為什麼，她突然蹦出一句莫名其妙的話。

神的名字？

聽到這四個字，我全身一顫。

「M，妳知道神的名字？」

M搖了搖頭。

迪克已經睡著了，我和沙耶加一臉迷惑。

「我不太同意，未來是不可能計算出來的，變量太大了，哪怕和宇宙一樣大的電腦也不行。」達爾文反駁道。

迪克已經打起呼來，我把襪子扔在他臉上，他迷迷糊糊地翻了個身。

達爾文和沙耶加也躺下了，露營區裡面只有我們一頂帳篷和稀稀疏疏的幾輛房車。

我從睡袋裡探出頭，看到M還坐在帳篷一角發著呆。

她穿著一條不合身的灰色襯褲，已經洗得很舊了，膝蓋上還破了幾個小洞。M抬著頭，透過帳篷頂上的透明防雨布看向天空，似乎在尋找著什麼。

「M，妳要不要和我一起睡？」我輕聲問。

「我……很害怕……」不知道M是在回應我，還是在自言自語。「妳別害怕啊。」

我以為她只是怕在營區睡覺不安全而已。

其實我心裡也一直毛毛的，不知道為什麼這些老外就能這麼「大安主義」地睡過去。如果晚上來了熊什麼的怎麼辦啊，我們連篝火都沒有。

「我們倆一起睡就不怕了。」我從睡袋裡騰出一塊地方，讓M擠了進來。

「暴雨將至，周而復始……」

在我睡得迷迷糊糊的時候，我似乎聽到M在我耳邊說。

不知道睡了多久，我聽到沙耶加的聲音：「汪桑、汪桑，醒醒……」

我揉了揉惺忪的眼睛：「怎麼了？」

「M好像不見了……」沙耶加慌張地說。我才發現我睡袋的另一邊空了。

睡意頓時沒了大半，我發現迪克和達爾文也不見了。

「他倆擔心M去上廁所遇到什麼事，就去外面找她了。」沙耶加說。

我們的帳篷搭在迷失之海旅遊區的營地裡，雖然四周都是樹林，但營地範圍內很空曠。周圍除了營區配備的燒烤架，還有公共淋浴間和廁所。

沙耶加話音剛落，帳篷的拉鍊就被打開了。迪克穿著塑膠雨衣，臉上沾著雨水：「廁所和垃圾場都找了，隔壁兩臺RV（房車）也去敲過門了，沒有。」

M失蹤了。

我立刻穿好外套，沙耶加檢查起了M的書包。

「她應該不是去廁所了。」沙耶加憂心忡忡地說。

M的書包裡，還好好地收著沙耶加給我和M的日本手電筒。

現在時間是凌晨十二點半，我和沙耶加穿上雨衣，從帳篷裡鑽出來。

「她沒有帶手電筒，應該走不了太遠。」沙耶加從書包裡拿出指北針。

「問題是她沒穿雨衣，也沒有帶手電筒，她會去哪裡？」達爾文一邊說著，一邊從車裡拿出探照燈。

「報警吧！」我說著拿出手機，卻發現一格信號都沒有。

我們的營地，在迷失之海和大霧山中間的半山上，面朝奇爾豪伊湖，背面是森林。

和所有國家公園的露營區一樣，這裡為了保護生態環境都沒有建設信號塔。如果我們要打電話報警，就必須開四十分鐘車到最近的鎮上。

「你們誰知道M是幾點出去的？」我問。

達爾文和迪克都搖了搖頭，睡在最外側的沙耶加想了想，說：「我迷迷糊糊看到M拉開帳篷出去了，當時我以為她只是去廁所……」

「那她拉開帳篷的時候妳有沒有注意，營區的照明燈關了嗎？」

「當時……外面應該是全黑了。」沙耶加回憶了一下，說道。

「營區熄燈的時間通常是十點，那也就是說，M是在十點之後出去的。」我想了想。

「迪克，拿營區地圖出來。」達爾文一邊說，一邊從書包裡掏出筆。「成年人平均每小時步行三公里，那麼她在兩小時之內能去到的地方是這個範圍——」

迪克攤開地圖，達爾文在平路上畫了半圓，又在有森林的區域畫了另一個稍窄的半圓：「在森林裡徒步的話，會更困難些，每小時只能走一公里。」

「可這個範圍還是很大！我們沒能力搜索這麼一大片區域……」迪克皺了皺眉頭。

「我們可以先用排除法——」沙耶加拿過筆，把圍著營區的森林線畫出來。營區是一塊和足球場一樣大的空曠地，上面鋪著易於紮營的細沙和石子，周圍環繞著樹林。

「現在正在下雨，如果M真的往森林裡走了，就一定會在營區邊緣的任意樹林入口留下腳印。」

雨越下越大，我和沙耶加一組，迪克和達爾文一組，打著手電筒，沿著營區兩邊的森林邊界線搜索。

森林裡的泥土十分鬆軟，因為吸收了雨水，即使輕輕一踩也能留下清晰的鞋印。

「沒有腳印，也沒有別的痕跡。」和達爾文碰頭的時候，我們異口同聲地說。

「M沒往樹林裡走！她沿著大路走了！」迪克邊說邊發動了車。

迪克一腳油門踩下去，不一會兒，車拐出營地，卻在大路的交界口停下了。我們面前有兩條路，往上走是大霧山，往下走則回到山腳的迷失之海。

雨打在玻璃窗上，除了車頭燈的照射範圍外，周遭一片漆黑。

「往哪兒走？」迪克回頭看看達爾文。

「你們聽見什麼聲音沒有？」打開車窗，雨水濺在臉上，我打了個哆嗦。

「嗒……嗒……嗒……嗒……嗒……嗒……」像是什麼動物在雨裡奔跑時踩著松木發出的聲音，從大雨裡隱隱約約地傳來。

「有動物在跑……」

我的話音未落，達爾文就對著迪克喊：「往山下開！」

「難道森林裡有馬嗎？」我不解地問道。

「恐怕不是馬……」迪克皺著眉頭說。「但這不科學啊……」

「到底怎麼回事？」

「你們知道山腳下的湖吧？」迪克問我。

我點了點頭，就是那個什麼奇爾豪伊湖唄，名字拗口得要死。

「據說奇爾豪伊（Chilhowee）這個詞是從早期印第安原住民的稱呼中音譯過來的，意思是『鹿王的山谷』。」迪克沉吟了片刻。「但那已經是一百多年前的事了……」

「剎車——！」

沙耶加一聲尖叫，迪克趕緊急剎車，我整個人差點飛出去。

一頭、兩頭、三頭……無數頭雄馬鹿，跨過灌木和松針，從森林的四面八方衝出來，穿過公路往山下跑去。

在離汽車不到十公尺的地方，是一頭通體雪白的雄馬鹿。

這頭白鹿的體型比一般的馬鹿更大，頭頂有兩個巨大的角。

牠沒有顯出一點恐慌的樣子，不疾不徐地向前走了兩步，回過頭來看了一眼。眼神沒有一絲畏懼，而是從容不迫地凝視著我們。

牠就像代表了這片森林一樣，站在這片寬闊寧靜的大地上，讓我們彼此以平等的身分相視著，而不是人和動物。

一時之間，牠的氣場竟然壓得我說不出話來。過了幾秒，牠向前一躍，消失在黑暗的森林裡。

「鹿王的傳說竟然是真的……」迪克過了半分鐘才回過神來。「普通馬鹿的角最多八個叉，剛才的白鹿，起碼有二十個叉……」

「我以前有個印第安同學說過，在北美印第安文化裡，鹿象徵著『信使』。」達爾文望著遠去的鹿群。

所以「鹿王的山谷」，也可以叫作「信使的山谷」嗎？我在心裡默默地想。

「幸好它們是素食主義者……」迪克沒頭沒腦地呵呵了一聲。

「你大爺的，現在還好意思開玩笑！」

「我覺得我們應該回迷失之海看一下。」達爾文突然說。

「現在園區早就關門了，她也進不去啊！」迪克皺了皺眉。

「昨天我們進去觀光的時候，M在裡面一直表現得很害怕，她似乎有幽閉恐懼症……」沙耶加也不太贊同。「人會對恐懼的事物本能地逃避，所以我覺得她回去的可能性不大……」

「還記得嗎？」達爾文轉過來問我。「我們第一次見到M的時候也在下雨，當時ろ妳邀請她坐車，只是十分鐘的路程，她卻寧願走路——這一次我們出來旅遊，要開六個小時，她想都沒想就上車了——我覺得她的害怕並不是來源於對事物本身的恐懼，她針對的不是車，也不是洞穴。」

我突然想起來那天M死活不肯上車，縮在屋簷下的場景。當時我還以為她怕坐車，但這幾天她表現得非常正常，完全沒有表現出任何抗拒。

「難道說M害怕的不是所有的『車』，而是某個特定時刻出現的『車』？比如，她害怕的是『第一次見到我們時，晚上六點三十五分出現在禮堂門口的車』？」我問。

達爾文點點頭：「所以我覺得沙耶加的理論不適用於M，她昨天對洞穴感到恐懼，但不代表今天也會。」

我們把車停在景區外面，然後從收費欄杆下面鑽了進去。走了一段路，就到了洞穴入口。

外面鎖著的玻璃門被砸開了，旁邊還扔著一塊大石頭。

「哦，天哪！沒看出M才是真漢子！」迪克觀察了一下地上那塊比磚塊還大的石頭，回頭問我。「我之前應該沒得罪過M吧？」

玻璃門裡面是一個大廳，旁邊有個賣紀念品的櫥窗，收銀臺在另一側，正中間則是進入洞穴的金屬隧道。

「等一下，都先別進去。」達爾文抬起頭警惕地看了看四周。「你們找找監視器在哪個位置。」

我們在門外觀察了一圈，大廳裡並沒有監視器，但細心的沙耶加發現洞穴入口處和收銀臺各有一個。

「迪克，去車上把我的電腦拿來。」達爾文吩咐我們在外面候著，他拿著電腦走進收銀臺敲打了十幾分鐘，然後向我們招了招手。「進來吧。」

「美年達——！」洞穴裡面漆黑一片，只有我的回音。

「我記得昨天來的時候，嚮導開燈的位置。」沙耶加示意我們跟著她。

洞穴內部都是節能燈，每個開關控制一片區域，並沒有中控電路系統。沙耶加帶著我們開了三個開關，好歹岸上的照明燈算是有了。

從入口到碼頭有將近十分鐘的路程，會經過一些洞穴和岔路。我們幾個人叫著M的名字，一直走到碼頭。

因為找不到水底照明的開關，岸上除了碼頭上的一盞照明燈之外，湖面上一片漆黑。

觀光船總共有三條，都停在岸邊。

「船都沒開出去，我們應該往回找。」迪克說。「M會不會鑽到某個溶洞裡面去了？」

我們來回又走了一趟，可無論怎麼喊，都沒有任何回應。

也許是因為下雨的關係，岩洞裡又濕又冷，只有我們的回音在空曠的洞穴裡盤旋。

第三次快回到迷失之海碼頭的時候，沙耶加突然停下呼喊。

「不對。」

「沙耶加，妳這時候嚇人不合適吧……」迪克被沙耶加嚇了一跳。

「有問題！」沙耶加看著我，說道。

「汪桑，我們第一次從入口走到這裡的時候，用了將近十分鐘……」沙耶加看了看我，又看了看錶。

「可是我記得，我們昨天來的時候，觀光時間是一個半小時，有半個小時用在走路上……然後我剛才記了一下時間……這次我們走下來只用了八分五十七秒……」

「沙耶加，你到底想說什麼？」迪克問。

「她的意思是，我們每次走到碼頭的時間，在變短。」達爾文警惕地看著周圍。

第五章　前進還是回頭

「所以我們昨天單程用了十五分鐘……剛進來的時候只用了十分鐘，現在只需要不到九分鐘了？」我嚥了下口水。

沙耶加點了點頭。

一個初中物理的公式告訴我們。「距離＝時間×速度」。

時間縮短了，那只有兩種可能：我們的速度在變快，抑或兩地的距離在變短。可是路不可能變短啊，昨天進來觀光的時候人家嚮導都說了，這個洞穴在幾萬億年前就一直是這樣，直到被發現都沒有變過。

難道我們的速度變快了？

「也有可能是洞穴在變小。」達爾文說。

「怎……怎麼可能？」

「我們都學過宇宙大爆炸的理論吧。大爆炸源於宇宙膨脹——假設宇宙一直在膨脹，那麼世界上所有事物，包括我們也會同比例變大。因為沒有參照物，我們本身是不會發覺自己在變大的。但如果我們身邊出現一個不會膨脹的參照物，我們就會發現之前的物理定律都不好使了。」

「你不會是想說……這個洞穴就是我們的參照物吧？」我冷汗都冒出來了。

如果我們一直在膨脹，而只有這個洞穴沒有變化，那它對我們而言其實是在縮小。

當我們在一個相對越來越小的洞穴裡行走時，路對我們而言就會變得越來越短。

洞穴本身並沒有變，而是我們在變大。

我裹了裹身上的外套，靠緊沙耶加：「那現在我們應該怎麼辦？」

「現在我們首先該做的事，」達爾文突然嚴肅地說。「是嘲笑一下妳們兩個的智商——宇宙膨脹所影響的只有星系間的距離，我只是隨便開開玩笑，妳們就信了。」

「……」

我和沙耶加雙雙石化。你開心就好。

我們就靜靜地看著你裝。就這麼，靜靜地看著。

終於知道達爾文為什麼沒有朋友了。

在這種情況下還能進入極限做作模式的人，應該回火星。

「喂，你們過來看一下，迷失之海是不是在漲潮啊？」迪克一直沒聽我們說話，而是自顧自地蹲在碼頭上。

「你能不能有點地理常識，潮汐是特指海水受月球引力形成的週期性運動。」我翻了翻白眼。「迷失之海不是真的海好嗎，是地下淡水湖，就算有潮汐也不可能用肉眼觀察到——」

「我沒騙妳，真的在漲潮，我剛才站在岸邊沒動，在你們說話這幾分鐘，水已經沒過腳背了。」迪克一臉無辜地指著自己的腳。迷失之海確實在漲潮。

之前我們沒發現，是因為在地下沒有參照物。

泡沫板做的浮碼頭和觀光船都會順著海水上升，而洞穴本身又黑燈瞎火，我們很難看出水位的變化。

「十五減九是六，也就是說，漲潮淹沒了六分鐘的路，那麼M有可能還往前走六分鐘。」迪克掰著手指。「但是她能去哪裡呢？」

我舉起探照燈，失落之海深處的岩壁上，有許多天然洞穴。

「上船！」達爾文率先跳上了船，打著發動機。船在黑暗的海上以龜速前進著。

觀光的時候我還沒覺得有什麼，現在這個速度我恨不得下來走路。

「將軍，我們能不能開快點？」迪克被這龜毛船氣得直翻白眼。

「現在已經是全速了，漲潮帶來的海浪增加了行駛的阻力，畢竟這是節能馬達，不是快艇。」達爾文無奈地說。

「你們看……」沙耶加打開手電筒往水裡照去。

昨天觀光的時候，明明有很多彩虹鱒魚跟在我們旁邊游來遊去，現在竟然一條都沒有了。

「沙耶加，妳要幹麼！」我看到沙耶加半個身子探出船身，把手往水裡伸。她蹙眉看著我。

我也趕緊挽起袖子，把手伸進水裡——水溫變了。

昨天來的時候，我和沙耶加貪玩，偷偷把手伸進水裡去摸浮上來的彩虹鱒魚。當時的水冰涼刺骨。

嚮導小哥還向我們解釋，這裡的水溫常年在5℃左右——由於被厚厚的底層阻隔，地下水不能直接吸收地面上的熱量，所以迷失之海的水溫幾乎是不變的。可今天再摸，水竟然透出了絲絲暖意。

我把沙耶加給我的日本手電筒掏出來，後面掰開有溫度計。我把溫度計插進水裡。

「14℃！」

「怪不得昨天那些魚表現得不正常，它們是感覺到水溫的變化了！」我想起昨天那些魚兒四散而去，拚命地用身體去貼著冰冷的洞壁。

咕嘟。

一個陰沉的聲音，從失落之海的深處傳來。咕嘟、咕嘟。

兩個氣泡，從海底冒出來。

就像是有什麼東西，潛伏在前方黑暗的水下，等著我們。按照一般常識來說，前面的海域是密閉的。

可我們聽到有隱隱約約的聲音。

像是風聲，又像是某種生物的叫聲，從洞穴深處傳來。

「你們聽見了嗎……」迪克咽了口口水。回頭，或往前繼續走。

我努力回想從帳篷裡出來到現在的每一個細節，希望找出M不會在迷失之海裡的哪怕一丁點兒證據，我很想說服我自己，不如回頭吧。

一片漆黑中，恐懼迅速在船上蔓延開來。也許就算我們再往裡頭走，也找不到M。也許外面的玻璃門不是M砸爛的。

也許她去了別的地方。也許她已經出事了。

……

沉默中，沙耶加猶豫著開口了：「我……我想說……」沙耶加一直以來都是我們當中最膽小的。

我想起那天在教導主任的辦公室裡，她連說出自己的意願都不敢。甚至在社團招募的時候，被迪克強行拉進社團都不敢拒絕。

她這會兒連聲音都在發抖，一張臉被嚇得慘白——雖然我也比她好不了多少。

「沙耶加……」我剛開口，就被達爾文用眼神打斷了。

「讓她把話說完。」

「各位……我……」沙耶加吸了口氣。「我……小時候在日本，有一個叫鶴子的同學。有一天她不見了，後來大家去找她……學校旁邊的每一個地方都找了，都沒有找到……一個月之後，警察在橋底的下水道口找到她的時候，她已經死了。那座橋在我們那裡有不祥的傳說，所以大家都沒有去那裡找……大家都很怕去那裡……」

每次沙耶加一緊張，說的話就容易讓人抓不到重點。

「可是鶴子她……她是我的好朋友啊……我很後悔，如果當時我能勇敢一點，哪怕勇敢一點點……鶴子也許就不會死……求求大家，不要扔下M……」

沙耶加捂住臉，輕輕地哭了。

「拜託大家了……」

「沙耶加……」我沒想到，沙耶加鼓足了勇氣，竟然是為了讓我們繼續去找M。

「喂，別哭了，這個世界上哪兒有什麼鬼。」達爾文明顯不會安慰女生，竟然有點束手無策。「跟你們說了多少次，要相信科學……」

「中尉，全速前進！」迪克重新拉動了電動馬達。

觀光船慢慢駛進黑暗，朝剛才發出聲音的地方開過去。

咕嘟。

又一個氣泡冒上來。

我們把手上所有的光源都對準了氣泡冒出來的地方。一分鐘過去了，兩分鐘過去了。

什麼都沒發生。

達爾文突然把手伸進水裡。

過了兩秒，他長長呼出了口氣：「這裡就是水溫升高的湖水源頭。」

我立刻把溫度計插了進去，水溫竟然高達45℃。

「迷失之海的水溫變化是因為地裂，你們記不記得昨天嚮導說，這片海域是活水，但一直沒找到源頭。也許這片水域的源頭根本不是來自地表河流，而是來自地下。」達爾文看了我們一眼。「這裡的溶洞岩石密度並不高，也許是某種原因導致了地裂，所以更下層的地下水湧了上來——理論上來說，地下水越深就越接近地殼，水溫則越高。」

「嗯，我記得地理課也說過，地面往下每深一百公尺，溫度會增加3℃……」沙耶加也點頭表示認可。「現在我們測量的溫度是45℃，不計混合了湖水本身的水溫，這裂縫下方的熱水，至少來自一千五百公尺或更深的地下……」

「會不會這下面有火山啊？」我想起日本的溫泉。

沙耶加搖搖頭：「田納西州不位於火山帶上。」

「那是什麼？」迪克突然看向靠近冒泡口的一處岩壁，上面是一個狹窄的洞穴入口。

如果不是因為海水上漲，這個洞穴相對我們來說應該會在頭頂五、六公尺處的。但現在只比達爾文的身高高一點。

洞穴外凸起的石筍上，掛著一件衣服。

「是M的外套！」我驚呼道。

「美年達——！」我踩在迪克背上，把頭探進洞口大喊道。

「有沒有回音？」迪克快托不住我了，不耐煩地問。

「上校，你他媽給我托好，你一晃我就提不上氣。」好不容易報復一下迪克，能踩多久是多久。

又叫了幾聲，還是沒有任何動靜。

「只能爬進去看看了。」達爾文想了想說。

我看了看洞口，幾乎只比我的肩膀寬一點兒，達爾文或許能勉強試試，但迪克的體型絕對過不去。

「你們不會是想把我一個人扔這兒吧？」迪克露出了一個比苦瓜還苦的表情。你平常一人吞一張披薩的時候，怎麼沒想到會有這麼一天？

我抑制住了翻白眼的衝動，拍了拍迪克的肩膀，做出了一臉認真的表情：「上校，後勤工作在成功的戰略部署中非常重要，一場沒有後勤的戰役是不可能取得成功的……」

好說歹說，迪克才同意留在外面。

達爾文把錨拋進水裡：「關掉馬達，探照燈亮度調到最低保留電源。如果我們兩小時內沒出來，你就出去報警。」

我從書包裡拿出手電筒，往洞裡面照去：「這個洞好像是朝下走的。」

沙耶加顫抖著把船上的一捆繩子背在身上，又把我們帶來的探照燈遞給達爾文。

「你要是害怕就別進去了，在外面等著吧。」達爾文看了看沙耶加，說道。

「我……我沒事……」沙耶加咬了咬嘴脣。

達爾文在前面，我在中間，沙耶加在最後。

一開始還算好爬，洞穴的內部比較光滑，氧氣也十分充足。然而很快洞口就收窄了，石筍也變得越來越多。只有達爾文在前面打著手電筒，黑暗中，我覺得我的手和膝蓋都磨破了。

在完全幽閉的空間，心態一定要好，千萬不要去想那些有的沒的，否則很容易就會產生幽閉恐懼症。

達爾文爬得不快，也許是為了照顧我們兩個女孩子，也為了穩定心態，和我們有一搭沒一搭地說著話。

「達爾文，你做為一個學霸，是怎麼看待學渣的？」我一邊爬一邊問。

「我不喜歡學霸這個詞。」過了一會兒，前面傳來達爾文的聲音。「每個人都有屬於自己的天賦。」

果然是話題終結者，他這麼一說，我似乎接什麼都不對了。

又爬了一會兒。

「汪旺旺，妳為什麼會加入特異功能社團？」達爾文問我。

「我……」我一時語塞。

其實我從來沒想過這個問題。

以前我一直沒什麼朋友。而且大多數時候，都是在充當別人的笑柄。

「喂，你看那個女的，她名字叫汪旺旺哦！」

「哈哈哈哈哈，那不是狗的名字嗎？好好笑哦！」

從上小學開始，也許我在大多數人眼裡看起來就是一條狗。

記得我第一次去電影院看《大話西遊》，結局的時候夕陽武士和紫霞仙子的對話。

「那個人的樣子好怪啊。」

「我也看到了，他好像一條狗啊。」

電影院裡的人都在笑，只有我莫名其妙地哭了。

幾乎從小到大，每一個認識的人，對我的記憶都是從狗而來，也從狗而結束。我決定加入社團，也許是在禮堂回頭看到迪克的那一瞬間。

他也有一個蠢名字。

當所有人都覺得他是個笑柄的時候，他滿頭大汗地坐在臺上，仍要努力證明自己的那一瞬間，我突然就認定他能成為我的朋友。

還有達爾文，雖然他說話尖酸，開玩笑的點只有自己才能感覺到，不會討好任何人，甚至還有點刻薄。

但無論迪克做什麼荒唐的事情，他都不會去嘲笑他，而是默默地陪他一起做。我很羨慕他們的友誼。

「你……和迪克怎麼成為朋友的？」我一邊往前爬，一邊反問達爾文。

「我忘了。」他淡淡地說。

果然聊不下去。又爬了一會兒。

「達爾文，你有交往的女朋友嗎？」沙耶加問。

「沒有。」

「那……你喜歡什麼類型的女生？」沙耶加小聲問。

「沙耶加，妳覺得有女生能受得了他這種性格嗎？」我翻了翻白眼。

沙耶加竟然沒說話。

達爾文也沒說話。

我爬在中間，一時間竟然有點尷尬。

「噗。」

我剛想緩解一下氣氛，突然不由自主地、很不爭氣地放了一個屁。

我錯了。

黑暗中，我感覺到達爾文開始全速前進。

又爬了一會兒，洞穴突然開闊起來，我們改為弓著腰行走。

有水的聲音。

我明顯感覺到周圍的溫度和濕度都變高了。

有光。

藍色的光。

在我們面前的，竟然是一個更大的洞穴空間。

一望無垠的地下湖面，泛著微弱的藍色螢光，就像銀河一樣星星點點、忽明忽暗。

周圍的石壁上，長滿了一叢叢鮮豔的洞穴之花，在盈盈波光中盛開著。

我們帶的探照燈照射距離可達兩千公尺，此刻用探照燈四處照去，光柱所及，卻茫然無物。

「M！」我大吼一聲。

沒人回應，只有回音繞梁。

達爾文沒理我們，而是盯著電子錶說：「你剛剛吼的這一嗓子，回聲經過大約十五秒才消失。聲音在空氣中傳播的速度是每秒三百四十公尺，那麼這裡至少有一千兩百萬平方公尺。」

「我的天哪！」沙耶加驚呼。「這才是印第安傳說中真正的迷失之海！」

原來真正的迷失之海，還在地下更深的地方。

「好熱……」

也不知道是因為緊張，還是洞穴氣溫的上升，我的汗把衣服都浸濕了。

「這裡的水是從更接近地殼的地方湧出來的，就像溫泉一樣，所以整個洞窟的溫度都比外面高。」達爾文小聲說。

我和沙耶加根本沒聽他在說啥，各自翻出手機準備拍照。

「喂，妳們兩個不要做死！」達爾文低聲喝止了我們。「還不知道這裡面什麼情況呢。」

「這是地理學界的重大發現啊！是我們三個人發現的！搞不好以後就會用我們的名字來命名這裡了！」我壓抑不住內心的興奮。「現在不拍點照片，以後怎麼證明我們來過啊！」

沙耶加也拚命點頭。

達爾文眼看攔不住我們，歎了一口氣：「把閃光燈關了。」

我的手機還是「摩托羅拉」的第一代彩色螢幕手機，沒有閃光燈，兩百萬畫素照出來的照片只有屎一樣的漆黑。沙耶加的手機也好不到哪裡去。我們拍了一會兒就放棄了。

達爾文脫了外套，觀察了一下岩洞內部，就熄滅了手電筒。

剩下唯一的發光源就是湖裡泛出來的幽暗藍光，我們憑藉著光線，順著洞穴外的鐘乳石慢慢往下攀爬，大約爬了十五公尺的高度，終於落到了地面。

地面上長著厚厚一層苔蘚類植被，踩上去鬆鬆軟軟的。靠近湖岸我才發現，這藍色螢光竟然是從水底而不是水面發出的，每一個光點都在緩慢地移動。

「水裡發光的是魚！」我終於看清了一個光點。

魚就是我們俗稱的燈籠魚，它們的牙齒非常恐怖，頭頂卻有一個萌萌的小燈泡——其實是上百萬個發光菌——以吸引其他小魚做食物。

「好可愛！」沙耶加也立刻認出來了，因為魚在日本也是一種普遍的食材。「這些魚應該在黑暗中生活了很多代，眼睛已經完全退化了。」

除了魚之外，水裡還有許多只有拇指長短的透明小魚。這些小魚不會發光，也沒有眼睛，通體透明，能看見血液在皮膚下流動。

我們蹲下來仔細看著圍繞在岸邊的魚，它們別說眼窩了，兩腮上平滑得連一個坑都沒有，就像從來沒有過眼睛這個器官一樣。

「盲……」沙耶加果然是生魚片國的，對魚類簡直是瞭若指掌。

「這是什麼魚？」我問沙耶加。

「盲是一種鯰魚，每年可以產好多次卵，繁殖非常快，而且是腐食性動物……」

一說到鯰魚我立刻就懂了，不就是我們南方人的常備食物塘虱嘛。

記得有一期《走進科學》節目，還介紹過一家人的廁所連續發出怪聲，後來發現是掉進茅廁的鯰魚發出來的。這種魚適應環境的能力已經達到驚世駭俗的水準了。

「從這些魚眼的完全退化來看，它們至少在這裡生活了二十萬到四十萬年。」達爾文說。

「你怎麼知道？」

「我猜的。」

第六章　當鐵鷹飛翔之時

「但不會比二十萬年更短了，」達爾文補充道。「畢竟感光器官在單細胞生物裡就有了，甚至早於大腦的出現。如果現在讓妳退化到沒腦子的狀態，妳需要幾年？」

我感覺我的腦子已跟沒有差不多了……

「這裡是個天然形成的封閉生態系統！」沙耶加讚歎道。確實，這個洞穴裡有一條完整的生物鏈，大魚吃小魚，苔蘚通過大魚群發出來的光進行光合作用，產生氧氣。小魚靠吃苔蘚使勁繁殖。

數千萬年以來，它們就在這個封閉的失落洞窟中，一代又一代地生存至今。

「我同意妳的說法——」達爾文難得對沙耶加讚許地點了點頭。「但只同意後半段，這個生態系統在我看來，不是天然的，而是人為的。」

人為的!?

我和沙耶加同時瞪大了眼睛。

「咦，怎麼可能……」

「妳們記得嗎，昨天我們坐遊船的時候，嚮導說迷失之海的彩虹鱒魚是旅遊局放養的，最初那裡並沒有魚，這點提醒了我。」達爾文邊想邊分析。「燈籠魚本身是海魚，但這裡是淡水——如果它們是因為巧合被風暴或潮水帶到這個洞穴裡的，絕對會因為受不了淡水裡的鹽分濃度而死去。既然巧合論說不通，那就只有人為論了。這裡的燈籠魚是被人逐漸馴化的。比如說一代一代培養，逐漸讓它們適應淡水裡的鹽分，最後再放養在這裡。」

「人類不是在十幾萬年前的非洲出現的嗎？」沙耶加問。

「所以你是說，這些魚都是猴子在這裡放養的？」

我努力抑制住翻白眼的衝動，但一時間竟然無法反駁。

達爾文剛想說話，洞穴深處突然傳來了一聲悶響。是岩石崩落的聲音。

「美年達——！」我大叫一聲。

我們三個立刻沿著湖岸往更深的洞穴內部爬去。爬過幾個巨大的石筍，我們聽見了水聲。

「為什麼會有水聲？這裡不是全封閉的嗎？」我轉過頭問達爾文。達爾文也一臉疑惑地搖了搖頭。

越往裡面爬，溫度越高，水聲也越來越明顯。

「好熱，受不了了……」

我們幾個就像是從游泳池裡剛上來的一樣，全身濕透，沙耶加從書包裡掏出兩瓶水遞給我們。

水聲越來越大，魚的光芒也越來越稀疏，我們不得不繼續打開手電筒和探照燈。

隨著繼續深入，岩壁上出現了越來越多的人工開鑿痕跡，甚至是一些模糊的劃痕和雕刻。

我開始暗暗相信達爾文的話，我們不是到達這裡的第一批人。

「M在那裡！」沙耶加突然驚叫一聲。

我們腳下是一個更大的溶洞空間，所有的湖水都從四面八方朝它的中心湧去。我這輩子沒見過如此壯闊的景象。

溶洞的底部，竟然裂開了一條巨大的地縫。地縫的寬度有一兩百公尺，地下湖水從四面八方湧來，順著裂縫邊緣朝地底流去，形成巨大的瀑布。

達爾文舉起探照燈向瀑布照去，靠著幽暗的燈光，我看見瀑布下好像有一個建築。

那是一座沿著地縫岩壁建造的古老神壇。

神壇四邊分別有四座雕塑，中間是一個用石頭壘起來的圓形祭祀臺。

M就呆呆地站在祭祀臺上。

「美年達——」

無論我們怎麼喊，她就像著了魔似的，連看都不看我們一眼。

「現在怎麼辦？」

「先想辦法下去再說，我覺得這裡不對勁！」達爾文的話音未落，就聽見下面發出轟隆一聲巨響。

「那個裂縫好像在閉合！」沙耶加緊緊抓住我的手臂。

「什麼情況，趕緊把M先帶上來啊！一會兒被夾死了怎麼辦？」說完我就把手電筒別在腰上，順著石筍往下爬。

三個人都沒戴手套，扒著石筍的手已經磨得呼呼往外冒血了。我們用了將近十分鐘才爬到底部。沙耶加把背下來的繩子拴在其中一根石筍上，我們三個抓著繩子往地縫中間的神壇爬過去。

「汪桑，那些雕塑不對勁啊……」

我艱難地爬上神壇。神壇的四面有四個石龕，依岩壁而建，裡面有四尊高達三公尺的人形雕塑。它們盤膝而坐，形態各異，外部卻似乎已經風化，四周太黑我也看不清楚。

「汪桑……」沙耶加顫抖地開口。「我覺得這些雕塑不像是岩石……好像是真人……」

「怎麼可能有這麼大個兒的真——」

我話音未落，達爾文就把探照燈朝其中一尊雕塑照了過去。頓時我整個人都不好了。

「雕塑」的外殼披著風化的鎧甲和布料，乍看以為是一尊雕像。但卡在石龕頂部的，分明是一顆已經石化了的灰色頭骨。

雕塑的頭骨和人類的十分相似，唯一區別是，比正常的人類頭骨大幾十倍。大概有一輛金龜車大小。

「汪桑……這是雕、雕塑……」

「沙耶加，妳、妳趕緊用相機照下來……」我已經語無倫次了，站到神壇上之後，我明顯感覺到大地在抖動，手一軟，手電筒就掉在地上，轉眼滾進了萬丈深淵。

趁著沙耶加掏手機拍照的時候，我和達爾文扶著石壁往祭祀臺走。

「美年達！」我終於走到祭祀臺，一把抓住M。沒想到平常一向瘦弱的她竟然穩穩當當地站在祭祀臺上面，我拉了好幾下都沒拉下來。

M的嘴裡還念念有詞。

「暴雨將至，周而復始……第一次被洪水吞沒，第二次被雷暴擊落，第三次被大火燒光……迴圈反復……以至無窮……」

地面的震動越來越厲害，M忽然抬起頭，看著漆黑的洞頂，自言自語喊著：「當鐵鷹飛翔之時，東方的守護者會回到這片土地……」

「天！」達爾文的聲音顫抖起來。

我抬頭看去，岩壁上一叢叢大大小小的、七百年才會增加一公釐的洞穴之花，在以肉眼可見的速度盛放。

「當鐵鷹降落之時，他們在沙漠中找到過去……」

洞穴之花迅速布滿了所有石壁，這些古老的植物竟然像發了瘋一樣到處蔓延。

「當暴雨來臨之時，神會再一次撼動地球……選中的孩子穿過門回到故鄉，剩下的羔羊在雨中永遠沉睡……」

隨著M的聲音，洞壁之上的花朵就像耗盡了所有的氣數，迅速枯萎，化為齏粉，墜入迷失之海……

洞穴之花用它幾千億年的生命，在不到半分鐘的時間裡，展示了生命從起始至衰微的縮影。

這是自然界的緣起緣滅、聚散無常。

緣起緣滅，轉瞬即逝，一切有為法，如夢幻泡影，如露亦如電，終歸於虛無。一股陌生的情感從我心底湧了上來，那是一種澎湃的共鳴，仿佛我的生命和自然界的迴圈融為一體，成為雷暴遠去的海面，又化為滾燙的泥漿堵在胸口。一眨眼，一滴淚流下來。

悲傷。

我不知道為什麼會有這種感覺，但我很悲傷。

「撲通」一聲，M從祭祀臺上摔了下來，掉到旁邊的石堆上。

我一下回過神來，趕緊去拍M的臉，她似乎已經筋疲力盡，無論我怎麼喊，她都沒什麼反應。

「走啊！再不走就來不及了！」達爾文蹲下來把M背在身上，推著我往外走。走了兩步，我突然好像瞥見了什麼熟悉的東西。

「等，等一下……」我不由自主地轉身走回祭祀臺——剛才M一直站在上面，我也被洞穴之花吸引了，所以根本沒注意這上面有什麼。

「笨蛋！妳幹什麼啊，快來幫我啊！」達爾文吼了一句，他本來就瘦，爬到這裡也累壞了，有點托不住M。

「我……這個圖案我見過……」我指著祭祀臺上刻著的花紋。「時輪曼荼羅。」

時間回到半年前，在從中國飛往亞特蘭大的飛機上。

「……時輪曼荼羅……怎麼可能……給了她？」

舒月看到從我口袋裡掏出來的那塊絲織品，驚訝地捂住了嘴。

「什麼是時輪曼荼羅啊？」我看著這絲織品上的花紋，覺得莫名其妙。但舒月並沒回答我。

這要是平常，她遇到不想回答的問題，要麼借尿遁逃走，要麼就用零食分散我的注意力。

但現在是在飛機上。一架用時將近十八小時的長途客機上。在我軟磨硬泡和死乞白賴的威逼利誘之下，舒月投降了。

據她所說，這東西的來歷她也不知道，但很多年前見過一次。

和廣大普通老百姓一樣，老徒家和老汪家，每年也總有這麼幾天，要焚香沐浴整衣斂容，攜大量金銀傾巢出動——嗯，不是年終掃貨，是清明祭祖。

兩個家族自從幾百年前結盟之後，在清明時都會一起祭拜祖先。

老汪家，也就是完顏家族，畢竟是遊牧民族，歷史上的祖先已不可考。所以他們祭拜的還是涇川的九鼎梅花山、芮王完顏亨之墓和家族長老之墓。

而老徒家，也就是圖爾古一族的祭祀習慣，就比較奇怪了。

首先，老徒家並不是每年都拜，而是十年一次。其次，老徒家的祭祀必須長男長女都在場。

舒月十五歲那年，就參加了這麼一次祭祀。

當時舒月還挺納悶的，因為我爸那時剛去了美國，因此長男長女必須在場的規矩也就打破了。這件事在城市人眼裡看起來沒什麼，但在山溝溝的老農村，是跟老爸死了兒子不回來披麻戴孝一樣的事。

火車把舒月一家從南方帶回涇川老家，這也是她一個南方長大的姑娘第一次回鄉。

據說，我爺爺當時帶著那個新娶的十九歲汪家女孩——舒月的姨媽，已經和其他老一輩在車站等了。新太太的懷裡還抱著一個剛出生沒多久的男孩子。

這次祭祖，我爺爺沒少受家族的白眼，畢竟懷裡的兒子不是名正言順的長子，自己的老婆看不住，帶著大兒子和外國人跑了。這在農村人看來是極其丟臉的事。

兩家人從甘肅出發，坐火車到青海，然後乘車進納木措。

三天后，兩家人到達一個突闕族村子，村子裡的一個老僧人帶著他們進了山。一路跋涉，很多具體的細節舒月都忘記了，只記得漫長的路程後，老僧人帶著他們到了一座非常破爛的寺廟。

那是一座雪線之上的寺廟。

這裡終年積雪，在海拔四千五百公尺以上，極度缺氧，不適合人類生存。汪家的許多人都出現了高山症，包括舒月的姨媽和那個小嬰兒。對一個這麼小的孩子來說，簡直是太折磨了。

然而徒家人並不願意就此折返，而是堅持到達寺廟舉行祭祀。就在那裡，舒月看到了時輪曼荼羅。

印有時輪曼荼羅的絲織物，做為拜祭的主要物品之一，懸掛在一堆元寶、香燭中間。

舒月的奶奶特意囑咐她，要好好認清那個圖案。

她還告訴舒月，那是「宇宙的中心」，圖爾古的故鄉，神居住的地方。

「這張時輪曼荼羅，據說是圖爾古一族走出納木措的時候，就帶在身上的。」舒月盯著曼荼羅，看了半天說道。

時輪曼荼羅由七個大小不一的環組成，花紋錯綜複雜。四角有四個看起來像門一樣的東西。

曼荼羅中間，印著一朵金色的蓮花。

「故鄉應該是一個具體的地方吧？可我橫看豎看，都沒看出來這圖是城市還是鄉村……」我嘟囔了一句。

「曼荼羅本身就是個象徵，不是物質世界存在的，算是精神的道場。」舒月把絲織品折了折。「最讓我感到奇怪的是這張曼荼羅為什麼會出現在妳的口袋裡。即便妳說的那個小姑娘沒死，她也不可能得到的。」

「為什麼？」

「徒家的規矩，時輪曼荼羅只傳給和汪家通婚生下的長男。就算是你爸都沒資格拿到。」

「可是妳不是說，我爺爺當時還生了一個小男孩嗎？會不會是那個小男孩……」

我還沒說完，舒月就搖頭否定了我的猜測。

「上山的時候那孩子就已經有了高山症，祭拜的幾天，又錯過了最佳的搶救時機……」

死了？

為了祭趟祖就死了？

「就死在我姨媽的懷裡……」舒月歎了口氣。

「爺爺一定很後悔把他帶著……」

聽完舒月的回憶，我喃喃地說。舒月竟然搖了搖頭。

「你爺爺只說了一句話，『他不是命定的人選，不救也罷。』也就是那時候，我突然理解了你爸不願意恪守家族祖訓的原因。他們的傳宗接代，是沒有感情的繁衍，是一個器官和另一個器官的結合，不是一個靈魂和另一個靈魂的結合。」

我看著手上的時輪曼荼羅，陷入了沉思。

「別發呆了！快走，這裡要塌了！」達爾文的聲音把我拉回了現實。

「哦哦，馬上馬上……」

我掏出手機隨便拍了兩張模糊的照片，就跑回去幫達爾文抬著Ｍ。

這片海域其實是一個葫蘆狀的洞穴，我們最初到達的螢光海算是前廳，現在所處的地縫算是後廳。

後廳的地下湖水已經順著地縫全部流光，相對的前廳的湖水也開始減少，用不了幾個小時，真正的迷失之海將不復存在。

然而我也沒心思矯情了，再不走連我都要得幽閉空間恐懼症了。

從前廳走過來的時候，我們用了將近半小時，不算太困難。可從後廳往回走，則艱難得多。

達爾文背著Ｍ本來就走不快，一路上大家也都精疲力竭。爬上拴著繩子的石筍後，我們三個人都傻了。

眼前的路，和來時相比發生了翻天覆地的變化。

由於水位降低，水面下的岩石和淤泥都露了出來。如果一腳踩進淤泥裡，就很難爬上來了。

進來時魚群在湖水裡發出的螢光，為我們提供了基礎照明。只要有光線，找到方向其實不難。

可現在大部分魚都順著水流被沖進地縫裡去了，洞穴又恢復了幾乎伸手不見五指的黑暗。

探照燈的電快用完了，光線黯淡了下去。手電筒雖然還能撐一個小時，但光照範圍實在太小了。

艱難地爬了半小時，我們並沒有回到洞穴前廳，依然在葫蘆形洞穴的接口處打轉著。

「我不行了，休息一下。」

達爾文把M放下來，癱坐在地上，大家都累壞了。

沙耶加從書包裡拿出一小包巧克力豆，分給我們吃：「這是最後一點食物了。」

全世界每年都有平均五到十人死在地下洞穴，百分之九十以上是因為迷路被困，最後耗盡口糧而死。

「怎麼辦？」

就在大家都一籌莫展的時候，我突然發現，身邊的石筍上隱隱約約有個標記。那是一個很淡的箭頭符號，如果不把臉貼近都看不出來。

我在內心翻著白眼，這誰留的記號啊，這是給人看的嗎？尤其是在這黑不隆咚的洞穴裡面，留這種記號一點作用也沒有啊。

達爾文把臉貼過去，用鼻子聞了聞，說：「是磷。這應該是古代人用含有磷光的礦物做的記號。」

磷？

含有磷光的礦物有二、三十種，廁所讀物裡最常出現的就是夜明珠了。這些礦石裡的稀土元素經過光照後，在黑暗中還能持續發光。但凡稍微有點化學常識的高中生都知道，想讓含磷的礦物發光，必須讓它先吸取能量（比如暴晒或加熱），發光時間是不能永久持續的，通常幾天後就要拿出去晒太陽補充能量了。而我們所處的洞穴常年漆黑，哪怕是夜明珠都不會發光，別說我們面前用磷粉做的記號了。

「沒有吸熱，這些標記也是廢的，別浪費時間了，咱們再往前摸吧。」我擦了把汗。

「我覺得，我們很難出去了。」

達爾文說出了大家都不願意承認的事實。

早在十分鐘前，我們就已經徹底迷失方向了。

「我們有沒有可能用探照燈照到這些標記？」沙耶加還抱著最後一絲希望。

達爾文搖了搖頭：「含磷的礦物在普通日光燈下和其他石頭沒有區別，除非有紫外線燈，否則根本找不到……」

說了等於白說，誰到洞裡來救人還帶著紫外線燈啊！又不是去驗鈔票……紫外線燈！

我靈機一動，湊到沙耶加旁邊，把她書包裡的東西翻出來。

「沙耶加，你做指甲的ＵＶ燈呢？」

祖先顯靈！沙耶加還沒回答我，我已經從她的書包裡摸出了一盞迷你ＵＶ燈。留意過日本流行文化的人，肯定知道日本女高中生一般都離不開美甲。

日本東京的大部分女生，平均每星期都會去一次美甲店，哪怕她們的指甲再樸素，也會塗一層顏色。

沙耶加做為一個典型的日本女生，對美甲的日常需求，相當於中國女生對「美圖秀秀」的日常需求。

所以，她會無時無刻不帶著修甲工具套裝。

我們從營地出發的時候，我無意中看到她把修甲工具套裝拿了出來，又猶豫著放回書包裡了。

ＵＶ燈，也就是紫外線燈，是幫助指甲油快乾的一種工具。幸虧當時我沒嘴欠讓她不要帶。

誰能想到一盞小小的ＵＶ燈，可以救我們的命呢！

在ＵＶ燈的照射下，鐘乳石上的記號清晰可見，我們跟隨記號很快回到了前廳。記號消失在岩壁上的一個洞穴前，這個洞穴比我們來時鑽的那個大多了。達爾文把手伸進去探了探，裡面的氣溫比外面低。

「這裡應該能回去！」

沙耶加率先走過去，接著是背著M的達爾文。我幫著達爾文把M推進洞裡，UV燈掠過M的手。M的右手，竟然發出了和沿途記號一樣的磷光。我愣住了。

M手上有磷光礦物的粉末！

難道，剛才的標記，並不是古代人留下的，而是M留下的嗎？可是，M為什麼會用磷光礦物留下出洞的記號？

第七章　四個人的祕密

一個可怕的想法從我的腦袋裡冒出來。這一切都是設計好的。

M知道我們會來救她，而且知道我們會帶著紫外線燈來救她。我搖搖頭，這不可能。

從剛才湖水流逝的速度來看，地裂並不是存在了很久的地貌——不然水早就流光了。

地裂應該是突發的。

M做為一個連手機都沒有的人，不可能精準地預測到地裂會在今天發生。

除了上帝，誰能夠精準地預測出，我們進洞之後，地裂會讓迷失之海的魚流失，導致我們失去光源？

但還是不對。太巧了。

在沒人知道的地下溶洞發生地裂的某個夜晚——幾個高中生碰巧發現了一個洞穴——又剛好見證了迷失之海從地球上消失的瞬間——其中一個還碰巧帶了紫外線燈。聽起來就像是連續中「樂透」和「大樂透」接著被雷劈死的巧合。

億萬萬分之一的機率之下才能產生的巧合。哪怕是廁所文學，劇情這樣編我都覺得太瞎。

只要這裡面有任何一個環節出了點小紕漏，要麼就是我們會被困在地下洞穴，要麼就是營救失敗。

「怎麼又發呆？」達爾文不滿地吼了一聲。「妳在後面看什麼呢？」

「哦……哦……」我趕緊關掉UV燈。「沒什麼……」

達爾文並沒有急著往洞裡鑽，而是背著M站在洞口，一臉嚴肅地說道：「有一件事希望妳們能答應——這個洞穴裡面發生的事，只能成為我們四個人的祕密。」

「啊？」

「妳們剛才用手機拍下來的照片，不要發到網路上，也不要和別人說，可以嗎？」

「為什麼啊？這是本世紀最大的地質學發現呀，要是發上網我們就爆紅了……」沙耶加完全不能理解。「如果你之前的假設成立，這個洞穴的生態系統真的是人為的，我們就能把智人的歷史至少再往前推幾萬年……」

「沙耶加，妳相信我嗎？」達爾文沉聲問。沙耶加看向我，無聲地徵求著我的意見。如果換作平常，我一定站在沙耶加這邊。

但祭壇上雕刻的時輪曼荼羅讓我隱約覺得，這裡和我的家族有著某些關聯。如果把這個洞穴貿然公之於眾，會不會給我和舒月帶來什麼影響？

「我覺得……我相信達爾文，他肯定有他的道理……」我想了半天，支支吾吾地說。「畢竟M用石頭把人家景區的玻璃全砸爛了，而且我們還盜用了別人的觀光船……要是真的曝光，被學校處分事小，以M的家庭狀況肯定很難賠出這麼大一筆錢……」

「好吧……既然汪桑也這麼說……」沙耶加沒有再堅持。

幸好這個洞穴比之前進來時寬很多，起碼不用匍匐前進，否則我們只能把M拖出來了。

看到觀光船上的探照燈時，我真以為我做了個很長的夢。

「迪克——！」我的眼淚幾乎掉了下來。

迪克沒想到我們會從另一個出口出來，連忙把船開過來。

「中尉，我以為我們全軍覆沒了呢，要是再晚十分鐘，我就去請求支援了。」迪克使勁抱了我一下，我也一把抱住他。

嗯，有體溫，活的，大家都活著。

「這裡真的是太奇怪了，剛才上升的水位又神奇地下降了。我剛剛還沒看到這個出口呢。」迪克指著我們出來的洞口。

一切都太巧了，時間也剛剛好。

隨著真正迷失之海的消失，景區的水位又下降回原點，這個剛被淹沒的洞口才顯現出來。

晚一小時，早一小時，我們都不可能順利地回來。然而越是巧合，我就越覺得事有蹊蹺。

「M究竟去哪裡了啊？裡面到底是什麼？」迪克一邊開船，一邊問我們。

我和沙耶加還沒開口，就被達爾文搶先了：「裡面就是另一個普通的溶洞，沒什麼特別的。M在裡面暈倒了，我們也不知道為什麼她會進去，等她醒來再說吧。」

迪克狐疑地看著我們，緩緩開口：「你說謊。」

我心裡一驚。

「被你發現了。」達爾文揶揄著說道。「其實我們去了地下世界，裡面有螢光海和史前文明。M其實是來自地底的女祭司，我們跟恐龍殊死搏鬥了三百回合。」

「去你的。」迪克哈哈笑了。

果然，有時候說真話比說謊更令人難以相信。

M在回程的車上睜開了眼睛。

「水……」

沙耶加趕緊餵她喝了兩口水：「妳為什麼不跟大家打聲招呼，就自己跑了？」

「妳為什麼要去迷失之海？還要鑽到別的洞穴裡？」

「M，妳……知不知道這麼做很危險的？」我想問她怎麼知道我們有UV燈，還用磷光礦物留下記號，可因為答應了達爾文不告訴迪克，只好硬生生憋了回去。幾個人七嘴八舌地問M，但她比我們還迷惘。

「什麼洞穴？」

「我們……現在在哪裡？」

「我……我想不起來了……」

M抱著頭，似乎很痛苦。

「算了，人沒事就行。」達爾文暗示我們別再問了。

無論是她真的忘了，還是有意隱瞞，畢竟我們都沒事，再追問下去也沒意思。

回到營地天還沒亮。大家連髒衣服都懶得換，筋疲力盡地倒在防潮墊上。沒一會兒，就傳來了此起彼伏的鼾聲。

我閉上眼睛，就看到祭壇上雕刻的時輪曼荼羅，翻來覆去，還是睡不著。走出營帳，雨還在淅瀝瀝地下著。我揉了揉眼睛，開始翻看手機裡的照片。照片模糊不清，只能看出個輪廓。

石刻上的曼荼羅，雕工並不太細，但結構和絲織物是一樣的，從外延伸至內共有七層圓圈，在圓圈中心，是一扇刻著蓮花的大門。

我仔細看，又有一些不同，石刻在每一層圓圈裡，都有一個缺口。缺口總共有七個，就像是……

七路迷宮！

我的媽呀，這不就是七路迷宮嗎？怎麼變了個形我就不認識了？七個缺口不就剛好能放下七顆珠子嘛！

「喂。」

一隻手搭在我的肩膀上，差點嚇得我尿褲子。

是達爾文。

「謝謝妳今天幫我說服了沙耶加。」他似乎完全沒留意到，我因為這件事受到了一萬點驚嚇。

「你……你怎麼不睡覺啊？」

「睡不著，出來轉轉。」達爾文從口袋裡掏出一袋鴨脖子，遞給我。是昨天他贏走的那一袋。

算你還有點良心，我心裡暗暗地想。我叼著鴨脖子，跟他走了一段路。

「我有一個問題，憋在心裡好久了，但不知道該不該問。」我終於可以不用說英文了。

「我喜歡胸大有腦顏值高的女生，所以妳們都沒戲。」

「我不是要問這個……」

「那妳別問了。」

「那我回去了。」

「那妳問吧，但我不一定會回答。」

「你為什麼總瞞著迪克？他不是你的好朋友嗎？」

達爾文停住了腳步。

「我們加入社團那天，我們都看見他消失了，攝影機明明也拍到了，可是我看到你把影片刪了……」我吞了口口水。「今天也是，那個洞穴裡真正的迷失之海，為什麼不能告訴迪克呢？」

「那妳呢？為什麼也不想把在洞穴裡拍的照片傳上網？妳不想出名嗎？那個時輪曼荼羅是什麼？」

達爾文的問題一下噎得我說不出話來。

「每個人不是都有私心的嗎？難道妳沒有？」他挑了挑眉毛，看著我。「所以永遠不要把自己說得很無辜。」

我沉默了。

我想起我爸躺在醫院裡，冰冷的屍體。

我的生活發生了天翻地覆的改變，就是從那一天開始的。包括美國這個鬼地方，我根本不想來。

還有我躺在醫院裡面的媽媽。

「以後窺探別人隱私的時候，先想想自己是否能回答同樣的問題。」

「我沒想要窺探你的隱私，我把你們都當成朋友才會問的……我沒有什麼好隱瞞的。」我的眼眶一下就紅了。「時輪曼荼羅可能跟我爸爸的死有關，你懂個屁！」

達爾文愣了一下。

我扭頭就走。

「喂，」達爾文在後面拉住我。「我很抱歉，真的。」

「抱歉什麼，再拉老子就一巴掌呼死你！」

「我以前有個哥哥，他也死了。」

達爾文的聲音裡帶著哽咽。

四年前。

亞特蘭大。

這裡是美國東岸南部最繁華的城市之一，有世界上最大的水族館和可口可樂博物館，有奧林匹克公園和CNN電視臺全球總部。

但這些跟年僅十四歲的達爾文・陳，似乎毫無關係。

他正坐在中式快餐館裡唯一的桌子後面，透過一次性便當和塑膠刀叉，窺視著對面坐著的人。

達爾文的父母，典型的第二代福建移民，在市中心擁有一家小店，以美式華人中餐外賣為營生。

左宗棠雞飯五塊九美元，陳皮牛肉飯四塊九美元，炒麵兩塊九美元。

達爾文的媽媽將裹了粉的雞塊下進油鍋裡，用漏勺熟練地翻了幾下撈出來，露出了滿意的微笑。

她沒有朋友，也不喜歡社交，除了進貨和送餐，總喜歡待在廚房裡。就連生下達爾文的幾小時前，都還在油鍋前炸著雞塊。

有時候達爾文甚至懷疑，他媽媽對炸雞的愛，比對他的還要多。爸爸坐在電話旁邊看《馬報》——據說他年輕的時候，在紐約的上海餐館打過雜，看著大廚每日燒雞，耳濡目染竟然也出師了。他的經驗是花椰菜過熱水不要燙熟，因為老外都愛半生不熟。

此刻坐在達爾文對面的，是他的二哥吉米・陳。達爾文上面有兩個哥哥，下面有三個妹妹。

大哥高中畢業就去了威斯康辛州種花旗參，偶爾打電話回來，總吹噓自己又認識了香港來收參的某某富商。

三個妹妹從出生起就由達爾文照顧，父母顯然沒有對女兒們傾注過多的感情。即便偶爾提起，也是一帶而過。

吉米此刻正津津有味地看著電視上播報的美國大選。

「吉米，把這四份外賣送到六街去。」爸爸從櫃檯裡遞出兩個塑膠袋。

「好的，爸爸。」

吉米從椅子上跳下來，拿過速食，吹著口哨頭也不回地走了。直到餐館的門關上後，達爾文才克制不住地顫抖起來。

今天是「吉米」回來的第三天。

也許只有上帝知道，世世代代都平凡無奇的陳氏一家，為什麼會生出像達爾文一樣的孩子。

達爾文的天賦是什麼時候展現出來的已經無法考究，畢竟對於每天工作十六小時的父母來說，連睡覺前和孩子聊幾句話都太過奢侈。

二年級的時候，他的老師偶然發現這個從小活在閩南語系中的黃皮膚小孩，只學了不到一年的英語，就能熟練地拼出類似「Psychobabble（心理囈語）」這樣冷僻的英文單詞。

三年級，老師推薦他參加了「WISC」兒童智商測試。無論是思維、邏輯和拼寫能力，還是常識競答的能力，達爾文都遠超過同齡兒童。

在四年級開學前，學校老師找到達爾文的父母，表示願意推薦他去霍普金斯創建的天才少年班。

達爾文的父母第一次露出匪夷所思的表情。

「既然我們的孩子很聰明，為什麼還要去接受特殊教育？」

「陳女士，我希望您能理解，正因為達爾文是智力超群的孩子，才更需要特殊的教育。」

「我覺得我的兒子只需要做普通人。」達爾文的媽媽挺著大肚子回到後廚之前，看了看抱著妹妹的達爾文。「如果你走了，你的妹妹們怎麼辦？」

達爾文看著老師歎著氣走出了門，又給另一個妹妹重新塞上了奶嘴。

「你不一定要去那種學校，都是政府騙錢的東西——報紙上說，公立學校也有很多人能考上名牌大學。」父親在接電話的空檔，介紹著自己在《馬報》上看見的報導。

其實達爾文也並沒有很想去，他並不喜歡「天才」這個詞，比起與眾不同，他更喜歡和吉米待著。

吉米是所有兄弟姊妹裡，和達爾文最親的一個。

他比達爾文大兩歲。他們除了是兄弟之外，還是十分要好的朋友——雖然他和達爾文的個性天差地別。

吉米沒有聰明的腦袋，卻長著一張少年老成的臉，和高年級那些大男生一樣叛逆，總是露出憤世嫉俗的表情。

聽著爸爸坐在櫃檯後面對《馬報》上的政府陰謀論侃侃而談，吉米鄙夷地哼了一聲：「一輩子待在鍋爐邊的雞塊，永遠不會明白『德克斯特』是如何保護地球的。」

「德克斯特」是當年熱門動畫片裡的主角——一個七歲的天才兒童，和實驗室的寵物猴子一起打擊壞人。達爾文雖然覺得拿雞塊比喻自己的父母有點過分，但吉米的安慰讓他心裡立刻舒坦了起來。

畢竟每天放學後和吉米一起玩陀螺，比做數獨和門薩測試有趣多了。然而，達爾文平靜的生活在他十四歲那一年，被打碎了。

那天是星期四，八年級升學考試結束後的第一週。

他和吉米就讀的學校，在亞特蘭大水族中心後面，離中餐館不到一公里。吉米一放學就跑回去送外賣了，達爾文卻總愛在圖書館坐上一會兒。

剛下完一場大雨，天空陰沉沉的，達爾文從學校的圖書館出來，就聽到有人在後面喊他。

「嘿，中國佬。」

一隻手搭在了他的肩膀上。那人不由分說地抓著他的脖子，把他拉進了加油站隔壁的巷子裡。

巷子背靠水族館，裡面布滿了粗細不一的排汗管道，一股夾雜著海水腥臭的味道撲面而來。

「中國佬，你他媽是怎麼作弊的？」

達爾文終於看清楚了眼前的這個高個子。

喬治，班上的一個混混兒，據說和高年級的人打架贏過幾次，從此沒人敢招惹他，跟在他後面的還有兩個不認識的男生。

達爾文從來沒跟喬治說過話，只隱約記得他這次考得不好，基本上不用指望升九年級了。

這三個人把達爾文圍了起來。

美國男生進入青春期之後，就像充了氣一樣長得又高又壯，連他們的影子似乎都比達爾文重。

達爾文再怎麼樣也就是個孩子，他咽了口口水，極力掩飾著自己的恐懼，一步步往後退。

「我不明白你說什麼。」

「我問你——他媽的——是怎麼——考的滿分——聽懂了嗎？」

「我沒作弊……」

「我爸說了，中國佬就是詭計多端的老鼠。」喬治哼了一聲。「據說他們都沒有體毛，所以可以把答案抄在大腿上。抓住他！」

另外兩個男孩子把達爾文的手壓制住。達爾文嚇壞了，徒然掙扎著。

「我聽說你們中國佬什麼都吃——狗、雞的腳、蛇和蟲子……」

喬治邊說邊把其中一個排水管道的地漏網拆開，頓時一股汙水夾帶著惡臭湧了出來。裡面除了黑色的淤泥，還浮著一兩條從水族館沖下來的死魚。

喬治從垃圾箱裡撿了一根棍子，挑出一條死魚。

「吃了它。」

達爾文的心臟劇烈地跳動著，恐懼讓他連哭都忘記了，癱軟地坐在雨水還沒乾透的地上。

「吃了它，或者脫掉褲子讓我看看你有沒有作弊。」

喬治用沾著汙泥和屎的棍子在達爾文的臉上拍打磨蹭。達爾文嘴巴被木棍的倒刺磨破了，臭味讓他頭暈眼花。

「按住他，直到他吃完為止。」

兩個男孩把達爾文的頭按在地上，儘管達爾文拚命掙扎，但嘴還是貼到了那條酸腐的魚屍體上。

達爾文閉著眼睛，他想著他該早些回家，如果他沒去圖書館，現在就會在店裡幫妹妹們餵奶，會換上他最喜歡的毛衣看《時間簡史》。

「他尿了，他尿了，哈哈——」

「你們他媽的在幹什麼！」吉米的聲音。

達爾文暈過去之前看到的最後一個畫面，是十年級的哥哥吉米衝進小巷，扔掉手裡的外賣盒飯，一腳踹在喬治的老二上。

迷迷糊糊，達爾文聽到下水道發出轟隆轟隆的聲音。

那群壞孩子似乎尖叫著跑開了。

隱隱約約的流水聲，似乎有什麼東西從下水管道滑了出來，滑過他的身邊。那東西碰到了他的手，黏稠的，冷冰冰的。

然後，他聽到吉米的喘息聲。

但達爾文已經耗盡了所有的體力，他虛弱得連眼皮都抬不起來了。

「弟弟，醒醒！弟弟！」

不知道過了多久，達爾文睜開眼睛，看到吉米在身邊拍著他的臉。

「小毅！你肯定不會相信我剛才看到了什麼！」吉米的臉上有壓抑不住的興奮。

陳毅是達爾文的中文名，他知道，哥哥只有在特別激動的情況下才會叫他的中文名。

吉米把達爾文扶起來，他甚至連達爾文褲子尿濕了都沒發現。

「你他媽的不會相信的！什麼上帝，什麼進化論，都可以見鬼去了……」

達爾文環顧四周，喬治和那幾個孩子已經不見了，天色也完全變黑。

「你究竟看到了什麼？」

「我看到了八爪魚人！」

第八章　消失的吉米

達爾文有點摸不透這個哥哥，雖然吉米平常也滿大驚小怪的，但還不至於這麼瘋瘋癲癲。

「你……在哪裡看到的？」

「就在那兒！」吉米指了指被撬開的排汙管道。「它是從這裡面遊出來的！」

「喬治他們也看到了嗎？」

「他們看見下水道往外噴屎的時候，就嚇得落荒而逃啦！」

達爾文搖搖頭：「哥，沒有什麼外星人，你看錯了……」

「我就知道你會這麼說！」吉米從口袋裡翻出手機。「我拍下來了！」

吉米的手機是兩個月前買的，為了方便送餐的時候聯繫客戶。為了這部最新款的「夏普」手機，他求了媽媽兩個月——十一萬像素的CCD鏡頭拍照功能，在那時候看來，是和今天的VR遊戲一樣酷炫的科技。

第一張有點模糊，或許是吉米嚇壞了。照片裡一個男人正從汙水管道裡爬出來。他沒有頭髮，全身赤裸，兩隻手用一種詭異的姿勢撐著地面。

「這或許……是某個活在下水道的瘋子……」

達爾文還沒說完，吉米就翻到了下一張。

男人已經從管道裡鑽了出來，站在昏倒的達爾文身邊，朝鏡頭的方向看過來。

「他」沒有嘴。有眼睛，有耳朵，唯獨鼻子以下連著接近透明的皮膚。

「他」的腹腔上，有一道豎著的細長疤痕，疤痕附近長出很多肉芽，卻沒有縫合的痕跡。

「他」的四肢，長滿了吸盤，像章魚一樣。

後面的幾張照片都因為晃動模糊不清。唯一看得出來的是，那東西貼著牆上的排汙管道往遠處爬去。

「他身上的吸盤貼在牆上，速度非常快，我還沒反應過來，他已經不見了。」吉米遺憾地說。

達爾文倒吸了一口氣。

「但這……這是什麼？」

「無論是什麼，都是本世紀最重大的發現！這絕對是另一個物種！兄弟，我們要出名了！」

吉米使勁拍了達爾文一下。

沒多久，吉米在網上發布的照片，點擊數就超過了十萬。在那個年代，十萬點擊量意味著起碼十分之一的美國人對此產生了興趣。

評論裡說什麼的都有，懷疑論者對照片的真實性評頭論足，科學愛好者對物種的歸類爭來搶去，但更多的人表現出了恐慌。

這照片讓吉米在學校一時風頭無兩，女孩子們在學校餐廳裡將他團團圍住，一遍又一遍地聽著這個十六歲男孩吹噓著當天的經歷。

「喬治他們一聽見聲音，跑得比兔子還快，八成把當年衝破卵子壁的力氣都使上了——」

每次說到這兒，吉米就會報復性地把聲音提高八度。

隨著大家哄堂大笑，那三個男孩又羞又氣，坐在一邊抬不起頭來。很快，就連當地媒體都找上門要採訪吉米，甚至願意付給他報酬。

某天放學，達爾文和吉米正準備回中餐館，校長帶著幾個穿西裝的人迎面走來。

「吉米，這是亞特蘭大生物監測局的威廉斯和他的同事們，他們有幾個問題想問你。」校長笑著說。

幾個人把兩兄弟帶到了一間沒人的教室，威廉斯詳細地詢問了吉米當天的經過。

達爾文默默站在旁邊，他發現這些人似乎並沒有對吉米的回答做任何紀錄。

「很好，孩子，也許你立了大功。」威廉斯在詢問結束時對吉米笑了笑。「最後一個問題，除了你，還有別人看到嗎？」

「沒有了。」吉米不假思索地說，這件事他早就說了不下百次。

「只有我和我弟弟在現場，可是他當時暈過去了，什麼都沒看到。」

「我沒有問題了，很感謝你，小夥子。」威廉斯站起來和吉米握手。兄弟倆一回到中餐館，爸爸就從後廚拿出來四袋便當。

「吉米，送去三街的辦公大樓——別再沉迷於那些神神鬼鬼的東西了。」

吉米的出名在父母看來不值一提，他們更關心這個月的收入稅後還能剩多少錢。

吉米已經快十七歲了，他所想的是放學後要跟女孩子去電影院看《鬥陣俱樂部》，而不是提著左宗棠雞和炒麵穿梭在大樓之間。

「該死！我就是你們生下來送外賣的機器。」吉米啐了一口，一臉不情願地說。

「總有一天我要離開這兒的！」

達爾文安慰地拍了拍吉米的肩膀。吉米罵罵咧咧地出了門。半小時，一小時，兩小時過去了。

吉米沒有回來。

達爾文一家所住的地方，是一間不到四十平方米的「雅房」。

「雅房」不過是好聽點的叫法，其實就是一間大公寓被隔成七、八個單間分租，幾家共用一個廚房和兩間廁所。

和他們一家住在一起的，還有大陸來的孕婦、留學生、骨妹（按摩女）和底層華工。

不是達爾文的父母沒有錢，而是他們捨不得那張政府頒發的「白卡」。買房子，就意味著要放棄這份政府給窮人的優厚醫療福利。

他們更不敢跟美國人住在一起，法律規定十四歲以下的小孩不能單獨在家——他們必須花幾千美金請保姆看著達爾文和他的妹妹們，才能避免被白人鄰居報警投訴。

只有和中國人住在一起，把現金放在床底下，才是最安全的。

一個簡易衣櫃和一張雙人床已經占據了「雅房」將近一半的空間。房間另一邊被掛簾隔開，裡面是兩張桌子和一個鐵架床，吉米睡上鋪，達爾文睡下鋪。

飯都涼了，吉米還沒回來。

達爾文的父母並沒有表現出過度的擔憂。父親在統計著冷凍肉類的庫存，母親則在給兩個妹妹洗澡。

「我他媽的要離開這個該死的鬼地方。」這是吉米這幾年的口頭禪。他確實也做到了。

吉米經常離家出走，直到花光送外賣掙的小費之後，才會灰頭土臉地滾回來。十七歲在國外已經不是父母能夠管束的年齡了，和什麼樣的女孩約會，去哪家酒吧打撞球都是他的事情，他能為自己負責，父母插不上嘴。

更何況達爾文的父母，他們已經被生活壓得喘不過氣來。

達爾文最初並沒有在意，飯後和往常一樣，看了會兒書就睡了。

迷迷糊糊，他看見吉米站在他們經常玩耍的運河堤壩旁邊，把「槍與玫瑰」的 Don't Cry 送給了他。那張簽名搖滾唱片，是吉米的寶貝。

「小毅，Don't cry。」吉米朝達爾文笑了笑，轉身走進運河裡。湍急的河水沒過吉米的胸部。他朝遠方遊去。

達爾文沿著岸邊追著吉米，大聲叫喊著，跑得筋疲力盡，直到冷風把他從夢中吹醒。

達爾文心裡突然湧起不祥的預感。

他的胸口劇烈起伏著，所有的焦慮和恐懼在黑暗中伸出爪子，勒住他的咽喉。他偷偷爬上吉米的床，把手伸進床墊的縫隙裡仔細摸索了一會兒，掏出了一疊錢。

那是吉米存下的小費，他沒帶走。

第二天是週末，清早達爾文就離開了家，先去了夢中的運河。

夏季即將來臨，河水已經被抽乾了，露出光禿禿的河床和綠色的淤泥。下游的橋洞裡有一頂隱蔽的帳篷，那是只有他和吉米知道的祕密基地。

吉米不在這裡，帳篷下面儲藏的罐頭都沒有被動過。達爾文又去了輪胎廠和電影院，也沒有吉米的身影。

酒吧和撞球廳都沒開門，他甚至去找了吉米暗戀的那個啦啦隊女孩。

「沒有，我從昨天到現在都沒見過他。」

無論是啦啦隊女孩，還是吉米同年級的朋友，答案都大同小異。達爾文的不安越來越強烈，他本能地覺得吉米出事了。

「他是我兒子，他會回來的——」週末的訂單並不多，爸爸靠在椅子上一邊看《馬報》，一邊說。「你忘了他上次搭車去了佛羅里達嗎？」

確實，這一切都無法證明吉米出事了，哪怕去報警，也要四十八小時後才能立案。

「與其擔心他，你為什麼不照顧好你的妹妹們呢？小妹吃什麼都吐，從早上哭到現在了。」媽媽也認為達爾文的擔憂是多餘的。

「但他連衣服和錢都沒帶走……」

「那就更加證明他很快就會回來了。」爸爸不耐煩地打斷了達爾文的話。雖然達爾文才十四歲，但他的智商優勢一直都在。

冷靜下來後，他想起了吉米的手機。

一九九七年之後，美國政府決定停止對民用GPS信號的干擾，汽車GPS導航將在未來逐漸普及，也許通過民用衛星信號能定位吉米的手機。

幸好學校的圖書館沒有關門，達爾文忙了一下午，終於把吉米的手機信號和美國三點定位導航系統連接在一起。

敲下按鍵，就能知道吉米在哪裡了。想到這些，達爾文的心都快從嗓子眼裡跳出來。

電腦顯示器上出現了一行字：

搜索結果被遮罩//原因：沒有許可權//代碼FUGNDO×××09SATL/

「What the fuck（搞什麼）！」達爾文的心情就像坐雲霄飛車一樣大起大落。為什麼會沒有許可權!?

不甘心的他又換了幾組號碼，從國務院的官方號碼到班主任的手機，都可以輕易地通過這套程式定位。

唯獨吉米的手機，因為查找許可權不予顯示。

達爾文能想到美國本土會遮罩的地區，只有戰略要地、軍事基地和政府。

為什麼？

突然，那個自稱威廉斯的政府官員，在達爾文腦海裡一閃而過。

他們長途跋涉來學校專程找到吉米，卻一個字也沒做筆記。他們似乎根本對吉米看到了什麼不感興趣。

達爾文想起他們道別的時候，一再問吉米是否是當時唯一的目擊者。難道這才是他們真正關心的？

他一邊想著，一邊用顫抖的雙手，在鍵盤上鍵入「亞特蘭大生物監測局BCSA」。

根本沒有這個什麼狗屁機構。

那個威廉斯也是假的。達爾文覺得腦子轟的一聲。必須報警！吉米的失蹤九成和這幾個人有關！

他連書包也忘了背，用百米衝刺的速度跑回家。

一路上，達爾文就像完全忘記了交通規則，靈活地在紅綠燈和行人之間穿梭。有幾次他幾乎喘不上氣來，他知道哪怕晚一分鐘，吉米出事的機率就會成倍增加。

他的腦海裡充斥著可怕的幻想——他只能拚命地晃動腦袋，似乎加快速度是為了擺脫這些消極的想法。

他甚至不敢去想「死」這個字——直到看到那棟熟悉的房子之前，他都以為自己再也沒辦法跑出地獄了。

達爾文撞開了家門。

第九章　最聰明的軟體動物

吉米正坐在客廳裡。

「我就知道不應該給你買這麼好的手機！你以為你是含著金湯匙生下來的富二代嗎？」媽媽站在一邊碎念地罵著吉米。「你就不配用好東西！」

「拜託，一支手機而已，多送幾盒外賣不就回來了嗎？」吉米攤了攤手。他隨意地把腳翹在茶几上，就像平時一樣。

果然，一切都是自己想多了。

達爾文長長地出了一口氣。「嗨，兄弟。」

晚上，達爾文躺在下鋪，還是沒忍住問在上鋪的吉米：「你昨天去哪裡了？」

「拜託，難道你忘了嗎？昨晚可是亞特蘭大老鷹對熱火隊！」吉米翻了個身。「要不是因為你不喜歡籃球，我絕對不會讓你錯過這麼棒的球賽。」

「噢，我都忘了。」達爾文不好意思地笑了笑。

吉米一直喜歡ＮＢＡ，連做夢都想當籃球明星，可是對於老外來說，他的身高沒有什麼優勢。達爾文則相反，他不覺得一群人去搶一個球有什麼意思。

「那老鷹隊贏了嗎？」

「當然，主場一一五：九十六大敗熱火，比賽之後我混進酒吧玩了一夜，認識了個朋友，也是球迷，他就住在酒吧附近。後來我也喝醉了，就在他家睡了一覺。」

吉米以前很少喝醉，達爾文心想——但青春期的男孩子什麼都做得出來。哥哥的呼聲很快傳來，達爾文也慢慢進入了夢鄉。

午餐的時候，達爾文和吉米朝學校餐廳走。

「嗨。」那個啦啦隊女孩笑著向吉米打了個招呼。「這個週末見到八爪魚人了嗎？」

「沒有。」

吉米並沒有向平常一樣在餐廳的桌子旁侃侃而談，而是越過女孩，坐在角落的窗戶旁。

「中國佬，」一個經過他的男孩忽然諷刺地叫了一聲。「真沒想到你能幹出這種事，我不得不說還是挺有創意的。」

餐廳裡的人都望向這邊，另一個人也開口幫腔：「別惹他，不然他會以為自己又看到了天外異形或UFO。」

「一個明目張膽的騙子，怎麼還敢若無其事地坐在這兒吃飯。」

達爾文突然被激怒了。

「你說什麼？」他扔下便當走到那兩個人旁邊。

「我說，像他這樣的失敗者。」眼鏡男孩指著吉米。「這個世界上，也許只有虛構的章魚人才能滿足他被人關注的願望。」

「章魚人不是虛構的，你難道沒看照片嗎——」

「原來發瘋的還有一個。」兩個男孩吐了吐舌頭。「我想，你該自己去看看他的懺悔部落格。」

吉米的懺悔書緊跟著他之前發的八爪魚人。他說由於自己不甘心平凡，想在學校出名，所以虛構了一段奇遇，並用了軟體偽造照片。

隨著照片在全國引起的轟動，他越來越不安，思前想後，終於說出了真相，希望得到輿論的寬恕。

部落格更新後，關注人數大降，評論區除了謾罵和嘲笑，更多的人表示出的無非是「我早就知道」的冷漠。

達爾文坐在電腦前，越看越不對勁。這篇文章不可能是吉米寫的。

雖然文章通篇都在模仿高中生的口吻，但達爾文知道，吉米寫不出這種文章。字裡行間邏輯嚴謹、思路清晰。

從八年級起，吉米的作文大部分是達爾文代寫的。吉米不擅長寫作，就像達爾文不擅長籃球一樣。吉米難道被什麼人威脅了？

達爾文很想去問吉米，但終究是忍住了。他的理智告訴他，現在只能表現得和平常一樣，再慢慢觀察——也許他的懷疑會再次讓吉米陷入危險。

連續幾天，達爾文都在暗中觀察著吉米。

上學，午飯，放學去中餐館，回家，看電視睡覺。吉米的生活和往常一樣。他既沒有去見什麼人，也沒有再提起和八爪魚人有關的任何事情。

如果硬要說變化，就是他變得越來越「好」了。以前送外賣時都會不停抱怨的吉米，現在卻能笑著接過爸爸遞給他的餐盒。以前的他總是帶著憤怒活著，哪個同學是傻瓜，哪個鄰居連自家的狗都管不好，哪個老師是勢利眼，他都會毫無顧忌地說出來。

現在的吉米卻表現出對一切事物的偉大寬容。不再抱怨，不再憤世嫉俗。每個人都說，吉米就像變了一個人。

吉米變得更好了，更容易相處，也更容易適應這個社會。他們說，吉米長大了。吉米的生活回到了正軌，大多數人也早就忘記了八爪魚人的事，那充其量只是一個過時的話題。

只有達爾文還在暗暗地觀察著吉米的一舉一動。他相信自己的直覺，這個人不可能是他熟悉的哥哥。

吉米失去的，是對這個世界的反抗和憤怒。

在達爾文看來，那才是吉米能稱為吉米的證據。

星期三午休時，達爾文躲在科學大樓的廁所裡，貼著門板仔細聽著外面的動靜。

如果他的猜測沒錯，午飯後吉米會出現在這裡。

達爾文觀察了幾個星期，吉米總喜歡在午休的時候來科學大樓。最開始是一週一次，後來變成一週三次，每次大概二十分鐘左右，其中週三待的時間會特別長，因為這天下午整個科學大樓都沒有課。

果不其然，幾分鐘後，達爾文聽到走廊傳來吹口哨的聲音。吉米哼著歌，打開了隔壁實驗室的門。

達爾文沒有急著走出廁所偷看，他知道，稍有不慎就會打草驚蛇。

時間一分一秒地過去了，半小時後，達爾文聽到教室的門再次打開。口哨聲和腳步聲越來越遠。

確定吉米離開之後，達爾文再次潛入教室。在吉米來之前，他就進來看過。吉米到底在裡面幹什麼？達爾文一邊想著，一邊仔細觀察著教室的每個角落。這是一個生物教室，一角放著一個兩公尺長、五十公分寬的魚缸，裡面有用海水養殖的一些珊瑚和小丑魚。

達爾文發現，魚缸裡的水變少了。

地上還有沒乾的水漬，達爾文摸了摸牆角的拖把，濕漉漉的。他心裡一沉，吉米拍的那些照片在他腦海裡閃過。

幾天後是吉米的生日，為了證明自己的猜想，達爾文把所有零用錢都拿了出來，請全家去吃韓國料理。

看到還在盤子裡活蹦亂跳的生章魚的腕足時，吉米的臉明顯一抖，隨即訕笑著推託：「嗨，我可吃不了這個，這太血腥了。」

達爾文注意到，吉米用的形容詞，不是「噁心」，而是「血腥」。

達爾文若無其事地夾了一塊，放在嘴裡嚼了嚼，吞下去。

「章魚的腳到喉嚨裡都還在動，值得一試啊。」爸爸一邊吃，一邊說。

本來他們一家就是福建閩南華僑，沿海漁民的基因讓他們對各種海鮮的吃法都習以為常。

「既然吉米害怕，那我們再點一條熟的吧，這裡的石鍋豆腐章魚也不錯。」媽媽朝服務員揮了揮手。

「我的胃不舒服，給我一杯水就行。」

達爾文看到吉米的腳藏在桌子下面，抖得厲害。那天晚上，吉米什麼都沒吃。

第二天，達爾文又回到韓國料理店。他告訴店主，他是學校報社的小記者，想為料理店的師傅做一篇小報導。

他是一個在後廚長大的孩子，對這種地方再熟悉不過了，三言兩語就和廚子搭上了話。

廚子是韓國濟州島的漁民，從小就在海上捕捉章魚，十年前跟著女兒移民美國，開始開店。

「你有什麼儘管問，說到章魚，不會有人比我更了解啦！」

「我留意到生章魚腳在沾了醬料之後會劇烈掙扎，這是因為醬料刺激的嗎？」

「是因為醬料裡有醋呀！」

廚子擦了一把汗，從泡沫箱裡抓出一條章魚。經過長途跋涉，那條章魚看起來十分乾癟。廚子淋了點白醋到它的腕足上，頓時章魚像嗑藥一樣蜷了起來。

「它怕酸!?」達爾文非常驚訝。「可是我查過許多文獻都說軟體動物沒有痛覺——」

「書裡能教你的，可不及我們一輩子和大海打交道得來的經驗。」廚子笑了兩聲。「章魚最喜歡往狹小的空間裡鑽，特別是海螺殼、陶罐和廢水管，要是硬拔它是出不來的，它的吸盤牢牢吸在裡面，那可是天生神力！但如果你往裡面倒點酸醋，章魚就會縮成一團，一倒就出來啦！」

達爾文用了一個禮拜的時間，從化工商店買回來包括水溶性米紙、水溶性塑膠薄膜、窄口玻璃瓶、雙面膠帶和軟皮鎖鏈等一大堆材料。

最難搞到的是高氯酸。

做為六大無機強酸之首，高氯酸的腐蝕性比硫酸更強、更迅速，可以被水稀釋。

達爾文甚至在網上找了一臺大功率音響。

他設計的機關很簡單，說白了就是在魚缸的濾水器上墊幾層水溶性紙，然後把裝滿高氯酸的玻璃瓶放在上面。

高氯酸在魚缸裡水位線上，用水溶性塑膠薄膜密封瓶口，既不會揮發，也掩蓋住氣味。

海水一旦外溢，水位超過了水溶性紙，紙張就會在兩三分鐘內溶解，上面的高氯酸就會掉進水裡，水溶性塑膠薄膜也會溶化——這時候，整個魚缸就會變成一個稀釋的高氯酸容器——雖然對人類皮膚的威脅不算太大，但足以讓一條章魚死去活來。

時間又到了星期三。

達爾文布置好一切，照舊藏到廁所裡。

當他聽到實驗室的開門聲時，心臟壓抑不住地狂跳起來。一分鐘、兩分鐘、三分鐘……

他第一次發現相對論的偉大。時間的長度是由心理感知決定的。意料之中，達爾文聽到了一聲尖銳的怪叫聲！

「咿——」

隨即是稀里嘩啦的流水聲……

達爾文迅速衝出廁所，拿出準備好的軟皮鎖鏈把教室門鎖住。

「我不會讓你逃了的！我要你用你的命抵我哥哥的命！」他心裡這麼想著。鎖好教室門的那一瞬間，他還是忍不住向裡面望去。

他一直不想看的，也不願意承認的事實。

一隻巨大的怪物——像人又像章魚——正痛苦地在水族缸裡掙扎。它沒有嘴巴。

達爾文愣了半秒，迅速彎下腰，拿出了包裡的那臺音響放在門口，按下播放鍵。

安靜的校園，突然響徹了埃米納姆的 Puke（嘔吐）。

熟悉美國說唱的人都知道，這是一首每句歌詞都自帶各種器官的粗口歌。用四個字概括：少兒不宜。

頓時「我〇你媽」的饒舌音樂傳遍了整個校園。要知道，這種歌是絕對不能公然在學校裡放的。

「上帝啊！這是誰幹的!?」

五分鐘之內，校長和老師，還有看笑話的學生們都迅速朝科學樓圍過來。

達爾文躲在廁所，直到人多了起來，才假裝成圍觀群眾混在學生中間。警衛剪斷了門口的軟皮鎖鏈，進去的第一個老師大叫一聲，昏了過去。

實驗室裡的魚缸已經碎了一地，水流得滿地都是。課桌全被掀翻了，地上躺著一個沒有頭的「人」。確切來說，是一個沒有頭的「皮囊」。

裡面空空如也。

「天哪，報警，快去報警！」校長腳一軟，坐在門口。

警衛開始驅散在門口圍觀的學生，達爾文在離開現場之前仔細看了一圈。「皮囊」裡的怪物不見了。

水族箱旁邊的洗手盆裡，過濾網被掀了起來。

縮骨是無脊椎動物的特長。一條成年章魚，都能從一根哪怕直徑只有五公分的水管裡鑽出去。

而浸泡在海水裡，則是所有海洋動物的天性。

這種天性和進化無關，就像它喜歡待在海水裡的天性一樣。人類哪怕進化了這麼多代，幼兒時看到樹還是想爬，青春期還是有交配的欲望。

這是類人猿做為哺乳動物的天性。

章魚的天性就是待在海水裡，無論它們的大腦多麼發達，智商多麼突破天際，物種的起源地決定了它們具有親水的特性。這條假扮成吉米的章魚，正是因為發現了科學大樓的海水魚缸，才會在沒有人的時候溜進去泡一下。因為扮演了吉米一段時間毫無破綻，表面上也沒有人懷疑，所以這條大章魚放鬆了警惕，給達爾文製造了機會。

但達爾文還是低估了那條章魚的智商，它雖然受了重傷，卻沒有坐以待斃，而是在不到五分鐘的時間裡迅速自救，找到了逃生路線。

「那你後來還見過你哥哥嗎？」聽完了達爾文的過去，我沉默了一會兒，問道。

他搖了搖頭。

「自從那個夢之後，我就有預感他離開這個世界了。警察局只是備案他失蹤了，沒人知道那張皮是怎麼回事，我能做的都做了。」

「我很抱歉。」

「現在妳明白我為什麼把攝影機裡的影片刪掉，也不讓妳們把在迷失之海裡看到的東西說出去了吧？」

達爾文歎了口氣：「無論你相信與否，這個世界的暗處有一些隱祕的勢力，他們控制著媒體和輿論，甚至控制著政府和國家的管理者。吉米只是千萬個無辜的犧牲品之一，他們能換掉他，同樣也能換掉別人——我們沒辦法知道這個世界上有多少被取代的人，一時疏忽就可能讓妳我喪命。」

「我相信你……」

雖然達爾文說的事情對普通人來說難以置信，但是從我爸去世那一天起發生的一系列事情，已經顛覆了我對這個世界的認知。

「其實妳信不信對我而言都沒區別。但不要因為妳對這個世界膚淺的理解而牽連了別人。」

這個人又來了，還能不能好好聊天了？

為什麼有的人明明不壞，你卻很想抽他一個大巴掌呢！我對他剛產生一點好感就被白眼取代了。

「天快亮了，回去吧。」他一邊說，一邊往回走。

「哇！」

營地傳來沙耶加興奮的叫聲，我趕緊撇下達爾文跑過去。

「汪桑！你看——」沙耶加興奮地指著山谷對面。

天色逐漸破曉，朦朧的霧氣開始散去，大自然如同掀開了銀色的薄紗。伴隨著微風，成千上萬隻蝴蝶從谷底向天空飛舞——在山谷的另一頭，鹿群站在懸崖上向遠處眺望，在晨暉中和蝴蝶交織出無法言喻的壯麗畫面。

「天！美呆了！」

過了好一會兒，我才反應過來，連忙掏出相機。

蝴蝶繞著鹿翩翩飛舞，甚至有一些停留在鹿角上，久久不願離去。

「你看，它們像不像在說話！」迪克瘋狂按著快門。我拉著M和沙耶加，在相機前面擺出各種剪刀手。

「我認識這種蝴蝶，這是美洲帝王蝶。」一隻蝴蝶飛到我們身邊，我終於看清楚了牠橘黃和黑色交錯的花紋，終於也輪到我表現個小聰明了。「我聽姨媽說過，牠們的遷徙過程要經歷好幾代，是用『生命接力』完成的。生物學的一種說法認為，牠們遷徙的路線來自基因記憶。」

「基因記憶……」M若有所思。「那、那人會不會，有、有基因記憶？就像蝴蝶一樣，它們短短的一生，就、就是為了完成，完成『神的使命』？」

「我也問過我姨媽這個問題。」我說。「人類的遺傳基因裡會不會也有同樣的密碼，但現代科學並沒有找到任何證明……」

「汪桑，那妳相信嗎？」沙耶加問我。

「嗯，我相信。」我點了點頭。

四十三給我看的那扇神祕古老的大門，也許就是「神」的基因裡攜帶的記憶。

「我、我也，也相信。」M握住了我的手。「我、我，從小，每天睡覺，都做，做同一個夢，夢見、黑色的雨，可是昨天，昨天晚上再也沒有夢到了。我突然，突然覺得，以後也不會，夢、夢到了。」

沙耶加、達爾文和我相視一眼，也許M什麼都不記得，但我們都知道她指什麼。

「M，那你夢裡的那場雨，是不是已經下完了？」沙耶加問。

M搖了搖頭。

「不、不是，那場雨，還會來的。但我的任務，已經完成了。」M看著遠方。「我有一種感覺，我已經，已經把口信帶給，帶給需要知道這場雨的人了。」

我、沙耶加和達爾文，三個人面面相覷。

難道M的任務，就是要把我們帶去地底的祭壇，然後告訴我們一些事情？

我努力回想著M昨晚在神壇上說的話。

「暴雨將至，周而復始……第一次被洪水吞沒，第二次被雷暴擊落，第三次被大火燒光……迴圈反復……以至無窮……」

「當鐵鷹飛翔之時，東方的守護者會回到這片土地……」

這該死的是什麼意思啊？

難道M做的一切，包括把我們引進迷失之海的洞穴裡，就是要在那個神壇上告訴我們這幾句模棱兩可、不知所云的話？

我看了看達爾文，顯然他也在皺著眉頭跟我想著一樣的問題。

第十章　錯版的二十五美分硬幣

太陽出來後，蝴蝶和鹿都消失在山谷裡。趁著M和迪克去河邊洗臉，我把達爾文和沙耶加拉到一邊。

「你們覺得剛才M的那句話是什麼意思？」我問。

「我的理解是，M覺得自己是類似郵差一樣的存在——她的目的是把夢裡的訊息，傳遞給特定的人。」沙耶加努力地梳理著M的話。

「那些人不會就是我們三個吧？」

「其實有件事我沒告訴你們。」我猶豫了一下。「昨晚在洞穴裡的那些磷光標記，有可能是M畫下的。」

我把用紫外線燈照到M的手，發現她手上有很多磷光礦物粉末的事一五一十地說了。

「照你這麼說，M的夢已經昭示著，昨天一系列的事是『絕對未來』了——」達爾文說。「我們的相遇，一起來迷失之海，而且又剛好趕上迷失之海的地裂，螢光地下湖的枯竭導致景區潮汐——連找不到出路，都是被設計好的。」

「但我自己都不知道我會帶紫外線燈啊！」沙耶加搶著解釋。

「所以，M是不是有預言能力？」我問。

「無論是承認M有預知能力，還是承認賦予她這段基因記憶的『人』有預知能力，都相當於承認這個世界上沒有相對未來，只有絕對未來。」

達爾文向我們解釋道。

「還記得我們昨天晚上睡覺前討論過的預知能力嗎？我們通常認為的絕對未來，是指類似地球的公轉、人類的衰老死亡等自然規律下的未來；而相對未來指的是可以通過不同的決策改變的未來——是存在不確定因素的。可是，M不但預測到屬於絕對未來的『地裂導致潮汐』，還能預測到『沙耶加會帶紫外線燈』這件本來應該是相對未來的事，這意味著什麼？」

「這就意味著我帶紫外線燈，也是絕對未來。相對未來不存在……」沙耶加想了幾秒，沉吟道。

資訊量太大，我有點弄迷糊了，下意識地開始晃腦袋。

「上帝不擲骰子。」

沉默之後，達爾文一字一頓地說出這句話。

上帝不擲骰子，這句話不是達爾文原創的，而是愛因斯坦老爺子說的。這個頭髮像雞窩一樣的猶太老頭，不但開啟了現代物理學，還將他的理論廣泛應用到高中物理考試內容當中，導致一堆像我一樣智商平庸的人慘遭死當。

所以對於這位同志，我是愛不起來的。一個自己都沒有高中畢業的人，非要讓一堆高中生和他一樣畢不了業。這是怎樣的相愛相殺啊。

老頭之所以說上帝不擲骰子，是因為他本人是個絕對的因果論者。用簡單通俗的話說，老頭的信仰和佛教的「輪回」有那麼點相似。

他認為宇宙萬物有因必有果、有果必有因。從大爆炸開始，宇宙的未來就是一部已經寫好了的劇本，它會嚴格按照這個劇本演化下去——無論我們人類是否同意。

廣義上是這樣，而狹義上就更可怕了——連我們人類，也是這個劇本裡的一部分。

但我們人類都是能拿奧斯卡最佳主角的好演員，在漫長的演化中，既定的劇本已經刻入了我們的骨髓——我們早就忘記了自己在演，還以為自己的每一個決策都是由主觀意識決定的。

所以老頭常常把「宇宙最讓我難以理解之處恰恰在於它是可以被理解的」這句話掛在嘴邊。

為什麼宇宙能被理解？

因為造物主已經把每件事都嚴謹地編排好啦，而不是一時興起讓你即興發揮。那這句話跟M的預知能力有什麼關係？

物理學兩大老頭，噢，不，泰斗，老愛和老牛，都一致認為，如果他們能夠擁有強大的計算能力，是可以準確無誤地計算出宇宙的未來的，並且分毫不差。

「強大的計算能力」是多強大呢？

許多科學家研究過這個問題，打個比方，就算把現在地球上所有的電腦連起來，拼成一個超級無敵強大的計算系統，它的運算能力還不及兩位科學家所謂「強大的計算能力」的一個零頭。

全世界電腦都做不到的事情，如果M或者賦予M基因記憶的「它」做到了……那麼「它」一定是已經不知道比我們高級多少倍的物種。

甚至不知道比我們高出多少個維度了。

那「它」只能是神了。

想到這裡，我的頭越來越疼，大腦好像要爆炸了。

「汪桑，妳覺得我們在地底看到的那個祭壇是什麼人修建的，會不會和創造地下生態系統的是同一批人？」沙耶加打破了沉默。「還有我們在祭壇上面看到的大骷髏頭，是什麼生物啊？」

「妳有沒有聽過巨人族的傳說？」達爾文說。「很多古老文明的記載裡，都有關於巨人族的傳說。比如古希臘、羅馬神話裡的泰坦族，《聖經》裡的拿非利人，《山海經》裡的大人國等等，都記載過比正常人類大幾倍甚至幾十倍的巨人。如果他們在史前文明時就移居到了地下，就能合理解釋為什麼考古發現沒有他們的遺骸了。」

「現在討論那個祭壇是怎麼來的，也只能是瞎猜……」我歎了口氣。「我們畢竟什麼東西都沒有，這些照片也不能傳上網……」

「呃……不好意思……」沙耶加臉一紅，從書包裡掏出一塊刻著花紋的石頭。

「……我從祭壇的石堆上，拿了幾塊出來……」

日本女生細心嚴謹的程度已經不像地球人了。

我們三個像揣了寶貝一樣，把幾塊石頭帶回鎮上。但是興奮過去後，我們又開始發愁。

石頭上的圖案已經被腐蝕得殘破不堪，很難辨別。

要搞清楚圖案內容和雕刻年代，就只能去專業鑑定機構做「刻痕年份鑑定」——比如放射性定年法、刻痕殘留物分析等。

我們在網上找了幾家測年鑑定機構，得到的回覆千篇一律：

「如果每個小孩都像你們一樣，在地洞裡隨便撿塊石頭就要求化驗，那我們每天工作二十五小時都不夠。」

「測年費用總共為五千美金，您是支票還是轉帳？」

「您是前兩天打電話過來、要求給家裡馬桶測年的那位女士的親屬嗎？」

「我們對您手裡的石頭很有興趣，遺憾的是，研究所去年破產了……」

沙耶加掛了電話，一臉無奈地看著我和達爾文。

我突然靈光一閃，想到了一個人。舒月說，有困難，找備胎。

我趕緊翻出他的聯繫方式。

「Hello……」電話裡傳來沉穩性感的男中音。

「呃，駱川叔叔，我是舒月的侄女，您還記得我嗎？」

「哦？妳舒月阿姨呢？她怎麼不接電話？」

「舒月出遠門了，其實我是有點事問您……」

我還沒說完，就被駱川打斷了：「小姑娘，妳還是要好好讀書啊。雖然現在女高中生都愛大叔，但我喜歡胸大有腦顏值高的御姊，所以妳沒機會。」

為什麼我只要張口，就會被認為要告白啊！

就算真的告白，也不用你提醒我胸小沒腦顏值低啊！我從未見過如此厚顏無恥之人啊！

舒月沒跟你在一起，果然是有原因的！

然而有求於人，我還是勉強抑制住了內心的怒火：「呵呵，您的智商和顏值都已經達到我這輩子無法攀登的高度了，所以我其實是想跟您請教另一個問題……您就職的大學實驗室可以做放射性定年法鑑定嗎？」

「妳要鑑定什麼？」

「一塊石頭……」

「化石嗎？哪裡來的？」

「在洞裡撿的……」

「哦，」駱川若有所思地說。「讓我想想……」

「沒事沒事，我等您。」

半個小時後，我拿著電話的手都酸了。

「叔叔？您想得怎麼樣了？」

沒人說話。

「叔叔？」

「汪桑，我好像聽到有打呼的聲音……」沙耶加小聲說。

「叔叔——！」我大吼一聲。

「幹麼？」

「我才該問你幹麼！你怎麼在睡覺——！」

「哦哦，不好意思，剛才一下睡著了，我們說到哪裡了？」

「石頭！鑑定！」

「哦，對，像妳這種情況我一年還是會遇到很多的。經常有些人，某一天睡覺起來了，就覺得家裡的地磚啦廁紙啦是上古珍寶，這種人呢我們一般都說，他們的想法是好的——當然了，如果執意要在沒錢的情況下做鑑定，也不是完全不可行——」

駱川流利地說著：「學好高等代數拓撲數論化學原理機率統計微積分和函數分析，用個十年八年，還是能夠自己測試出來的，沒什麼事我先掛了——」

「讓我來跟他說。」

達爾文走過來，拿過電話，背對我們說了幾句。

「ＯＫ，他過幾個禮拜會來拿的。」說罷他把石頭放回箱子裡。

「天！你是怎麼做到的？」

我把舒月搬出來都不行，為何達爾文三言兩語就搞定了？

「我跟他說，他沒掛電話的這半小時，我成功駭入他的手機，找到並下載了他的幾十張裸體自拍。」

石頭的事情暫時告一段落，回到學校，平凡的生活繼續著。迷失之海在那次地裂之後不復存在。我看了幾個星期的報紙，也沒有任何相關報導。

一切就像沒發生過一樣。

要不是我們幾個人共同見證過，我真的會以為那次經歷只是我的一場夢。只是那個上古遺跡的發現，並沒有讓我們的名字像哥倫布一樣載入史冊。我們社團的五個人，選定了一個聚會基地，當成放學後碰頭的場所——我家。唯一不用租金，又沒有父母的地方。

大家還是跟以前一樣，迪克每天捧著漫畫，用各種不可靠的方法激發著他的微能力，似乎明年的高三和他沒有任何關係。

達爾文除了偶爾大發善心指導我們做作業之外，就在圖書館打工。沙耶加仍然奔走於各個補習社和才藝班之間。

M還是一如既往地沉默，坐在教室最後的角落裡，呆呆地看著窗外的天空。

「和，和你們在一起，真，真好，我捨，捨不得你們。」

有一天中午吃飯，M沒頭沒腦地說了一句話。

「什麼意思啊？」

「M，妳要出遠門嗎？」沙耶加放下便當問。

M沒有接話，而是從口袋裡掏出了幾個硬幣分給我們，一人一個——她似乎一直有撿硬幣的習慣，社團成立那天，她也是從口袋裡掏出了幾個硬幣。

我看了看，似乎是美國的二十五美分硬幣，不是最大通用面值，也不是最小的，卻是流通量最大的。

通常買汽水和交停車費，都會用這種硬幣。

「M，為什麼給我們一人一個硬幣啊？」沙耶加問。

「這個二十五美分硬幣好奇怪啊，跟我們平常看到的不一樣……」達爾文拿著硬幣翻來覆去地看。

「我的媽呀！耶穌基督！你怎麼會有這個！」迪克突然睜大了雙眼，難以置信地把硬幣放在陽光底下看了又看。「這值很多錢啊！竟然還有五個！快把你們的給我看看。」

「這是什麼啊？」我左看右看，除了硬幣表面老舊一點，也沒什麼特別的。上面也是華盛頓的頭像——但和平常看到的髮型好像有點不太一樣。

「這是絕版硬幣！你們懂啥？我在我爸的收藏指南上看過，價值連城啊！品相好的搞不好能賣個幾萬元！」迪克把五個放在一起比了又比。「而且我們有五個啊，全都是同一年份的！這一套怎麼樣也能有幾十萬了！你們看這裡——」

迪克說著，用他的胖手指指了指華盛頓頭像的一側：「看到了嗎？這裡印著的字『我們信仰上帝』——現在的硬幣都不印這行字了，只有一九七〇年之前的才有，而且這套硬幣的珍貴之處在於，它們是萬中無一的錯版！也就是硬幣鑄造廠出錯印出來的，你們看華盛頓的鬍子！」

我仔細看了一眼硬幣反面的美國總統頭像，華盛頓的鬍子莫名其妙地凸起來一塊，剛好把「上帝」兩個字蓋住了。這句話就變成了「我們信仰　　」。

沒了「上帝」的錢幣，似乎有點諷刺的意味。

五個硬幣，都或多或少地因為鑄造原因，沒有了「上帝」這個字眼。

「這些硬幣，你從哪裡來的？」達爾文疑惑地問。

「撿，撿的……」

「不會吧！這機率就相當於連中五次彩票啊！妳在哪兒撿的？能不能帶我去撿撿？」迪克湊上來，M被他逗得咯咯直笑。

「怪不得M走路經常看著地下，」沙耶加說。「她觀察好仔細，有時候在看不見的地方，她都能找到硬幣——所以妳是這麼多年來慢慢收集到的嗎？」

M點了點頭。

「這麼貴重的東西妳自己留著呀，我們不能收。」我從迪克手裡一把搶回硬幣，遞給M。「妳就算給，也不用給迪克，他家有錢得很！」

M家裡本來就沒錢，既然硬幣這麼值錢，還不如把拖車賣掉換成好房子呢！

「留，留著，」M有點急。「社團、的徽章。」
我們幾個互相看了看。
「妳確定要這樣嗎？」達爾文問。
「嗯。美，美年達，送，送給你們的。」
我把硬幣放在了錢包暗格。沙耶加則手巧地在硬幣上打了個洞，穿了一串手鏈。
過了幾天，上課時，校長帶了兩個中年婦女推門進來。其中一個非常禮貌地打斷了老師的講課。
「美年達，請妳出來一下，好嗎？」
我回頭看向美年達，她的臉突然發白，身體微微發抖。過了幾秒，她戰戰兢兢地站起來，低著頭往外走。
「怎麼了？她們是誰？」M走過我身邊的時候，我小聲問她。她並沒有回答我，而是跟著校長走出了教室。
「怪胎。」
我聽見坐在我旁邊的白人女生和她的同桌，掩著嘴小聲說道。
然後她們大聲笑起來。
「妳說什麼？」我的火一下就上來了。
「我說她是怪胎——」
我的反應讓那個女生愣了一下，隨即立刻反脣相譏。

「剛才門口的那幾個人可不是第一次來了。」她的同桌似笑非笑地盯著我。「SEES USA，政府開的特殊教育學校，專門收容怪胎。」

然後她們又笑起來。特殊教育學校？

我呆住了。

什麼叫特殊教育？我的腦海裡浮現出低能、弱智和智障等各種詞。我根本想像不出那是個什麼樣的地方。

突然覺得心裡一陣難受。

「M不是怪胎！」

「妳猜怎麼著？」那個女生露出一臉誇張到不行的表情。「蠢驢通常也不知道自己是畜生——」

「嘩啦」一聲。

我從椅子上站起來，所有人——包括老師，都轉過頭來看著我。

「把妳剛才的話再說一遍！」我幾乎是吼出來的。

那個女生——確切地說她叫麗莎——嚇了一跳，她的臉一下紅到耳根。

當然她也不是吃素的，幾乎沒有猶豫就站了起來——「Mean girl（賤女孩）」做為公立高中的典型代表，絕對不會在任何場合的吵架中先認輸，否則今後的面子掛不住，一整年都抬不起頭來。

尤其是每次上廁所都能補十分鐘妝。「臉書」上全是健身自拍的「Mean girl」。

「我說，蠢驢通常也覺得自己是人。」

「不是這一句！」

「我只是在陳述一個客觀事實。」麗莎翻了個白眼

「我認為——如果開玩笑，應該等到下課。」數學老師費曼推了推眼鏡，他顯然不想把事情鬧大，也不想就這個話題討論下去。

他用一種複雜的眼神看著我。

「我覺得麗莎所謂的『客觀事實』，已經構成對M的歧視！她就是赤裸裸地歧視M！」

我知道，在美國任何類型的歧視都可以被認為是很嚴重的犯罪——老子也不是軟柿子，不會因為我說英語不流利就任憑欺負！

「我不在乎，I just don't give a shit（這事我才不在乎呢）！」

她說著就推了我一把。

「妳敢再碰我一下試試！」我也從課桌旁邊一步跨出來。想打我？長得高了不起嗎？今天我不還手，我名字以後倒著寫！

「冷靜點，ＯＫ？」費曼老師趕緊走過來。「妳們跟我出來，到辦公室去。」

「我覺得妳應該道歉。」費曼老師聽完我們的描述，轉頭向麗莎說。「麗莎，妳現在應該向旺旺道歉，妳侮辱了妳的同學。」

「我不認為我有錯！」麗莎的眼睛一下紅了，她恨恨地瞪大眼睛盯著我，像是想

用眼神挖掉我的肉一樣。

「我很遺憾，麗莎。」費曼一邊說，一邊從抽屜裡拿出名冊。「如果妳拒絕道歉，那我只能打電話請家長來——並且扣妳這學期的道德操行分數。」

麗莎的眼淚一下就湧出來了：「憑什麼？你這是針對我！我只是說出了大家都心照不宣的一個事實而已！你就算把我爸媽叫來，他們也改變不了這個事實！我是啦啦隊的副隊長，每年的綜合成績都是A——我代表學校參加過六次橄欖球聯賽，拿過三個獎盃！我才是這個班裡應該被保護的優等生！你為什麼要袒護一個黃種人？就因為法律規定他們不能被歧視？」

「夠了！」老師打斷她的話。「妳不會想把這事鬧大吧！妳還想留在啦啦隊裡嗎？現在出去。」

麗莎沒說完的話被噎在嘴邊，她憤恨地看了老師一眼，轉身摔門離開。

「這就是妳要的？」麗莎出去之後，費曼摘了眼鏡放在桌上，看著我，揶揄地問。

「你們是不是要把M送到特殊學校去？」我猶豫了一下，開口問道。

「妳有沒有想過，她在這裡讀書，和這些孩子一起，也很痛苦？」費曼緩緩地說。「妳是她的朋友嗎？」

我從沒想過這個問題。

我知道M跟正常高中生有點不一樣，在認識她的第一天，我也曾懷疑過她的腦子是不是有點問題。

可是在後來的相處中，我只是覺得她有點特別而已。只是看起來呆呆的，說話有點結巴，反應慢了半拍。只是喜歡沉默。

我知道M的成績不是很好，但我從來沒想過，她跟我們一起讀書，會不會因為跟不上課程而吃力痛苦。

會不會因為覺得自己跟別人不一樣而自卑。我一時語塞。

「換位思考一下，」費曼歎了口氣。「如果把妳和一群研究生放在一起上課，妳一點也聽不懂，他們也跟妳完全沒法溝通，會是什麼感覺。

其實這是個人隱私，我不應該透露——但妳是她的朋友，我覺得也許妳應該知道才能幫助她——她自從十一年級開始，沒有一門課合格過，全在D以下。

我們對她的初步判斷是自閉症——我們並沒有馬上要送她走，只是希望她能夠配合進一步的評估——畢竟任何教育機構都不會貿然決定一個孩子的去向。但我們希望M能得到更合適的教育，那些專門為她這種孩子設置的教育機構，妳明白我的意思嗎？」

專門為她這種孩子設置的教育機構。

這句話像撞鐘一樣，一聲一聲敲在我的心坎上。我不知道那是什麼樣的教育。是有專門的老師陪伴，耐心地和M溝通，逐漸讓她敞開心扉；還是把M和其他同樣有問題的小孩關在一起，滿足基本生活的同時，讓他們慢慢淪為社會的棄兒。

想到這裡，我的心裡一片苦澀。

喉嚨就像打了死結，被淚水堵住了。

老師的每一句話，字裡行間都是在為M考慮，我卻覺得莫名其妙地噁心。

「如果沒什麼事，就先出去吧。」費曼一臉倦意地揉了揉眼睛。

「老師，如果M去了特殊學校，她還能回到正常人中間嗎？」

我不知道為什麼會這麼問，只知道自己的心像刀割一樣疼。

費曼愣了一下，隨後道：「當然，妳應該相信特殊教育系統的專業性。」

我不相信。

第十一章　被自動販賣機壓住的硬幣

回到教室已經是一個小時之後的事了。

M不在。

麗莎還坐在椅子上，眼睛紅了吧唧，吸著鼻涕，旁邊兩個女生在安慰她。我低下頭往座位走，班裡的人紛紛抬頭看著我。

他們看我的眼神，有鄙視，有嫌棄，更多的是嘲諷。

「喲，英雄回來了。」

「只有某些弱者，才會每天都把反歧視法掛在嘴邊。」

「妳是透過這個法律拿到綠卡的吧？」

一個高個子男孩走過我身邊，撞了我一下。

「怎麼樣，M對妳感恩戴德沒有？看來有人終於能藉著伸張正義的名義找到優越感了。」

「你說什麼？」我抓住他。

「嘿！」他立刻舉手投降。「我可什麼都沒說，我可不希望我的父母也被請到學校來受侮辱。

「中國應該沒有怪胎，聽說你們都是天才教育——妳為什麼不回國呢？」

他理了理外套，從我身邊走過去，差點把我推倒。走到課桌旁，不知道誰在我的桌上放了張字條。「請勿招惹此人，她擁有『反歧視法』。」

不知道為何，我鼻子一酸，眼淚就掉了下來。我哭，真心不是因為他們對我的冷嘲熱諷。要是為了這些人哭，會浪費我的眼淚。

我心裡難受，是因為那個高個子男孩的一句話。

妳只是藉著伸張正義，尋找優越感而已。

如果M在，她聽到這句話，一定會特別難受。

或許連她都會覺得，我對她的保護只是為了在她身上找到優越感。不，不是這樣的。

一直等到放學，M還是沒回來。

我收拾好書包往教學大樓外面走，大部分人已經回家了，走廊裡只剩下一兩個在儲物櫃取東西的同學。

突然，我看見遠處幾個男生搭著一個女生的肩膀，往學校外面走去。那個被推著走的女生穿著土黃色的外套。

那是M的外套。

我突然有種不好的預感，朝著他們消失的方向跑過去，看到那幾個男生把M推進了體育大樓的女廁裡。

放學後的體育大樓空無一人。我衝到廁所外面，發現門被反鎖了。我使勁撞門，但一點用都沒有。

我聽到裡面傳出M的哭聲，還有一個混混兒的聲音——是馬修。我知道他，他經常在學生之間兜售各種小藥丸，據說已經加入了鎮上的幫派，最重要的一點，他是麗莎的追求者之一。

「把她按住。」馬修說。「聽見沒？」

「聽說妳交了個會法律的黃猴子朋友？她說妳的同學歧視妳？」

M拚命掙扎。

「那個因為說了實話而被罰的同學，她的全家都是每月納稅的良好公民，妳知道他們交給政府的錢幹麼去了嗎？用來養活妳這種臭蟲，讓妳住在房子裡，坐在明亮的教室讀書——如果沒有他們，妳現在早就是個被萬人罵遍的婊子了！妳沒感謝過出錢養妳的衣食父母，還反咬她一口，妳知道錯了嗎？」

「錯，錯，錯了。」M一邊哭，一邊說。

「那妳是怪胎嗎？」

「是，是……」

「那妳跟我說，我，是，怪，胎。」

「我，我，是，怪胎……」

「我，連，蛆，都，不，如。」

「嗚嗚，我……連蛆，蛆，蛆都不如……」

「M！你祖宗的，給我開門！」我在外面一邊撞門，一邊喊。

「哎喲，黃猴子好像要來救妳呀。」馬修誇張地笑了兩聲。「我好害怕啊。」

「跟我說，黃猴子是婊子，死不足惜。」

「嗚嗚……」

「媽的，老子讓妳跟我念！『我的朋友是婊子』！」

「……」

「我再給妳一次機會！妳要是不念，我就把這句話刻在妳臉上！」

「……」

「妳他媽說不說？臭婊子！」

「M！」

幾乎在快要絕望的同時，我突然想起來，體育大樓的廁所另一側，有兩扇很小的對著跑道的窗子！

我想都沒想就往外跑，以百米衝刺的速度到了窗子旁邊。我看到M被按在廁所地上，馬修正拿著彈簧刀往她臉上戳。

我忘了當時從書包裡掏出了什麼——也許是筆盒，也許是圓規，也許是徒手——「砰」的一聲把窗戶砸了個破洞。

我一邊砸，一邊叫：「救命！救命！」

我滿手是血，這可能是我這輩子吼得最大聲的一次。連我自己的耳朵都快被震聾了。

半分鐘後，我看到學校警衛從遠處跑來。感謝上帝。

「有人來了！你們放開她！等著坐牢吧！我不會放過你們的！」我大吼道。其實我比誰都害怕，我不知道老外吃不吃這套，但我只能這樣說，給自己壯壯膽。

「馬修，走吧，這樣下去會把警察招來的。」其中一個混混兒勸他。

「妳今天走運了！」馬修不情願地把彈簧刀收回口袋裡，轉開廁所門跑了。我跑進廁所，M坐在地上，全身顫抖，褲子中間濕了一片。她臉上被劃了一道，雖然刀口不深，但血還是呼呼往外冒。

M的書包被打開，作業本散了一地。

「怎麼回事？」警衛也從操場繞到了廁所，隨即又跟進來兩個警衛。他一看M受了傷，就想上來扶她：「妳沒事吧？」

「啊——！」

在警衛快碰到M的一瞬間，她突然一聲尖叫，抱著頭拚命往我身後縮，尿漬拖了一地。

「你別碰她！你沒看出來她被嚇壞了嗎？她有病……」

「她有病」，這三個字脫口而出，我真的是無心說的。氣氛一下僵住了。

M本來緊靠著我的身體移開了，慢慢退到了牆角。

「對不起，冷靜點，我不知道她有病。」警衛馬上退了一步，做出冷靜的手勢。
「發生什麼事了，要不要叫911？」
「請你出去一會兒行嗎？讓她冷靜一下。」
警衛很識趣地退到廁所外面，裡面只剩下我和M。
坐了一會兒，M似乎伸展了點身體，她慢慢站起來，去撿地上亂七八糟的書。
「對不起，我的本意不是這樣的……」我跟在她後面，想幫她撿書。
M忽然看著我，那一瞬間，我看到她眼裡有一種深深的失落和不信任，就像被虐待後拋棄的小動物。
我曾經見過這種眼神，那是第一次我們相遇時，她在屋簷下流露的眼神。只是一瞬，她又低下了頭。
「我，不，不需要，妳的同情。」
M站起來，拿著書包走出廁所。剩下我一個人呆呆地坐在地板上。
從廁所走出來的時候，天空突然下起雨來。
「嘿，這個本子是妳的嗎？」其中一個警衛在後面叫住我。那是M的本子，應該是匆忙中她沒有帶走的。
沃爾瑪超市裡最便宜的那種黃皮封面單行本，上面被人用油性筆寫著「呆子」和「蠢驢」。
我的心情低落到極點，M的話反復回蕩在我耳邊。

「我，不，不需要，妳的同情。」

我的喉嚨發苦，停在了自動販賣機旁邊，掏出錢包想買瓶水。

一不小心，M給我的那枚兩角五分硬幣從裡面滾了出來，滾到了自動販賣機底下。

我連忙彎下腰伸手去夠，自動販賣機下面的縫隙裡全是蜘蛛網和灰塵，還有蟑螂的屍體。我的指尖剛剛能碰到硬幣，可我越用力，硬幣反而被指尖越往裡推。

我趴在地上試了半天，手上的傷口又開始往外滲血。一陣揪心的疼痛，我的眼眶紅了起來。

我和M的關係，會不會就像這枚硬幣一樣，再也回不來了。「中尉，妳在這兒幹什麼？」一個熟悉的聲音從我身後傳來。是胖子迪克。

「M給我的硬幣滾到下面去了……」我幾乎是絕望地說。「我試了很久都弄不出來。」

「不會吧。」胖子一邊說，一邊也趴了下來。

我的細手腕都伸不進去，更別說迪克的大肉手了——迪克氣喘吁吁地摸了半天，終於擦了把額頭上的汗，表示放棄。

「看來只能把這臺自動販賣機推開才能拿到硬幣了。」迪克看看四下無人，卷起袖子就把身體貼在販賣機的一側。

「呀！」

迪克使出吃奶的力氣往一邊推，但半分鐘過去，販賣機文風不動。

「哎呀不行了不行了，我從早上到現在都沒吃飯，我眼花了……」他又推了兩下，一屁股跌坐在地上。「妳有零錢嗎，先給我從裡面買點吃的，讓我休息一下。」

「上校，你怎麼一到關鍵時刻就漏氣啊。」我翻了個白眼。

好歹迪克也是想幫我，我狠狠心掏出一張十美元紙幣，把販賣機裡面的零食各買了一包——要知道，我一個月的零花錢才一百美元。

迪克抓過零食開始狼吞虎嚥。我們坐在體育館邊上，看著外面的雨下得越來越大。

M這時候應該已經到家了吧。我歎了口氣。

「中尉，妳看上去不太開心。」迪克撕開一包奧利奧餅乾，遞給我。

我搖搖頭，我不知道怎麼把我和M的事告訴他。

他看我沒接，就果斷地塞進自己嘴裡——一邊吃，一邊順理成章地把我剛買的可樂倒進嘴裡。

「上校，你是怎麼和達爾文成為朋友的？」我看著天上的烏雲，輕輕地問。

這個問題我曾經問過達爾文，但他只是輕描淡寫地說他忘記了。

「九年級的時候，他跟我一個班。」迪克似乎回想起什麼，突然哈哈笑起來。「妳肯定不會相信的，那時候我可不是現在這樣。」

「你不說，怎麼知道我信不信。」

「妳會相信九年級的時候我是個瘦得像竹竿一樣的矮個子嗎？」迪克狡黠地看了我一眼。「其實我從小身體就不好，我有各種各樣的病——醫生有時候說那是腸漏症和蕁麻疹，有時候說那是哮喘和胃潰瘍——不能吃澱粉，不能吃海鮮和雞蛋，不能參加運動，更不能疲勞——我只能少吃一些沒有鹽分的蔬菜，小心翼翼地活著。」

「真的假的？你現在看起來健康極了，完全不像有病！」

「嗯，但這是另一個故事了——妳剛才不是問我，我和達爾文是怎麼成為朋友的嗎？

那時候我唯一的朋友就是亨利，我鄰居家的一隻牧羊犬。每次體育課的時候，我都有在露臺上休息的特權，午餐也從來不在學校餐廳吃，而是吃自帶的食物。很多人都會自發地幫我解釋，『嘿，迪克，露營對你來說太辛苦了，所以你別去了』『露天棒球賽太熱了，你會中暑的』『下禮拜野外考察，你只要在家裡編個報告就行了』——可這些話在我聽來，就如同『他身體不好隨時會休克』『他出狀況了我們還要照顧他』『他和我們不一樣』。你知道當別人無時無刻不提醒我，我和他們不一樣的時候，我有多自卑嗎？人和人之間不平等，是無法成為朋友的——這裡沒有人需要同情。

我記得那天也是下毛毛雨，達爾文忽然對我說：『嗨，我知道下完雨，水壩上會有很多螃蟹，你想去看看嗎？』他竟然問我願不願意跟他冒雨去！哈哈，那天太有意思了，螃蟹在河灘上吐了很多泡泡，而我淋得全身濕透了也沒死，什麼不適都沒出現——那天之後，我就把他當成我的好朋友。他讓我覺得我們是平等的。我們認識四年了，他從來沒有把我當成和別人不一樣的人，無論是過去還是現在。」

迪克簡單的幾句話，讓我茅塞頓開。

朋友和朋友之間，最重要的尊重是平等相待。

其實這個道理，在第一天見到M的時候，達爾文就告訴我了。平平淡淡的那句話：「雨快停了，一會兒一起走回家。」

沒有刨根問底，也沒有區別對待，平等才是交朋友的第一步。

「中尉，別愣著了，快幫我一起推。」迪克吃完最後兩塊餅乾站起來，使出全身力氣把販賣機往一邊推。

「遵命長官！」我跑到迪克旁邊，同樣使出吃奶的力氣往同一邊推。販賣機終於動了，地面摩擦出尖銳的咯吱聲。

M送給我的硬幣，靜靜地躺在角落裡。我迅速撿起硬幣。

「我有急事，先走了！」

「妳走了，我怎麼把販賣機移回去？」留下的迪克一臉不可思議。

「下次請你吃炸雞！」

我一邊喊，一邊頭也不回地往M家的方向跑去。

一路上，我把這枚乍看十分普通的錯版硬幣牢牢握在手心裡。

對不懂它的人來說，它就是一枚普通得不能再普通的兩毛五分錢，連一罐汽水都買不到。

只有在懂的人眼中，它才是全世界獨一無二、無法取代的。

尤其是當全世界僅有的五枚一九七〇年的錯版硬幣，都聚集在一起的時候。天知道它們有多珍貴！

就像我們的友誼一樣。

穿過雜草和一堆晾衣繩，我憑印象找到了M的家。

她的媽媽半靠在門廊上，瞇著眼睛在聽一臺老式收音機。

「您好，請問美年達在嗎？」我小心翼翼地問了一句。她並沒有理我，而是眼神空洞地望著遠方。

「有，有事嗎？」M的聲音從背後傳來，她抱著一個髒衣盆站在拖車旁邊。我一時有點語塞，她看了我一眼就向前走去，我跟著她走到後面。

拖車後面的地上有一根破水管，連著遠處的消防栓，水流比小拇指還細。

M把水管放進髒衣盆裡，裡面是她剛才弄髒的衣服。

她臉上的傷做了簡單的清洗，血止住了，但也許會留下一道疤。我捏緊了手裡的硬幣。

「我為我剛才的話道歉，妳原諒我好嗎？」

M避開我的眼神，直愣愣地看著髒衣盆。

「妳不，不用道歉……我有病。醫、醫生說，我有、有自閉症……有自、自閉傾向……自閉，自閉是我特質的一部分……我的感、感官、官是紊亂的……」

「這些都是他們──那些什麼精神鑑定的人教妳說的？」我一下又氣又傷心。

M搖了搖頭，又點了點頭。

「我不、不能，正常地社交，和、和普通人，不一樣……」

「他們放屁！妳不要聽他們胡說八道！」

我聽到M這麼說，心裡難受極了。

M還在呆呆地晃著腦袋，盯著髒衣盆裡的水溢出來。

「M，妳聽我說，我承認第一次見面的時候，我覺得妳和別人不一樣，可是妳為什麼就要和別人一樣呢？難道『和別人一樣』才是定義一個正常人的標準嗎？不一樣並不代表妳就比別人弱，更不能證明妳比別人差！妳聽懂了嗎？」

M的頭更低了，我不知道該怎麼說，眼睛一紅，眼淚就要往下掉。

「相處的過程中，我發現妳一點都不傻，傻瓜能把大半年賣肉串的錢一分不差地算明白嗎？如果大家都有這種能力，那電腦到現在肯定還沒發明出來呢！妳不要相信他們說的話，好嗎？」

M突然抱住我，毫無徵兆地哭了。

她沒發出一點聲音，把頭埋在我的肩膀上。但我能感覺到自己的衣服濕了。我心裡也有一塊地方，和眼睛一樣濕潤了。

M不會說話，有時候她連一句稍微複雜一點的句子都表達不清，但這並不代表她的內心不像我或者任何人一樣敏感纖細。

請妳不要封閉自己的內心，我，沙耶加，我們所有人，都願意無條件地愛妳。

「M，真的，和、和其他人一、一樣嗎？」過了好一會兒，M抬起頭問我。

「妳和她們都不一樣，妳比那些只會把口紅印在廁所鏡子上的交際花強多了！」

M被我逗得笑起來。

「比那些每天靠修圖軟體活在『臉書』上的自戀鬼強多了！」

「比那些在露臍裝裡塞五個胸墊的假大胸強多了！」

「哈哈哈哈哈！」

我也被自己逗樂了，兩個人捂著肚子笑成一團，眼淚都流了出來。我把肥皂扔進髒衣盆：「我們一起洗，洗完衣服我們去看電影吧！」

第十二章　再見馬修

老傑克電影院是小鎮上唯一的電影院，說到電影，雖然美國是世界電影業的先驅，但金融風暴過後，好多電影院都關門大吉了，尤其是一些老舊的、效果不好的電影院。更多的成年人喜歡買沃爾瑪超市的微波爐爆米花，在家裡看美國三大電視臺的自製劇。

老傑克只能吸引一些像我們這種放了學還不願意回家的窮學生，晚上六點前，半價票兩塊五一張。

緊趕慢趕，我們買到了五點四十五分的電影《美麗境界》，兩張票還能附贈一大桶爆米花。

老實說，我不愛吃美國的爆米花。中國電影院的爆米花都是用焦糖烤的，吃在嘴裡甜絲絲、暖烘烘的——美國偏偏相反，爆米花是鹹起司味的，說不出的奇怪。

電影講了一個有精神分裂的數學家，在和另外幾個人格鬥爭多年後拿到諾貝爾獎的故事。我有很多地方聽不懂，看到一半就有點昏昏欲睡，靠M在旁邊給我講解才勉強明白——幸好這個時間的電影院裡也沒幾個人。

「所以他後來踏踏實實地在學校教書，然後發明了賽局理論？」

M搖搖頭。

「不，不是的。賽局理論的發明，恰恰就、就在他精神分裂最、最嚴重的時候。那時候，他、他可以看見。」

「看見什麼？」

M抿了抿嘴，並沒有回答我的問題，而是接著說：「他、他年輕時，能看見。」

「那為什麼後來看不見了呢？」

「也許是藥、藥物，把那能力抹、抹殺了。」

「他吃那些藥不是為了治療精神分裂嗎？」

M沒有再回答，而我越聽越迷糊，又堅持了半小時，電影總算散場了。

天已經徹底黑下來，我們沿著路燈走在回家的路上，本來還在笑著和我聊天的M突然一怔，整個人定在路燈下面一動不動。

「M，妳怎麼了？」

我叫了她幾次，她突然轉過頭，眼裡閃著淚花。

「不、不該買五點四十五分的票。」

「為什麼啊？這個時間是happy hour（狂歡時刻）啊，最便宜了。」我不解地問。

「不、不該……」

M忽然抱著頭蹲了下來，幾秒後，她抓著我往前跑了幾步。

「臭婊子，我抓住妳了。」

我的衣領猛然被一隻手抓住向後扯去，是混混兒馬修的聲音。

「黃猴子，妳那些『失敗者協會』的怪胎們呢？怎麼沒來保護妳們？」馬修的身後還跟著兩個混混兒，其中一個一把抓住了M的手臂。

「黃猴子，妳還不夠黃，我得給妳染染色才行——」馬修說著，把他手中的檸檬汽水從我頭頂倒下去。

汽水裡的冰塊涼颼颼地滑過我的臉，凍得我一個哆嗦。

「不——」M還沒叫出來，就被另一個高個子捂住了嘴。

「妳要是出聲，我就讓妳好看。」馬修用彈簧刀頂住了我的小腹。他抓住我的手臂，和另外兩個男生把我們連拉帶抓地拖了很遠，走出大路拐進一旁的草叢裡，我能感覺到他的刀尖頂在我的脊椎骨上。我想控制著自己不要發抖，可是身體不爭氣地抖個不停。在這短短的幾步路中，我失去了最後掙扎的力氣。

又走了一會兒，我們穿過一排木圍欄，來到一片荒地上——小鎮周圍有很多這種廢棄的地方。藉著幽暗的月光，馬修毫不客氣地抓住我的頭髮，一把把我的腦袋撞到木圍欄上，我頓時眼冒金星。

不行，我不能昏過去，M還在旁邊，我要是暈過去了，我倆就是死路一條。我心裡拚命叫著。

「唔……」M被推倒在地上，高個子又踹了她一腳。

她的臉蹭到水泥地上，之前的傷口又裂開了，血汩汩地流得她滿臉都是。

「聽說妳一個人住在鎮上。」馬修捂住我的嘴，我感覺到冰涼的刀尖劃到我的脖子上。「妳就算死在這裡，一時半會兒也沒人發現吧？」

我說不出話，眼睛瞪著馬修，我能聞見他捂著我的手上有很大一股麻葉味。

他抽嗨了。什麼都能幹出來。

脖子一熱，我感覺到有什麼東西順著刀尖流了下來。「黃猴子，莎喲娜拉！」我感覺刀尖的力道一下加重了。

智障！「莎喲娜拉」是日語啊！

老子是中國人啊！

突然，我聽到高個子男生一聲慘叫，只見M把他撞開，一腳踢向馬修的下體。

「啊！」馬修尖叫一聲撞在木柵欄上。那聲音在曠野上回蕩，就像是魔鬼的笑聲。木柵欄應聲而斷，我差點仰面向後摔去。

「跟我走！」M突然抓起我的手臂，一彎腰從兩個男生中間的縫隙鑽了出去，另一個男孩伸出手想抓住我，扯掉了我的外套。

我和M在曠野上奮力向公路奔跑。「磅」的一聲，一道火光掠過我的腳邊。

「他們有槍！」我幾乎是尖叫道。

美國的很多家庭都會有槍，馬修也許是趁他爸喝醉的時候，把槍偷了出來。

「小婊子，妳逃不了的！」我聽到馬修的聲音在離我們身後不遠處傳來。一場瘋狂的追逐開始了。

在我們面前有兩條路，一邊通向空曠的公路和鐵軌，另一邊通向松針樹林。我本能地朝樹林跑，因為樹木至少能提供遮蔽，即使開槍也不那麼容易被打到。

但我被M抓住了——

「走，走這邊！相信我！」M拉著我的手，低聲說。

我只好跟著她往公路上跑去。馬修又開了一槍，子彈擦著我的手臂飛了過去。我腳一軟，差點一個不穩跪在地上，再站起來的時候，腳踝疼得厲害。「M，妳快去報警，我腳崴了，走不了多遠……」

「堅持兩、兩分鐘！一分四、四十七秒——」M吃力地抓著我，踉蹌著跑上公路。

我們面前是一個「T」字形路口，其中T字的右邊是鐵軌，周圍都是荒地。

M帶著我往鐵軌的方向狂奔，那條路上因為有火車經過，所以兩側都有升降路障——火車來的時候，路障會降下來，直行車輛必須停在路障前，等火車經過後再繼續前行。

M跑到路障邊，用拳頭猛的一下敲碎了路障感應器，頓時路障啟動，直接封住了這條路。

「這，這邊！」M竟然抓著我往來的方向跑。

往回跑？

我整個人都蒙了，M是不是被嚇傻了！

這時候不應該使勁往前跑嗎？怎麼會往回跑？

「相信我。」M好像看穿了我的心思，頭也不回地跟我說。

死就死吧！我一閉眼睛，跟著她往回跑。

我們跑過路口，就看到馬修他們幾個已經快跑到公路上了——因為他們嗑了藥，所以跑得並不快。

「錢，錢給我。」M突然轉頭問我。

這時候要錢幹麼！難道還能賄賂這幾個混混兒？

我已經跑到不能思考了，但還是從口袋裡摸出一把零錢遞給M。總共九十五塊錢，是我剛才看電影的找零。

M接過我的錢，想也不想就扔到了路中間。

跑過馬路，我們停了下來，M拉著我站在公路邊上。

「嘿嘿，妳們兩個跑不掉了……」馬修的臉上露出了猙獰的微笑，他舉著槍爬上馬路邊，站在路的正對面看著我們。

「妳只要動一下，我就打穿妳的頭，聽到了嗎？」

我感覺心跳都停止了，但M緊握住我的手，好像示意我不要擔心。馬修和那兩個男孩子看我們一動不動，就慢慢悠悠地朝我們走來。就在離我們還有幾公尺遠的地方，他們突然停住了。

馬修看到了地上的錢。要知道九十多塊錢不是小數目，他連忙彎腰去撿。

就在他快撿完的時候，一輛大貨車從「T」字路口急轉過來。砰一聲把馬修他們幾個撞飛了出去。

我嚇傻了。
司機從車上跳下來。
「上帝啊！我的天！怎麼會這樣！」他查看了前面幾個頭破血流昏過去的男孩子，立刻掏出手機報了警。
過了沒五分鐘，警察就來了。
「真的不是我的錯，上帝啊，這條路是單行道，火車來的時候我默認就是左轉，這幾個孩子蹲在路上，在我的視線死角……」卡車司機極力爭辯著。
在救護車來之前，警察檢查了地上的錢和他們的口袋裡掉出來的麻葉。
「八成是嗑藥嗑嗨了，我給你錄完口供，你就可以聯繫保險公司了。」通常美國警察讓你聯繫保險公司，就證明你不需要負太多責任——否則他會讓你聯繫你的律師。
我和M躲在遠處的柵欄後，我忍不住地發著抖。
「他，他們不會死了吧？」我問。
「沒、沒事，那個車、車速，只會腦震盪。」M說。「骨、骨折，會在家躺到，到我們畢業的。」
我疑惑地看著M。
M就像早就知道這一切一樣，我回想起她去敲碎路障感應器讓路障降下來——這樣所有經過的車輛都默認火車正在通過。轉彎的車輛就可以不用看火車方向公路的來車，直接轉彎——

但M怎麼知道，就在這個時間點，會有一輛大卡車恰好出現在這裡呢？

「妳怎麼知道會有卡車來？」我猶豫地問M。

「別，別問了。」M垂下頭。「我，我本、本不該這麼做的。回，回家吧。」

我忘了我是怎麼把M送回去的，再跌跌撞撞地騎著自行車回家。一開門，迪克、達爾文和沙耶加竟然都在屋裡。

「今晚是社團聚會！妳倆竟然沒出席……」迪克還沒說完，就被我的樣子嚇住了。「噢，我的天！妳剛從伊拉克戰場上回來嗎？」

沙耶加被我脖子上的傷口嚇壞了，趕緊把我拉到客廳，給我做了簡單的傷口清理和包紮。

我斷斷續續地把剛才經歷的事情說了一下，只是把結局改成了馬修一夥人意外被車撞倒。

「真是不幸中的大幸！那M呢？」沙耶加一邊幫我貼膠布，一邊問。

「回家了……」

我筋疲力盡，只想趕緊寫完作業睡覺，打開書包，突然看見M的黃皮筆記本還躺在裡面。

是她落在廁所地上的那個筆記本，我竟然忘記給她，又帶了回來。

沙耶加看著封面寫的「呆子」和「蠢驢」，皺了皺眉頭說：「這是M的？」

我點了點頭，隨手翻開來。

裡面都是些歪七扭八的筆記，語文、歷史、生物的筆記都雜亂無章地記在一起。

翻到後面，突然有一頁吸引了我。

那是一道數學題，題目挺眼熟的，但我一下想不起來在哪裡看過。

M的筆記看似很隨意，就像平常在草稿本上瞎寫一樣。在後面寫了半頁紙的解法。

這是什麼？

「『AIME』最後一道大題。」達爾文湊了過來。「AIME」是中學生數學競賽中的一種。

通常美國中學生的數學競賽是從易到難開始的，最開始是「AMC」，總共有八／十／十二共三個難度。如果都通關了，就可以邁向「AIME」——算是國際奧林匹克競賽的半決賽。

如果連「AIME」也取得了優秀的成績，那麼恭喜你，終於可以到達全世界的終極數學賽事「IMO」——國際奧林匹克數學競賽決賽。

其實只要是達到「AMC」十二的學生，就已經是學霸級別了。如果還能打進「AIME」，基本上就相當於被麻省理工等頂級大學預錄取了，就像我們國內拿到了清華大學和北京大學的錄取通知書一樣——所以。「AIME」就是「學神」的代名詞。當然啦，如果能打到國際奧林匹克競賽決賽，這種人已經超出人類範疇，我們就不予考慮了。

普通學生幾乎接觸不到「AIME」，除了我們班的數學老師，喜歡沒事拿出來虐一下我們這些單細胞生物。

當然也只是虐一下而已，比如說，下課時在黑板上留一道大題。

我想起來了，M本子上寫的，就是上禮拜數學老師寫在黑板上的那道題。我左看右看，一點也沒看懂，達爾文卻表現出了極大興趣。

「喂，你看看M是不是解對了？」

達爾文看了半天，點了點頭，又搖了搖頭：「這是道證明題，但我從來沒見過這種解法。」

「什麼意思啊？」

達爾文用手指著其中一行字：「你看，這道題的關鍵，是她用的這個公式——可我從來沒在任何一本書上看到過這個公式。如果這個公式對了，那麼這道題就是對的。」

「那這個公式對嗎？」

「我看不出來……看起來好像是……」

「你們看什麼呢？給我看看！」我和達爾文中間突然探進一個腦袋。竟然是駱川！他什麼時候在這裡的！

他戴著金絲眼鏡，穿著黑西裝，白襯衫底下是緊繃的八塊腹肌。

做為「霸道總裁愛上我」男主標準人設的這位帥大叔，正在我面前的沙發上……陶醉地摳腳……

「這個解題思路還是有點意思啊。」駱川摳完腳，又從桌子上拿了一塊披薩塞進嘴裡。看得我頓時食欲全無。

「你……你不用洗手嗎？」

「玫瑰的花瓣和襯托它的綠葉在微風中調情後，花瓣會洗手嗎？」駱川嚼著披薩，邪魅地一笑。

這句話從他嘴裡說出來簡直就是渾然天成，從內而外散發出一種說不出的……「傑克蘇」。

「駱叔叔，你不是搞那什麼語言學的嗎？為什麼還能看數學試卷？」

搞語言學的不就是文科生嗎？文科生＝邏輯思維差＝搞不了數學＝我。嗯，邏輯挺通的，沒毛病。

「噢，我也就是對這份試卷比較懂而已——」駱川往沙發裡斜斜一靠，瞇著眼睛笑嘻嘻地說。「畢竟我是出題人之一。」

我一時不知該說什麼。

「他沒騙人。」達爾文從電腦顯示器後面探出頭說道。「妳回來之前我已經把他的祖宗三代都查清楚了，不然不會讓他進門的。」

「叔叔為什麼你不好好只學一科，能不能給我們這些文科學渣留點活路……」我只覺得天旋地轉。

「數學對我來說也是語言，而且是上帝描述宇宙的客觀規律的語言。」駱川說。

「但數學的語言比我們日常的語言準確多了，而且它可以更精準地形容一些抽象的事物。我畢生的研究方向就是把人類的語言帶回到巴比倫塔倒塌之前。」

駱川的比喻很精妙。熟悉《聖經》的人，都知道巴比倫塔的故事。

《創世記》裡面記載，大洪水後倖存的人類來到了一片平原。當時他們都講一樣的語言，所以發展得非常迅速。

有一天，他們突然決定要造一座高塔，通往神的宮殿。

由於所有人語言相通，同心協力，所以塔很快就造得很高了。

可他們的舉動驚動了上帝，神被人類的傲慢震怒，畢竟它的威嚴是不容冒犯的。

為了懲罰狂妄的凡人，神劈開了巴比倫塔，掉在地上的人類失去了統一的語言，彼此之間再也不能溝通。不同的語言為他們帶來了誤會，繼而發生了戰爭

——巴比倫塔再也無法造起來。

這些不同的語言，就像我們今天說的中文、英文或日文等。

巴比倫塔倒塌之前，人類統一的語言叫作「亞當語」——那種語言是人類最初的溝通工具。

「我認為，『亞當語』就是數學的語言。」駱川攤了攤手。「數學語言是人類溝通的一種高階語言，更精準，也更無情——」

「舉個例子，如果你要形容一個女孩的胸部很小……」駱川看了看我。

「我不想被形容！」我使勁翻了個大白眼。

「我的錯，我改一下哈。如果要形容一個女孩的胸部很大——那麼用中文可以說，她的胸部很豐滿，她的胸部不能被一手掌握等等，但這種形容是不具體的。歐洲人看來E罩杯才叫豐滿，亞洲人的C罩杯就已經很豐滿了——當我們把這句話傳遞給別人的時候，每個人都會根據自己的常識曲解了這句話的原始定義……所幸，數學可以做出很好的形容，我們都知道圓的面積公式是圓周率乘以半徑的平方……只要有了胸部的半徑，那麼全世界的人都能得到統一的大小資訊……」

「不喜歡這個例子。」我撇了撇嘴，把話題繞回M的筆記本。「既然題是你出的，那你來說說，這題到底解對了沒有？」

「暫時不好說……」駱川看著M的筆記本皺了皺眉頭。「但是妳這個同學的思維方式和普通人不一樣，她搞不好是個天才。」

「真的!?」我彷彿看見了一道曙光。天才！

「我會在這裡待上幾天，順便把你們的石頭帶回去——讓我見見她，我就知道了。」

「太好了！那我平時怎麼聯繫你？到哪裡找你？」

「我就住在這裡啊，行李我已經拿進房裡了。沒啥事，我就先洗洗睡了。」

駱川伸了個懶腰走進浴室，留下呆若木雞的我。

第十三章　海豚灣

第二天

上午的第二節課開始了，M的座位上還是空空如也。她沒出現。

歷史老師還在黑板上講著馬丁・路德。我掏出手機給迪克、達爾文和沙耶加群發了訊息：「M沒來上課，你們誰看到她了？」

過了一會兒，收到了沙耶加的回信：「我早上看見她來學校了。」

與此同時，達爾文也發了一條訊息：「十五分鐘前，看到疑似M的女生進了教師辦公室。」

一種很不好的預感頓時在我心中升起。下課鈴一響，我就朝辦公室跑去，果然見到昨天的那個中年婦女和數學老師費曼站在門口對M說著什麼。

「嘿，你們對她做什麼？」我上去擋在M前面，她和中年婦女都被我嚇了一跳。

「你是？」

「哦，佩奇，這個是我班上的學生。」費曼連忙打了個圓場。「事實上她們是同學，旺旺，這是佩奇醫生，她從亞特蘭大來，是……」

費曼沒有繼續說下去，而是看了看M。

「我不在乎她是誰，她要帶M走是不是？去什麼特殊教育學校，跟一堆智障待在一起？」我問。

那個叫作佩奇的中年婦女，神情複雜地看了我一眼：「這位同學，我覺得妳對我們的機構有些誤解。」

「先進來好嗎？我不覺得在走廊上說是個正確的決定。」費曼把辦公室的門打開，又換了種更有禮貌的語氣對佩奇解釋。「旺旺是美年達的朋友，我希望我們不要給她帶來任何誤會。」

「當然。」佩奇笑了一下，但眼裡有一閃而過的不耐煩。

「你們不能這麼做。」費曼一關上門，我就迫不及待地說。

「嘿，冷靜點好嗎，我很理解你的心情。」費曼試圖讓氣氛緩和下來。「身為M的老師，我對她的離開也會很遺憾，但是我們昨天不是討論過嗎？M值得獲得更好的、更有針對性的教育，對嗎？」

費曼說這句話的時候看著M，她立刻回避了費曼的目光，把頭轉向一旁。

「你昨天不是這樣說的！」我說。「你說學校不會貿然決定她的去向！你說的是她只是先做評估而已！為什麼這麼快……」

「評估結果出來了。」坐在一旁的佩奇醫生打斷了我的話。「我們有理由相信M更適合個別教育計畫。」

「那我只能說，你們的評估水準是bullshit（胡說）！」我腦袋頓時一熱。佩奇醫生顯然沒料到我這麼粗鄙，一時竟然有點愣住。

我發誓我不是故意粗鄙的，我的英文水準僅限於表達我的想法，沒辦法每句話都說得高級幽默。

「旺旺，注意你的態度。」費曼的臉緊接著也一黑。「妳不應該懷疑聯邦政府的測試機構。」

「不，費曼，我覺得你沒有明白我的意思——你眼前這個女生，是的，她的外表和行為可能跟其他女孩不一樣，或許她跟你帶過的每一屆十一年級生都不一樣。但這證明不了什麼，你在課上也跟我們說過，即使數學公式也不是一成不變的，它也存在著許多不同的形式，對嗎？你看了前年的奧斯卡電影嗎？有一部叫作《美麗境界》的電影——老傑克電影院裡面就有——精神分裂的人也可以拿諾貝爾獎……」

「旺旺，妳把我搞糊塗了。」費曼皺著眉搖了搖頭。「妳究竟想說什麼？」

「我想說，M很有可能是個天才！」我咬了咬牙，從書包裡掏出M的筆記本，翻到證明題的那一頁。「這是她做的，她能解一道我都看不懂的題……」

費曼接過本子，抬起眼鏡看了半天，搖了搖頭，遞回給我。

「哇哦，我只能說……這挺有趣的，雖然我沒見過這種解法，但這確實不是一個高中生的水準。」

費曼推了推眼鏡，意味深長地看著我：「我很理解妳對美年達的友情，但是有些事不應該拿來開玩笑，妳明白我的意思嗎？」

「你什麼意思？」我愣了一下。「這道題是她做的啊！」

「這是你自己做的嗎？」費曼轉頭看向M，溫柔地問，但他把重音字壓在了「yourself」上面。

出乎意料，M沉默了。她低著頭避開了費曼的眼神。

「M！你怎麼了？這是妳的筆記本吧？為什麼不承認？」我一著急就上去拉著她的手臂。「妳要是現在還不說實話，他們真的會把妳帶走的……」

「夠了，旺旺，我認為妳無論如何都不應該拿M的……智力開玩笑，這對她是一種傷害。」費曼打斷我。

「我沒有騙人！」

「如果美年達真的像妳說的，能解開這麼複雜的『AIME』證明題，那妳怎麼解釋她每次數學考試都交白卷呢？」

「這之中一定有什麼誤會，你現在拿一份卷子來給M做，我相信她能做出來……」

「夠了。」費曼不耐煩地打斷我。

「咚咚咚。」

就在我們爭執不下的時候，辦公室外面有人敲門。門外站著沙耶加、迪克和達爾文。

「我想我們在這裡的談話應該是十分私人的。」一直沒說話的中年婦女佩奇直接下了逐客令。「這是個人隱私……」

「你們每一句話都像是為了M好，實際上把她往，往……」

等等。「往火坑裡推」的英文怎麼說？我一下結巴了。

「往，往……」

達爾文接過話：「Throw her under the bus.」

「他們要帶走M……」我總算盼到了救星，要知道我的英文還達不到舌戰群雄的程度，撐不了幾個回合，我就該回家啃腳了。

「不但把M往公車底推，也許還要在她身上倒點汽油再放把火。」迪克憤憤地幫腔。

「他們是什麼人？意大利黑手黨？」佩奇醫生皺著眉頭轉向費曼。

「呃……」費曼尷尬地攤了攤手。「他們是同一個學校社團的成員。」

「我們是她的朋友。」

「那麼你們更應該為她考慮。」佩奇不耐煩地闔上手邊的考核筆記，轉頭向費曼說。「如果沒什麼事的話，我先告辭了。」

「等一下！」達爾文攔在佩奇面前。「你們是根據什麼判定M不能跟上學習進度的？就算交白卷也不一定是白痴的表現——你們的評估標準是什麼？就算妳要把她帶走，也應該拿出無歧視的評估結果吧？」

「對極了！」迪克也立刻幫腔。「既然你們這麼權威，評估報告拿出來給我們看看啊！」

「就是，昨天還說在評估呢，今天就出來結果了，怎麼可能？我們怎麼知道妳的評估結果有沒有帶偏見？」我質疑道。

「你們所謂的合適的教育究竟是什麼？不解釋清楚我們不會讓M跟妳走的。」沙耶加也在一旁說。「費曼老師，你也沒看過評估報告，對嗎？」

「這位女士，我不認為我有義務跟妳解釋。」佩奇醫生看向沙耶加。「我也沒有義務向你們解釋評估的流程和結果，但這不是我一個人的決定，是聯邦政府。你們明白我的意思嗎？」

「聯邦政府同樣也有規定，特殊學生只要在生活上不對他人造成威脅，是可以申請特殊助教幫助自己，從而取代去專門學校的！美國有三十萬特殊助教，為什麼不能派他們任何一個來，而非要讓M去什麼狗屁智障學校……」

「打住，就此打住。」費曼打斷了達爾文和佩奇的爭辯。「佩奇醫生，實在抱歉，今天就到此為止吧，下次您來的時候，請您把評估報告帶上——我想，校長和我需要看到完整的報告才能讓妳帶走她。」

「我以為我們昨天已經達成了共識。」佩奇醫生說，隨即意識到我們還在場，只好不甘心地提起書包。「好吧，我明白了，過幾天會有別的人來。」

「實在抱歉，耽誤您的時間了。」費曼向門口禮貌性地指了指，中年婦女立刻扭著她的大屁股頭也不回地離開了辦公室。

「美年達，妳也出去好嗎？」佩奇走後，費曼又轉向M。「我想跟妳的朋友們談談。」

M出去後，費曼摘下眼鏡放在桌子上，看著我們幾個。

「你們了解M的家庭情況嗎？」

M的家庭情況？我從來沒想過。

我腦海裡閃過了那個看起來像M媽媽的女人。

那個坐在拖車門口，穿著洗得發黃的粉紅色碎花睡裙，頂著亂糟糟的頭髮抽菸的女人。

拖車裡面隱約閃爍著昏黃的光，門口扔著一張裂開的布沙發和幾朵褪色的塑膠花。

「她家裡並沒有錢，也不是本地人口，是靠國家福利才能來這裡上學。」費曼緩緩地說。

「什麼意思？」

「雖然這很殘酷，但說白了，如果沒有政府的福利，美年達連這所學校都來不了——政府給予它的公民福利，因此公民必須聽聯邦政府的安排。你們明白我說的什麼嗎？」費曼無辜地攤了攤手。「這並不是我決定的，當然M也可以選擇，她可以選擇服從安排，去特殊的學校；也可以選擇不服從，但這就意味著她失去了讀書的資格，她必須待在家裡，接受福利機構的監管，甚至離開她現在的監護人。這是我們都不願意看到的。」

說到底，原來是錢。

什麼評估測試，什麼為了更好的教育，都是狗屁。

美國窮人領取美國聯邦政府的福利，就必須服從它的安排，這才是問題的核心。無論M有沒有影響其他人的學習，無論她是否開心，無論她幸不幸福，她都必須服從安排。

那如果下一次戰爭來臨，政府要強制這些窮人去上戰場，他們也沒有反抗的權利？

下一次海嘯的時候，政府要求優秀的公民先撤離，那麼窮人就得乖乖等死？就因為窮人享受了國家提供的福利？

我不敢往下想。

「所以只要M能夠自己交學費，不再依靠福利，她就能夠留下？」我開口問道。

「我很遺憾，但事實就是這樣。」

幾個人從辦公室裡垂頭喪氣地走出來。

「這不公平。」迪克小聲嘟囔了一句。「即使她家裡沒錢，也不是她的錯。沒人能決定自己出生在哪裡。」

「M不是智障，駱川都說了，她是天才。」我歎了口氣。

「如果M真的是天才，為什麼她每次數學考試都故意交白卷呢？」沙耶加疑惑地問我。

我搖了搖頭：「我也不知道。」

「我倒是覺得剛才那個佩奇醫生有點面熟，就是不記得在哪裡見過……」達爾文自言自語。

天色陰沉，一個熟悉的身影坐在教學大樓外的長椅上。

她穿著那件幾乎從來沒換過的黃色外套，裡面是促銷商品贈送的大號T恤，草草地紮進翻著毛邊的牛仔褲裡。這套穿著像個四十歲出頭的中年人，在十六、七歲的高中生裡顯得不倫不類。

她遭受的所有不公和欺負，都來源於這個滑稽的外表。

沒有人願意透過這身可笑的裝扮，去看清皮囊之下那個真實的靈魂。那個越過死亡和墳墓，越過階級和人種，和所有人一樣平等的靈魂。

「我靠，我怎麼早沒想到！」迪克突然在我身邊一拍腦門，把我的耳膜都快震破了。「讓M去參加明天的『AIME』不就行了嗎？如果她真的出線了，參加國際奧數比賽不說，多牛的大學都會排著隊讓她挑——關鍵是！五萬獎金啊！這不就是傳說中的雙贏嗎!?」

我還以為是什麼好辦法呢，一聽到「AIME」，我和沙耶加就齊齊翻起白眼。

又不是偶像劇小說。「AIME」的選手都是從基礎數學競賽一級一級考上來的。今年我們學校獲得參賽資格的就只有三個人，正著看反著看就三張臉，每個人都有

「AIME」專業的個人資格證和考試許可證，這麼短的時間到哪裡給M再變一份啊！

「我倒是有一張準考證……」達爾文想了想，說道。

大哥！你是男的啊！準考證上有照片，雖然老外看亞洲人普遍都眼瞎，但膚色和性別還是能分辨出來的啊！

「不是，我的意思是說，我可以根據我的這一張再仿造一張假的……」

你以為現在拍電影啊！我讀的書少你不要騙我，人家電腦裡都登記有每個考生的資料的，就算偽造了證件也要掃碼進場啊！

「聽我說，我可以駭進他們的系統，把M的資訊加進去……」

駭客了不起啊！出了事這鍋誰背啊！要知道美國佬是最恨欺詐行為的，這種考試欺詐行為會變成她一生的汙點啊！

「其實關鍵的不是準考證能不能偽造，也不是電腦資料能不能修改，而是M願不願意去向大家展示她的天賦。」沙耶加開口了。「我們說了這麼多，都只是站在我們自己的角度去思考問題，我們都沒問過M是怎麼想的。她明明能夠考滿分卻要交白卷，即使被佩奇說智力低下也沒有反駁……她有很多次機會可以證明自己，但她並沒有這麼做。」

我突然發現，其實我一點也不了解M。

她總是我們中間那個沉默不語的傾聽者，但我似乎從來沒有走進過她的內心。

上課鈴響了。

M仍坐在長椅上，並沒有回去上課的打算。

「不如你們先回去吧，我想和M聊聊。」我說。

「嗯。」達爾文沒說什麼，和迪克向教學大樓走去。

「汪桑，有事就給我發訊息。」沙耶加拍了拍我的肩膀。「我幫妳跟老師請個假。」

「嗨。」我坐在長椅的另一邊。

「嗨……」過了一會兒，M才從遠處收回了目光。她輕輕晃動著身體，看著腳邊。我們都沒有說話，而是靜靜地坐著。

下雨了。

千言萬語，都融化在毛毛細雨裡。雨滴無聲地落在地上，又迅速蒸發成霧氣回到空中。

其他班級都在上課，草坪上和操場裡空無一人。一瞬間，我彷彿又回到了出國前的那一天。

我淋著雨，背著書包坐在操場邊，看著遠處在教室裡奮筆疾書的初中同學，感覺他們離我好近，又離我好遠。

孤獨是一種與生俱來的情感，尤其當你發現原來這個世界上的每一個人都和你不盡相同，當你明白他們無法真正感受到你的感受，笑你的笑，流你的眼淚，愛你愛著的人。

你開始長大。

張朋，那個時候拉起我的手臂的男孩，他對我說了一句話：「我們去看漫畫吧。」在那一刻，我內心的黑暗被他的笑容驅散了。

「M……那個佩奇有沒有跟你說，她會什麼時候帶妳走？」

「也、也許是這兩、兩天，也許是，下、下禮拜。」

「妳見過海嗎？」我支支吾吾地說。「不是地下洞穴的迷失之海，是真的海。」

M搖了搖頭。

「妳想去……看海嗎？」

她看著我，過了一會兒，用力點了點頭。

喬治亞州是美國南部的沿海州郡，在我還沒搬到這裡之前，我查過一本描述美國風景的指南，裡面說離我們小鎮不遠的地方有一片非常美麗的海灣。因為那裡總是有成群的海豚出沒，所以也叫海豚灣。

海豚灣在小鎮的南邊，但我不知道具體的距離。我覺得如果一直朝南騎自行車，應該能騎到。

M坐在我的自行車後面，一開始的路還算順暢，可出了市區沒多久，就只剩下高速公路和鐵軌了。

我們騎著自行車，沿著鐵軌向南走了很久，但連海的味道都還沒聞到。

「大海？」一個加油站的黑人收費員向我們搖了搖頭。「往前走是核能發電廠，再往前是堆填區，我從來沒聽過這裡有什麼海灣。」
「請問，您知道海豚灣怎麼走嗎？」
「不，我沒聽說過什麼海豚灣。」一個抱著孩子的婦女坐在她的花園裡。「我在這裡生活了十幾年，從沒見過海豚。」
「請問，您知道大海是哪個方向嗎？」
「很遠。」維修鐵路的工人把鉚釘砸進鐵軌。
我們又騎了一段路，太陽快下山了。
也許根本沒有什麼海灣，也許是我自己記錯了。也許是那本書的作者擅自杜撰了這個景點。也許那是很久很久以前的事。
也許現在掉頭，我們還能來得及在天黑之前回家。
可我還是抑制不住地想再往前走走，想去證明之前走的每步路都有價值，想去堅持自己心中荒唐的想法。
在夕陽即將消逝的時候，我終於看到天上有海鷗飛過。
在堆填區和核發電廠中間的夾縫裡，有一個由礁石組成的、狹長的海灣。
我們把自行車扔在路上，爬過鐵絲網和護欄，在礁石上小心地往前走了好一段路。
你猜我們看到了什麼？海豚。
在太陽落下海平面的最後一刻，海豚的剪影出現在遠處波光粼粼的海面上。

我們都沒有說話。

它們在空中高高躍起，又落回海面，最終消失在淡紫色的天空中。

那是屬於我們兩個人的海豚灣。

在我遇到過無數奇幻的、詭異的、無法解釋的事情裡，這一段經歷看起來無比平庸，甚至也許不值一提。可每一次我想起海豚從水面一躍而起的那一刻，都覺得那是我生命中最不可磨滅的、最動人心魄的場景。

沒有史前文明，沒有歷史真相，沒有未解之謎。

這只是關於兩個十六歲的女生，憑著內心的執念，找到屬於自己的海豚灣的故事。

回到小鎮已經天黑了，我推著自行車和M走回家。

「妳願、願意進來坐、坐嗎？」

這是M破天荒首次邀請我進她家。之前我每次來，她都只和我站在外面談話。

無論是誰走近拖車，M都會變得不自然，她總會用半個身體遮掩著拖車的入口，就像怕別人向裡面窺探。

「好啊。」

我沒想到一個不到四平方公尺的小起居室和兩平方公尺的小廚房能夠堆下這麼多東西——數百個廉價超市的罐頭食品和日用品，幾十個鍋碗瓢盆，各種大小的水瓶和紙箱連同無數塑膠袋一直堆到天花板。

「我、我媽媽她、她不喜歡扔，任何東西。」M輕輕地說。我跟著她見縫插針地邁開腳向裡面走。

臥室用簾子隔成兩間，隱隱約約看見M的媽媽坐在簾子後面，仍舊擺弄著那臺信號不好的收音機。對我的到來，她微微顯得有點驚訝，但眼神一閃即逝，又恢復了對收音機的專注。

「阿姨好像很喜歡聽收音機……」我隨口說道。

「她、她總在找，找一些不存在的東西。」M無奈地笑了笑。

M掀開簾子，她的房間同樣也堆滿舊衣服和日用品，但吸引我注意力的是布滿房間的奇怪數字。

各種顏色的數字和公式，有新有舊，有的寫了又改，有的一層覆一層，像螞蟻一樣密密麻麻地從桌面到地板到牆上。

「這……這些都是妳寫的？」我看著那些我從來沒見過的公式問。「是妳發明的嗎？」

M搖了搖頭。

「我只是記錄、記下來，它、它們就在我、我腦子裡……」

第十四章　生命的凜冬

「對普、普通人，來說，他們只、只看到了數字、和符號……但對我、我來說，它們是活的。」

「活的？你的意思是，這些數字在你眼裡有生命？」M點了點頭：「就，就像我的朋友一樣。」

M花了將近一個小時，向我講述這些數字背後的故事。

她說在她的世界裡，數字從來不是靜止的，它們有生命，有性格，有顏色，還會說話。

她說，10擁有2和5，9擁有3，8和6的朋友最多，1是藍色的，而7最孤獨。

數字是一門語言，公式則是這些數字的語法，它們通過語法組織語言，和人類建立溝通。

它們的語言可以描述這個宇宙本身、過去和未來——用一種純理性和邏輯的方式。

它們也有情緒，有時候愛著人類，有時候恨著人類。它們有時候也有祕密。

這些數字組成的語言，M天生就能聽懂。

M知道它們的很多祕密，無論是在光天化日下的黑板上大張旗鼓，還是在伸手不見五指的夜裡竊竊私語，她都能聽見。

「那它們都在說些什麼？」

「很多。」M沉吟了一下。「從、從寒武紀時期的一、一隻草履蟲，到幾、幾億光年外的紅、紅矮星。」

「它們也會談論人類嗎？」

「嗯，它、它們總是，總是說人很、很自大——總、總以為自己發明了偉大的定理和宇宙的奧祕——其實，這些定理在人類誕生之前就已存在了。它們說，所有的發明都、都只能稱作發現而已。」

「M，那天我們看完電影回家，遇到馬修的時候……妳是不是知道那輛卡車會因為妳降下了火車軌道的路障而直接轉彎？」

M點了點頭。

「卡車剛好在馬修彎腰撿錢的那一刻衝出來……也是這些數字告訴妳的？」

「嗯，我只要知道，一些時間、距離、長度，可以用數字表示的量，」M指了指桌上密密麻麻的數位。「我就可以計算。」

「妳能靠計算知道未來會發生的事……」

「並、並不是任何事都行。」M想了想，回答道。

「妳是靠心算嗎？」

按照愛因斯坦的「決定論」，宇宙就像一個複雜的機械鐘錶，一切都在設計中井然有序地前進。如果任何一個公式能夠概括鐘錶的工作規律，那麼理論上來說計算未來就是可行的。

可這僅僅是理論上，無數個隨機事件串聯在一起形成一個超小機率事件，這個因果層級關係的複雜程度不低於讓一隻猩猩隨即打出一本《莎士比亞全集》。這個計算量就算是全世界的電腦加在一起都未必能算得出來，何況是M的小腦袋瓜啊！

M沒有再說下去，她的意思是，即使她解釋給我聽了，我也不會懂。

「但、但是我加入了新、新的隨機事件，改變了未來的一些事情，這違背了我和數字之間的承諾。」M低下了頭，她的眼睛裡閃過一絲惆悵。

「妳只是讓那些壞人受到應有的懲罰，保護了自己而已，這不算是什麼大事啊……」

「蝴蝶效應，一件小事甚至可、可以改變宇宙運行的軌跡。」

「M，我不明白。」我搖了搖頭說。「既然妳這麼有數學天賦，為什麼從來不給學校的那群傻瓜一點顏色瞧瞧呢？妳可以用妳的天賦去甩他們一臉！那些胸大無腦的啦啦隊長和那些虛偽的大人。」

想到畫著濃妝的麗莎和要帶走M的佩奇醫生，我就情不自禁地啐了一口。

「這、這些數字和公式並不全是好的。」M輕輕地別過臉，沒有再看我。「它、它們給、給我帶來災難和痛苦，比妳想像中的多。很多時候我、我不想聽它們的話

——卻不得不聽。」

M彎下身，從床底下扯出一疊布滿灰塵的試卷和書。我隨手翻開一張，那是七年級的物理試卷。M的名字被人用馬克筆塗掉了，取而代之的是「騙子」。

「我的區別在、在於，我能寫出正、正確答案——但沒有解題過程。我看起來很簡單的計算方式，卻沒人能看懂。」

我看著試卷上巨大的「騙子」兩字，一時間，氣不打一處來。

「妳給教高中初中的老師看，當然看不懂啊！他們要能看懂，也許早就是下一個諾貝爾獎得主了！你應該拿給更專業的人看啊！」

M安慰我似地拍了拍我的手，但搖了搖頭。

「不、不重要了。」她說。「其實很多、很多事對我而言都不重要了。它、它們教會我看我的未來，我出生時就、就看到了我的死亡。我嘗、嘗試過改變它，可無論怎麼、怎麼變，只是過程不同而已。現在的這、這種狀況是我最滿意的。我只要安靜地等、等待它的發生。」

M說出「很多事對我而言都不重要了」這句話的時候，有這麼一瞬間，她讓我感覺似曾相識。

就像那個在天臺上、最終鬆開我的手的人。

那個沒有名字、一心求死卻偏偏獲得永生的人，那個害得我家破人亡、卻讓我恨不起來的人。

不重要了。這句話是他的口頭禪。

他是一個隱藏在孩童軀殼裡的破碎靈魂，神給了他永生，卻沒有給過他哪怕一天的幸福。他靠著過去積攢的恨活了許多年，最終他恨的所有人和事都成了過眼雲煙，他連活下去的理由都沒有了。

他要逃離的卻是每個人都在追尋的。就像那天坐在黑色進口轎車裡的老人，即使富可敵國，仍然對永生有著接近瘋狂的執念。

期待得到永恆的人，又怎麼會了解永恆帶來的孤獨和悲哀。

M悲傷的眼睛，和我記憶中的四十三重合了。

「很孤獨吧。」沉默了很久，我抬起頭說。

「每、每個人都、都應該是孤獨的。」

「所以妳一直在小心維護著死亡的方式，不讓任何偶然事件影響妳最終的結局嗎？」

「嗯。」

「比如說，在第一次見面的時候，死活不肯上車？」

M點點頭，隨即若有所思地看著窗外的天空。

「紅色的汽、汽車如果在那時向北方開……我、我會在兩年零三個月後的一、一天，因、因此被淹死。」

我驚訝得合不攏嘴，我一直以為偶然事件下的微小變化能帶動巨大的連鎖反應只是動態系統裡的一種理論而已，原來這種連鎖反應真的能被精確地計算出來。

「如果那天妳沒有讓馬修被車撞倒，那我們……會死嗎？」

「會、會被打傷，而且妳……會、會失去一隻眼睛……」M深深低下了頭。「因為……這件事，我、我的死亡方式變了，現在我，需要讓事情走上原本的正軌。這很難，就像錯、錯過高速公路出口的汽車，下一個離目的地最近的出口還有五十公里，必須很小心，才能……」

「所以妳才決定去特殊教育學校？那裡能讓被改寫的命運回到原來的軌跡？」

我猛然想起今天M在辦公室裡的欲言又止。這一切都在M的計算之內，她只是為了把她選擇的命運扳回正軌而已。

「可以……這麼理解。」M有些茫然地看著窗外的星空。「這該、該是最好的結局了。其實這、這樣對我也好，我是個怪胎，也許在那裡的生活會容易些……」

「M，能不能告訴我，妳一心追尋的死亡方式到底是什麼樣的？」

M充滿憧憬地眨了眨眼睛，說：「那、那是八十歲那年，我躺、躺在郊外木屋的一張小床上，看著外面、外面的大海，我緩緩地閉、閉上眼睛進入夢鄉……沒有任、任何痛苦，漸漸停止呼吸，被漲、漲潮的海水帶進海裡，消失在海上……今、今天看到大海的時候，我更、更確定這是最好的結局。」

M彷彿已經看到了她死去的那天，她輕輕地笑了，就像已經得到了一切解脫。

「我不明白，難道妳活著的唯一意義就是為了等待死亡嗎？」

「汪，妳不明白。」M的眼神閃過一絲悲傷。「能被計算的未來，意、意味著是客觀存在的事實，就像任何一個數學公式，不是被人為創造出來的——只是被發現而已。每個人都、都有劇本。」

M告訴我，我們無力改變命運，從出生開始就沒有選擇。命運已經給了你劇本，你能決定的只是不到百分之一微乎其微的事情，你改變不了的永遠比你能決定的多——你改變不了日出日落、長大和衰老、性取向和智力；改變不了生存的欲望、繁殖的本能和貪嗔痴的人性。

無論是外在安排好的自然規律，還是刻在基因裡的隱藏劇本，我們自以為主觀做出的決定都是命運安排好的。

「我、我能決定自己的死、死亡方式，已經很、很滿足了。」M看著我，笑了。

隔了很久，我問：「M，妳能看到我是怎麼死的嗎？」

「我並、並不能看見，所有人的命運。」M說。「我只能，只能看到某些必然事件的點……」

「那能嘗試看看我的嗎？哪怕看到任何和我的死亡有關的東西。」

「妳、妳確定要這麼做嗎？」M問。

「嗯。」

M看著我，她似乎集中了所有的精力一動不動地盯著我的臉，手指有節奏地輕輕敲擊著地板。

過了將近兩分鐘，她還是一言不發。

「M，算了，不要勉強自己，我也只是隨口問問而已。」我有些心疼地拍了拍她。

我的話還沒說完，M的眼神突然渙散開來。

「妳怎麼了？」我嚇了一跳，趕緊把她扶起來，她恢復意識後，用一種十分複雜的眼神看了我一眼，卻沒有說話。

「妳沒事吧？」

M搖了搖頭。

「是不是我的……」我心裡一沉，但還是假裝輕鬆地聳了聳肩。「妳看到不好的東西了嗎？」

「妳、妳的生命還有不到、不到半年……」

我的世界突然黑暗下來。我快死了嗎？

我才十六歲，健健康康大活人一個，突然就被告知還有不到半年的生命。

一瞬間，我想起了還在醫院裡的媽媽，不知去向的舒月，迪克和達爾文，挽著我手臂的沙耶加，塞給我漫畫書的張朋……我捨不得他們，也捨不得這個世界。

M繼續用手指快速地在地板上憑空寫寫畫畫，她的鼻子開始流血：「我不會、不會讓妳死的，我在計算，計算看看妳的軌道是否能改變……」

「別算了。」我拉起M的手阻止了她。

「也許，也許是有，有改變的可能性也未必……」

「我相信妳的計算很準確，M，所以別算了。」我收起眼淚，忍住悲傷說。「但還是謝謝妳，讓我知道了我還有幾個月的生命。」

「我很抱歉……妳的死、死亡也許可以改變……」

「無論怎樣，我們現在算是遭遇一樣的困境了。」我努力地笑笑。「我們起碼都知道我們什麼時候死了，對嗎？」

良久，M點了點頭。

「我現在能體會到妳的心情了——當妳知道自己的生命軌跡和死亡的心情時。」我抬頭看著M。「與其去延緩我的死期，我更希望在剩下的這幾個月，按照我選擇的方式去活著。

也許我還有四個月就死了，也許還有五個月……可死亡就是這樣如影隨形，無論是明天會被花盆砸死，還是一百歲的時候在醫院衰竭致死；無論是緩慢的癌症，還是被子彈一槍斃命，死亡終究會來的。生命的可貴不正是因為它有期限嗎？因為生命短暫，才更應該活在當下，和愛的朋友、家人在一起，努力讓自己幸福，不是嗎？

與其逃避死亡，不如讓生命來得更有價值。我相信無論是誰，來到這個世界的目的，並不是等待死亡，而是讓自己的生命變得有意義。如果我的生命還剩下不到半年，那我是時候列一份遺願清單了，哈哈。」

我擦乾眼淚繼續說：「我好想談一場戀愛，把好吃的都吃遍，也不用擔心以後考不上大學啦，可以去好多地方旅遊，好好看看這個世界。」

「旺旺，妳很勇敢。」M愣愣地看著我，想了很久說。「但命、命運的劇本裡，妳並不是有決定權的那一方。」

「我不勇敢。」我搖了搖頭。「我怕死，正常人哪有不怕死的？我連吃錯東西拉肚子都立刻叫救護車，發燒超過37.5℃就馬上去醫院，拔牙打個麻藥都怕自己再也醒不過來，手機掉浴缸都不敢自己撿怕被電死……

我特別怕死，但比起怕死，我更怕失去愛，失去我的朋友和家人們。過去一年裡，我見到過因為懼怕死亡而不計代價追求永生的人，也見過真正得到永生到頭來卻一無所有的人，他們在我看來都很可悲。雖然我的生命已經不多了，但我寧願在追逐幸福的過程中有尊嚴地死去，也不願意苟且地活著。」

「我、我們的選擇不同……」M沉吟道。「我、我從出生起，就已經，就已經看完我一生的軌跡了……」

「我沒有像妳那樣的能力，但是我想到妳會離開我們，我就很難受——不只是我，迪克、達爾文和沙耶加都會很難受，我們把妳當成我們中的一員和最好的朋友。

我不願意看到我最好的朋友被別人當成智障送到特殊學校，僅僅是因為她隱藏了自己的天賦。

他們現在都在我家等妳——如果妳參加明天的『AIME』數學競賽出線，妳得到的獎金會支持妳讀完高中進入大學。妳的生命也許再也回不到妳希望的『正軌』

——妳不會在八十歲平靜地死去，但是妳可以向所有人證明，妳不是傻瓜。」

M用手指在地上輕輕畫著什麼，沉默了許久，再也沒有說話。我站起來看看手錶，快九點了。

「M妳考慮看看，我先回去了……明天『AIME』下午兩點開始，現在還剩不到十九個小時，我們會在我家等妳到今晚十二點。」

回家的路上，我忽然感覺到一絲涼意。抬頭看，漆黑的夜空布滿了閃耀的星星。南方的小鎮入秋了。

我的生命卻已經進入了凜冬。

一開門就見到地上鋪滿了一堆草稿紙，達爾文、迪克和駱川坐在中間，連電腦都被搬到了地上，不知道在研究什麼。

「M來了嗎？」沙耶加遞給我一罐可樂。

「我……」看到熟悉的朋友們，我立刻就想起自己快要死了的事實，我的聲音一下哽咽了，眼淚在眼眶裡打轉。

「汪桑，妳怎麼了？」沙耶加連忙遞給我一張紙巾。「妳不是發訊息告訴我們妳倆去海邊了嗎？怎麼哭了？遇到什麼事了？」

我連忙搖了搖頭：「沒什麼。M需要點時間考慮，我告訴她我們會在這兒等她到晚上十二點……你們三個坐在地上幹麼呢？玩鬥地主？」

「中尉，不得了，M這次要逆襲宇宙了。」迪克叼著一塊披薩轉回頭對我說。「羅伯特說，M筆記本上的公式是一個超級無敵大公式的變形，這個公式簡直能夠打倒異形，幹掉『尤達』（《星際大戰》裡的強者），穿越宇宙黑洞……」

羅伯特是駱川的英文名。迪克的話弄得我一頭黑線：「什麼鬼？」

駱川放下筆：「打倒異形我不敢說，但這組公式確實是一個複雜公式的變形，如果加以研發絕對是顛覆性的，它證明了『黎曼猜想』！你知道『黎曼猜想』吧？一百多年來都沒有人能證明它，而一個高中生把它證明了，而且還推進了一大步！毫不誇張地說，這個公式甚至能改寫現代量子力學的發展，把人類文明拔到一個新的高度！」

「黎曼猜想」不但是歷史上數學七大難題之首，更是所有數學家畢生的夢。全球懸賞一百萬美金，歷時一百多年都沒有人能證明它。

「黎曼猜想」雖然聽起來特別難，但原理特別簡單，就是質數的分布。

只要上過小學的人就知道質數——凡是只能被1和自身整除的數字，就叫作質數。比如說從1到10當中，2、3、5和7都是不能被除了自身和1之外整除的數字，而其他的比如6能夠被2和3整除，8能夠被2和4整除。

在很長時間以來，質數的分布都被認為是沒有規律的：在無限延伸的自然數集中，隨機存在著無窮的質數，它們看似無比孤獨。

而「黎曼猜想」就是關於質數分布的規律。簡單來說，黎曼認為質數的分布是有跡可循的，但截至目前都沒有科學家能證明這個猜想。

「而M的這個公式，看似解決的是數學問題，其實進行了更深一層研究，它解決的是量子物理問題：它能夠推斷出10的10次方自然數以內的任何一個質數——至少現在我們算到這裡都是精確無誤的，比這個自然數更大的，家用電腦也算不了了。」

「量子物理？我以為M只是數學厲害……」

「那妳就太膚淺了，舉個例子，這個公式如果能輸入一個足夠強大的電腦，那就相當於女巫的水晶球。」駱川興奮地說。「無所不知的水晶球！」

也許是看出我的一臉迷茫，駱川耐著性子問我：「妳聽過平行宇宙嗎？」

我點了點頭。

平行宇宙早就是科幻界的爛梗了，別說我了，連小學生都知道。

其實理論簡單來說就是我們的細微決定會形成兩個世界，這兩個世界將會走向不同的方向。

比如說我出門的時候看到外面下雨了，我決定帶傘和不帶傘，都會把我引向兩個不同的平行世界，而我決定帶傘和不帶傘的這一刻則是兩個世界的交點。

「很多電影為了考慮觀眾的感受，盡量簡化了科學理論——他們告訴觀眾平行宇宙的時間是直線，所以交點也只有一個——但真實的量子力學中，時間的形狀至今沒有一個確切的定論。宇宙和宇宙之間的交點絕對不止一個，只是很少而已，就像質數一樣——如果把這個公式運用到量子力學裡，就能計算出這些交點——換句話說，她的公式能夠預測未來的『必然事件』！」駱川點了一根菸，說。

「未來的……『必然事件』？」

「多重平行宇宙的交點就是『必然事件』。舉個例子，平行宇宙A裡你是學渣，平行宇宙B裡你是學霸，平行宇宙C裡你輟學了……但平行宇宙中數以萬計個你，都會在今天下午一點騎自行車去看海。『今天下午一點騎自行車去看海』這件事就是這些宇宙的交點，也是宇宙中的質數，是單位以億萬計量的自然數中無法被整除的定量。」

「可為什麼即使預知了這些必然事件仍然不能改變它？假設我週四的時候去找到妳，讓妳週五早上不要去買咖啡，那這個交點不就不存在了嗎？」

「小朋友，宇宙的規律如果那麼輕易就能打破就不叫規律了——質數就是宇宙的規律。」駱川眼裡忽然露出一絲傷感。「我只是舉了個淺顯的例子讓妳明白而已，一旦問題複雜起來，可不是妳一句話就能改變的，比如天災人禍、地震海嘯等等。」

我想起了M在拖車上對我的預言。

但凡有其他可能，她都不會告訴我我快要死了，我的死亡也許就是這種無法改變的交點之一吧。

雖然做好了思想準備，但聽到駱川的話，我的心還是一點點沉下去。

我不想告訴任何一個人我要死了。對我來說，一個人面對死亡並不可怕，因為我至少知道老爸會在另一個世界等我——如果真的有另一個世界——這是我唯一覺得能夠坦然的原因。

可要把這件事說出來就不一樣了，我害怕面對來自朋友的關懷。我不需要被人憐憫，更不想用積極和勇敢，來假裝自己很堅強。這個世界上根本就沒有人在面對死亡的時候很堅強。

我只希望那天來臨的時候，我能少留一些遺憾、多一些尊嚴。

「妳難道不驚訝嗎？怎麼一副快死了的表情？」駱川匪夷所思地看著我。

「哦，不是，資訊量太大，我反應不過來而已。」我突然被戳到痛處，匆忙忍住眼淚，以防他們看出什麼端倪，我不敢哭。

「既然預知的交點不能改變，那還有什麼預知的必要呢？」我心不在焉地翻著冰箱。「如果……預知到不好的結果，那豈不是很絕望？」

「中尉，妳今天不太正常。」迪克從一堆草稿紙裡抬起頭對我說。平常這個時候，我一定會跟著瞎起哄，儘管我是理科白痴。

「我……我只是有點睏。」我掩飾道。

「科學就是在絕望的黑暗中尋找希望。」駱川揚了揚腦袋。「自然規律無法改變，但能夠把傷害降低也是好的——就像我們雖然無法阻止山洪和地震，但可以在這之前疏散居民，減少傷亡……」

我懷揣著心事坐在沙發上，沙耶加輕聲問：「還有半小時就十二點了，妳覺得M會回來嗎？」

我搖了搖頭，突然有一種強烈的預感，M不會來了。

做為從出生起就看完自己一生的人，M現在的生活說不定是她從無數個宇宙中挑選過、最適合自己的。

只是我想當然地覺得，M只要證明了自己的數學天賦，就能過上更好的生活。畢竟對M來說，她在數學方面的能力已經遠遠超出一般意義上的天才，甚至可以拿數學界的諾貝爾獎——沃爾夫獎了。

我正想到這兒，外面傳來了敲門聲。

M在門外。

第十五章　時間的形狀

「嗨。」

十二點零一分，我和M四目相望，但我知道一切已經不同了。我已經不再是昨天那個對未來懵懂又充滿希望的年輕人，她也不再是那個認為生命的結局比過程更重要的宿命論者。

「我的媽呀！總算來了！妳再不來我就要把我們社團的經費全輸光了！」迪克鬆了口氣，向駱川攤開手掌。「我說過M會來的，願賭服輸，錢我們就不要了，但你的承諾要兌現！」

「那個，那個數學競賽……我，我願意試試看。」M輕聲說。

她看著我的眼睛，我們的關係有了微妙的改變。如今我們都知道彼此心裡最深的祕密，也知道了最終的結局。

我們再見到彼此的這一刻，各自都在心裡做出了一個決定。

她的出現，絕對不僅僅意味著她願意參加數學競賽證明自己不需要去特殊學校，更意味著她願意跟命運豪賭一把，籌碼是她原本為自己精心安排的結局。

這一刻，我也做出了一個決定。

明天數學競賽之後，在我人生剩下不到半年的時間裡，我要只為了自己而活。

我要去亞特蘭大陪著媽媽，找到舒月，我要向這個世界上我最愛的兩位親人鄭重道別，向我的朋友們道別。我要盡我所能，好好看看這個世界，也不枉我來此一遊。

我要盡量不帶著遺憾死去。

「餓嗎？」沙耶加拉著M的手往客廳裡走。「我們做點飯糰吃，好不好？」

迪克坐到我身邊，我使勁白了他一眼：「竟然拿我的血汗錢跟駱川打賭，你還有沒有節操？」

社團經費是我們賣了大半年的烤串，一分分攢出來的。想到我每天穿著巨大的毛絨外套扮母雞，我就心塞得不行。這個沒心沒肺的傢伙擅自動用不說，竟然還敢拿來賭博。

「有沒有節操，妳一會兒就知道了。」迪克擠眉弄眼地看著駱川。「反正這傢伙輸了。」

「離『AIME』數學競賽還有不到十四小時，既然M來了，不如讓我們想想怎麼讓她混進考場。」達爾文在地上攤開一張紙。「因為時間關係，我已經列了一張清單。」那張紙上寫著準考證、條碼和照片，以及電腦核實資訊所需要準備的一連串亂七八糟的東西。

「準考證好做，畢竟能拿我的這份做範本，給M拍張照換個名字就行——最難的是做條碼——這麼短的時間我沒辦法駭進考試系統，但他們在進場的時候有一臺核實考生資訊的電腦連的是校內網，我能把M的資料加進去。」

「就算混進去了，交卷後電腦也是無法識別的，畢竟考試系統裡沒有這號人……」必須用M的名字公布成績，才能證明那是她考的，否則一點意義也沒有——我一邊想，一邊搖頭。

「我已經做好詳細的戰略部署了，他就是我們手上的王牌。」迪克用下巴頦兒指了指駱川。「羅伯特這次來就是以麻省理工大學數學顧問的名義來的，他將成為我們的詹姆士・龐德。」

「什麼？」我一臉黑線地看著駱川。「所以，這人還是『AIME』的考官？」

「不然，妳以為他來這裡幹什麼？專門來取咱們的破石頭？」達爾文說。

駱川義正詞嚴地說：「賭輸了我願意付雙倍的錢，但我是絕對不可能幫你們作弊的，我寧願去死也不可能用麥克阿瑟傑出學者的榮譽來開這種玩笑。」

「但你剛才已經把你的榮譽拿出來押注了。」迪克聳了聳肩。

「那你死吧。」我翻了翻白眼，真想不明白，這種連高中生的錢都騙的人為什麼能當上教授。

「總之不可能。」駱川搖了搖頭。

「那我只好把麥克阿瑟的獎盃和你的裸照一起傳上『臉書』了。」達爾文歎了口氣。「咦，你們剛才說什麼來著？剛才我突然失憶了，我們好像聊到『007』了，我覺得我是天生的『間諜』，哈哈哈哈。」

「我們這不叫作弊，也沒要求你給M透露答案，我們只是要一場公平的考試。」我頂了一句。

「可是她根本不用去參加『AIME』呀，這個公式已經證明她比愛因斯坦牛了。」洛川看著M兩眼發光。「假以時日，我們就可以論證這個公式，解決質數的分布。那二十一世紀最發達，哦，不，最偉大的科學家就是我們倆了。」

「不要往自己臉上貼金，這公式跟你半毛錢關係都沒有，什麼時候成了你倆拿獎了。」這個世界不是因為你長得帥就能見便宜就占的。

「我，我想參加『AIME』……」M一臉懇求，支支吾吾地看著駱川。「拜託你……」

「為什麼？」

「我，我想任、任性一次。」M轉過頭看了我一眼。

很久之後，我才明白她的眼神裡包含著怎樣的決絕和堅毅。

駱川攤了攤手：「我只能試一試，現場又不止我一個考官，我不能百分之百保證就是了。」

凌晨三點，沙耶加還在跟達爾文準備著準考證，迪克已經躺在沙發上呼呼大睡。駱川拉著M坐在桌子旁邊，在草稿紙上討論著什麼。

我輕輕回到房間裡，打開檯燈看著鏡子裡的自己。

黑頭髮齊劉海兒，剛剛哭過的眼睛腫得像兩顆黃色的杏子，薄嘴唇鵝蛋臉，臉因為每天騎自行車被晒得有點脫皮，鼻子上還有幾顆淡淡的雀斑。

十六歲的我長著一張只能算是乾淨秀氣的臉，和驚豔完全挨不上邊。檯燈照得我臉上一層細細的絨毛反著光。

這是我第一次這麼仔細地審視自己，M說的話回蕩在我腦海中。

「妳的生命還有不到半年。」

半年有六個月、一百八十二天、四千三百六十八個小時、二十六萬兩千零八十分鐘。然後，我將孤獨地死去，正如我來時一樣。

直到第二天中午，M的假證件才弄好。

「這個條碼就是我駭進校內網加的，我會排在你後面進去，有突發情況你就立刻跑，後面的我解決。」

達爾文話音未落，迪克就在沙發上睜開了惺忪的眼睛。

「呃，我剛才做夢，好像夢見一件很可怕的事情。」迪克擦了擦口水。「除了達爾文，我們學校還有別的十一年級生參加——即使M的證件能瞞天過海，別人也一樣會把她認出來啊！」

「有道理！」現場不但有我們學校的學生，還有監考老師啊，一眼就能把M認出來。

「給我半小時！」就在我們一籌莫展的時候，沙耶加從書包裡翻出她的百寶化妝袋，拉著M跑進舒月的房間。

美國的女生大部分從十四、五歲就開始化妝了。因為外國小孩發育早，學校也沒有穿校服的規定，所以愛美的高中女生們，哪怕天天穿緊身衣和短裙來學校也很正常。

修修眉毛、塗塗唇膏、噴噴香水，對大部分女生而言，是對別人的尊重。遇到重要演講或大型活動，沒有化妝打扮過的女生，站在人堆裡是十分奇怪的。舒月走的時候，在梳妝檯上留下了一大堆化妝品。我偷偷試了幾次，但手殘星人在幾次險些毀容之後，還是放棄了夾睫毛和畫眼線。

沙耶加的技術就完全不一樣了。日本化妝術、韓國整容術和中國修圖術並稱為東亞三大「邪術」，其中日本化妝術位於三術之首，擅長在無色無味、無影無蹤、零毛孔零浮粉的表像下改變一個人的容貌外觀，三成功力就可讓小眼變大、讓痘印消失，七成功力已經可以達到逆天改命、整骨換臉之神奇效果。

「沙耶加，妳什麼時候教教我怎麼化妝呀……」想到這裡，我有點怨念地說。

「汪桑，我們以後還有很多時間嘛！」沙耶加一句無意的話，卻一下刺到我心裡最難受的地方。

我也許沒有多少時間了。

「可不可以幫我也化妝看看啊？」我抬頭跟沙耶加說。她愣了一下，隨即笑著說：「好呀。」

我們嬉笑打鬧地化完妝，又打開了舒月的衣櫃。

那種感覺，就像小時候偷偷打開媽媽的衣櫃換上她的高跟鞋和衣服一樣。

沙耶加從衣櫃搭配了兩套舒月的衣服給M和我換上。舒月愛美也有品味，買的衣服大部分都很性感，但也有百搭的簡約主義風格的衣服和小洋裝。換完衣服，M和我看著鏡子裡的自己都驚呆了。

我從來沒想過我化了妝會是這樣。雜亂的眉毛成了彎彎的柳葉眉，眼角翹翹的，一笑起來就會往上挑。配上一身長裙竟然也有了少女的感覺。

而M簡直就像是換了一個人，她的紅頭髮被發棒電成大波浪散在肩上，白色圓點的襯衫下面是一條藍色的牛仔裙。我沒想到，這個藏在大T恤裡的瘦小的女孩兒原來這麼美。

「我的天哪！妳們簡直美呆了！」迪克毫不掩飾自己看得發直的眼神。「早知穿成這樣去賣烤串，搞不好還能多賣一倍啊！」

「別在老子高興的時候提起老子做『雞』的日子！」我一巴掌拍過去，被迪克手臂上的肉彈開。

「原來妳真的是女的。」

達爾文看到我愣了一下，過了十幾秒，一副恍然大悟的樣子。

我覺得我再也不想跟任何一個理科直男說話了。到達考場的時候，離考試已經沒幾分鐘了。

「喂！今晚考完來我家ＢＢＱ（燒烤）啊！我老爸回來了。」迪克搖下車窗對著我們喊道。「我老媽讓我邀請你們來家裡開燒烤派對呀——」

我們遠遠地向他做了一個OK的手勢。

「不要緊張。」我一直陪著M走到AIME的考場外面，再往前我就進不去了。沙耶加把準考證遞給M：「相信妳自己，就像我相信妳一樣。」

M笑了笑：「嗯。」

「走吧。」達爾文說完，轉身往考場走去。

我轉身走下臺階，剛走了沒幾步，忽然有一個人撞了我一下。我被長裙一絆，險些從樓梯上摔下來。

「對不起！」那人氣喘吁吁地說著，卻並沒有停下來的意思，而是朝著考場大門快步跑去。

我突然一愣。

這個聲音有點熟悉，好像在很久很久之前，在哪裡聽到過。

「你還好嗎？」沙耶加拉著我的手問，

忽然有一滴水珠滴在了我手上。下雨了。我抬頭看著陰霾的天空，上方飄來毛毛細雨。

是誰？我在哪裡聽過這個聲音？是張朋！

我猛然想起，轉頭就向樓梯上跑：「張朋！張朋——我是旺旺——」

我拖著裙擺跑上樓梯，只見一個人跟在M的身後進了考場。那是張朋的背影。

我想起和張朋分別的時候，他還笑著和我說，以後有機會來美國看我。

雖然我知道張朋說得很認真，但一個十幾歲的小孩坐二十幾個小時的飛機來美國看朋友是很不現實的。那日一別，再見或許已是多年之後了。

真沒想到，這麼快就會跟他重逢。

「汪桑，你沒事吧？」沙耶加跟著我也跑上了樓梯。

「我……我好像見到了我在國內的同……」我頓了頓，把同學兩個字咽了下去。「我的好朋友。」

「真的嗎？」沙耶加也高興起來。「汪桑的同學哦，好厲害！他也來參加『AIME』嗎？」

「我……我不知道，」我說得有點心虛。「他沒告訴過我……」

考場的大門已經關上，我呆呆地看著手機。剛到美國的時候，我也通過QQ和MSN聯繫過張朋，他說他已經考上省重點高中了。最初我們有一搭沒一搭地聊天，因為時差，最近也沒怎麼聯繫了。

如果他來了美國，為什麼不聯繫我呢？哪怕在QQ上給我留個言也行啊。

過了沒多久，迪克就帶著從超市買回來的凍肉和飲料回來了。我們又在考場門口等了一會兒，有學生從裡面陸陸續續走出來。可一直等到散場，我們都沒有見到達爾文他們任何一個人出來。

「我們進去看看吧？」我突然有了一種不好的預感。

還沒走到教室，就聽到裡面傳出來一個年邁的聲音：「誰能解釋一下這到底是怎麼回事？」

完了，還是被發現了。

教室裡站著達爾文和M，他們身邊是唯唯諾諾的駱川，前面還有一個老頭。唉，我就知道駱川這個備胎會漏氣。

「布朗院長，她只是混進來考試而已，這不是什麼……」

「不是什麼？你根本不知道你幹了什麼！這是cheating！你考官的資格已經被取消了！」駱川還沒說完，就被這個布朗院長打斷了。這個老頭看起來有六、七十歲，是個瘦削的大個子，白色的頭髮一絲不亂地梳在腦後，穿著看起來很高檔的咖啡色毛呢西裝外套，灰色的眼睛難以置信地瞪著駱川。

他的脖子上掛著一塊牌子，上面寫著「麻省理工學院登頓・布朗，AIME主考官」。我一聽到「cheating」這個詞，渾身一軟，冷汗冒了出來。

「Cheating」在英語裡除了代表作弊，更代表欺詐，是不誠實的象徵。在注重誠信系統的美國，一個學生哪怕有一次作弊紀錄，輕則被開除，重則會毀掉他的整個學術乃至職業生涯。

在美國，作弊包括考試但不限於考試，定義是非常寬泛和嚴苛的。甚至連一篇普通的論文，在引用文獻論據時沒有注明出處都算是學術欺詐，留學生因為這個理由被遣返回國的數不勝數。

「我們沒作弊，真的，我們只是讓M混進來考試而已……」達爾文還在跟布朗解釋，但假冒準考證這件事還是讓他一點底氣都沒有。

「美國每年有二十萬以上的學生從『AMC』裡一層一層考上來，最後只有不到一成的人能夠來到這個考場，你所做的對他們中的任何一個人而言公平嗎？你們兩個已經永遠失去考『AIME』的資格了。」布朗一揚手，示意他們不要再說下去了。「明天你們的學校會收到這次考試作弊的報告。」

美國大學都非常重視學生的道德操行，一旦被 AIME 紀錄作弊，就相當於和常春藤乃至稍微好一點的大學無緣了。

「先生，我們真的是萬不得已才把M送進考場的。我們只是想證明她在數學方面的天賦，但整件事情跟達爾文無關，請您不要把作弊紀錄寄回學校，這樣會毀掉一個天才的前途……」迪克一聽達爾文也要受到牽連，立刻服軟，我從來沒聽過他這麼低聲下氣地跟誰說話。

「我見過很多有數學天賦的天才，他們都很愛惜自己的前途，不會幹傻事。」布朗瞥了一眼迪克身上印著「美國隊長」的T恤。「超級英雄也不會幹這種事。」

第十六章　你殺過人嗎

「先生，無論您是誰，您都是一個迂腐的墨守成規的人，」達爾文終於抑制不住憤怒地說。「分辨不了善惡。您不懂得換一個角度來看待問題，所以您只能在一群學院派裡挑技法成熟的倫勃朗，但永遠看不見還在麥田裡畫星空的梵谷！您只能在沙礫中淘出金沙，卻分辨不了未加工的鑽石——如果常春藤是和您一樣的學院，我寧願不去！」

「那就祝你好運。」布朗教授愣了半秒，皺緊眉頭，邊說邊往外走。

「先生，對不起，是我幹的。」我擋在布朗教授面前，低著頭說。「是我逼著M來考試的，是我的錯。請您千萬不要生氣，不要懲罰他們倆，我願意承擔考試作弊的一切責任。」

我閉上眼睛，反正我還有不到四個月就死了，就算是被學校開除了我也不怕。布朗教授停下了腳步，他挑了挑花白的眉毛，看著我。

「先生，是我發起的。」布朗教授剛要開口，就被迪克搶白了。「我還賭……不，賄賂了駱川……」

「我說了，是我駭進的校內網，改了考生紀錄，和任何人無關。」達爾文沒等迪克說完就打斷了他。「和他們都無關，要罰就罰我。」

完了，大家開始集體認罪，我突然想到了什麼，下意識地轉身去捂沙耶加的嘴。這個傻妞，她的老爸老媽每天送她去幾百個補習班，她要是真攤上什麼不良紀錄，那真是一夜回到解放前，肯定會被她家裡人罵死。

「我！我偽造的準考證唔……」

我還沒捂住，沙耶加已經急吼吼地說出來了。傻姑娘，怎麼就這麼耿直呢！

布朗教授沒有看沙耶加，只是有點疑惑地看了看我，好一會兒才問：「妳為什麼要逼她？」教授說著，又看了看坐在旁邊瑟瑟發抖的M。

「她沒，沒有逼我，是我，是我……」

M一緊張就結巴得更厲害了，布朗教授冷冷地看了她一眼：「我沒有問妳。」

「妳說妳是主謀，妳在做這件事之前知道作弊的嚴重性嗎？」布朗教授昂著頭看著我。「既然她本人也不想來參加比賽，為什麼你們還要冒著被學校開除的風險讓她混進來？」

「因為，只有透過『AIME』證明她的能力，才能讓學校的老師相信M不需要被送到什麼特殊兒童教育機構。她和我們一樣，她不是怪胎。」我深吸了一口氣，迎上了布朗教授的眼神。

布朗教授又看了我一會兒，目光漸漸變得柔和。

「你們都是她的朋友嗎？」

無聲地，大家都點了點頭。

布朗忽然歎了口氣，臉上仍然冷酷，聲音卻溫柔下來：「我做『AIME』主考官這麼多年，還是第一次遇到這種事。妳叫什麼名字，孩子？」

「美，美年達。」

布朗打量著旁邊的M：「孩子，我在麻省理工學院任教期間也遇到過許多像妳一樣『特別』的學生——他們當中有的有『學者症候群』，有的則有『自閉症』或『腦性麻痺』，這都不罕見——但他們絕大多數的人生是孤獨的，並不像妳一樣，有這麼一群朋友。可我並不能因為這樣，就破壞了考試規則。明白嗎？」

布朗轉向我，我點了點頭。

「『AIME』之所以能成為美國最權威的數學競賽，」布朗院長說著，敲了敲桌子上還沒封存的試卷。「是因為它嚴苛地規定了晉級系統和考試人數——我們的目的是為了讓孩子們對數學的熱愛得以延續，讓他們在解題中找到快樂，而不是為了選拔天才。也許妳的朋友比別人都聰明，但不代表可以享有特權——如果每個人都像她一樣混進考場，那麼晉級考試就失去了意義，對其他從八年級就開始參賽的考生是不公平的。」

「教授，請你……」沙耶加還想最後爭取一下，但被布朗教授揚手打斷了。「我不能把她的卷子和其他考生的試卷封存，她的成績也作廢了。」

我能看出來對面的迪克和我一樣，在聽到這句話的那一刻，頓時成了洩氣的皮球，一下萎靡了。

布朗走過來，伸手拍了拍我的肩膀，他的手溫暖而有力量，一下把我從失神中扯了回來：「小姑娘，別難過，好了，也許沒那麼糟。我倒是願意看看妳朋友的卷子，未必只有『AIME』的分數才能證明她的能力，我想我的副院長頭銜應該也能證明。」

「好棒！」我還沒反應過來，沙耶加和迪克已經一陣歡呼，連達爾文一直板著的臉也緩和下來。

布朗教授一邊從密封袋裡抽出M的試卷，一邊從西裝口袋裡掏出一副金絲眼鏡，在燈光下端詳起來。

我看著他胸口掛著的牌子，來自麻省理工學院的「AIME」主考官，連駱川都畢恭畢敬地叫他校長，怎麼看都來頭不小——也許他是最能幫上M的人了。

最初布朗教授的臉上還沒有什麼表情變化，直到看到最後兩道大題時，他逐漸從鎖緊眉頭的不解，變成了一臉吃驚的表情。

「這個公式……這是妳自己想的嗎？」布朗教授抬起眼鏡，臉頰發紅，手因為興奮而微微發抖。

M搖了搖頭：「它、它一直，在、在我腦子裡。」

布朗教授臉上閃過一絲失望的表情，隨即恢復了平靜，轉而望向駱川：「所以你也是看了這個公式，才把她帶進來的？」

「完美地證明了『黎曼猜想』，解決了質數的分布，我當時看完也嚇了一跳。因為這個公式並不是她靠推論得出的，所以我一下也無法看出任何問題……但不得不說，如果這個公式被證明了，那將把天體物理運算推進至少幾百年……」

「我明白了，這份試卷我先帶走了。」布朗教授拿起卷子塞進公事包裡。「孩子，放心，你們的朋友不但不是白痴，甚至能改寫人類的文明進程。」

「老師，等等。」我突然想起什麼，叫住布朗。「我能看看今年『AIME』參賽的名冊嗎？」

名冊從頭翻到尾，總共有三百二十個學生，每個學生都配了照片和個人資訊。沒有張朋。

難道剛才真的是我眼花了？

「中尉，你剛才很勇敢嘛！我們果然是一個戰壕的戰友！」從考場走出來，胖子拍了拍我的肩膀。

「剛才太緊張了，到現在我都能摸到我的心在狂跳呢……但是這種感覺簡直爽爆了！」沙耶加摸著心口興奮地說。「我覺得我長這麼大，第一次做了一件讓我引以為傲的事，比考試考第一名，甚至拿到鋼琴比賽獎盃更讓我自豪。汪桑，是妳的勇氣感染了我。」

我在心裡露出了一絲苦笑。

人的一生就好像一個房間，生命的長度就像這個房間的大小。當我們的房間很大的時候，總想用很多很多東西裝滿它——名譽、權力、金錢……這裡面的每樣東西我們都以為是必不可少的。可當生命的房間突然由大變小，所有虛榮的裝飾品都必須丟掉，這時候你才知道對你而言最珍貴的是什麼。

當我的生命還剩不到半年的時候，除了親情和友情，其他任何事情對我而言都沒有意義了。

我只想保護好我的朋友。

「雨過天晴！今晚我家ＢＢＱ走起啊，買的凍肉都在車裡快融化了！」迪克從考場出來，伸了個懶腰，說道。

真的雨過天晴了嗎？我看著灰濛濛的天空，雖然下過一場雨，但烏雲似乎仍在從四面八方壓過來。我的心裡莫名地有些不安。

和我一同抬起頭的，還有Ｍ。她拉著我的手，在我身邊輕輕地說：

「暴雨將至……」

迪克家住在小鎮中心公園旁邊的一棟複式大別墅裡——能買得起這種房子的，絕對是中產階級頂層的土豪了。

白色的屋頂插著一面巨大的美國國旗，前院有一座將近六百多平方米的花園和一個大理石噴泉，後院的泳池旁邊本來是車庫，現在變成了達爾文的房間。迪克曾經想讓達爾文和自己一起住在別墅裡，畢竟他家只有三個人，空房子還是有幾間的。可達爾文和所有老外一樣講究個人隱私，堅持住進了車庫改成的房間。

「特異功能社團」成立早期我們就在迪克的家聚過會，但我們幾個都沒見過迪克的爸爸。據說他是美軍軍官，長期在猶他州和新墨西哥州的軍事基地駐紮，很長時間才回來一次。由於他的飛機晚點，出於禮貌，我們還是決定等一小時再開始燒烤。

也許是受他老爸的影響，迪克是「美國隊長」的中堅粉絲——他房間裡的美隊漫畫和海報收藏推測在整個喬治亞州都是數一數二的，甚至還有傑克・科比（《美國隊長》漫畫作者）簽名的第一期漫畫和印著漫威標誌的美隊盾牌。

「總有一天，我也要用超能力來保護這個國家！」迪克拿著盾牌擺出了一個特別「二」的造型。「就像我老爸一樣！」

「我覺得超級英雄的緊身制服應該沒有加大碼的，你最好先減減肥。」我忍不住翻了翻白眼。

「拜託！超級英雄也有不同尺寸的。」迪克攤了攤手。

「上校，不是我打擊你，你的半秒鐘隱身術別說超能力了，連微能力都不算。」我百無聊賴地癱在地毯上。「超級英雄裡，哪個不是能飛簷走壁以一當十呀，何況你的隱身術還要醞釀大半個小時才能發動，敵人早就打死你一百次了。」

沙耶加坐在旁邊翻著迪克書架上的相簿，突然抬起頭問：「迪克，這真的是你嗎？」

「嘿嘿，沒認出來吧？」迪克一笑眼睛就能瞇成兩條縫。

我湊過去，那張照片裡的迪克看上去大概七歲，穿著一件運動衫坐在輪椅上，又瘦又矮，手臂細得就和擀麵棍一樣。他的臉在太陽底下顯得疲倦，紅頭髮亂成一團，像雞窩一樣粘在腦門上。似乎一陣風就能把他吹倒。

「這……是你小時候的照片嗎？」沙耶加驚訝地問道。

「不，這會兒我已經九年級了，也就是兩、三年前的事情。」迪克不以為意地說。我這才想起來他曾經告訴過我，他九年級的時候因為各種病導致身體不好，瘦得像麻稈兒一樣——我當時以為迪克的描述是經過藝術加工的誇張，沒想到果真如此。

「我的天哪，那時候的三個你加起來都沒現在壯！」我由衷地說。

「是啊，那時候我虛弱得走兩步都會氣喘。別人參加校運會，我就只能在旁邊看著。」

「這麼看來，迪克還真的跟美隊挺像的，美隊最早也是個患了肺結核的瘦弱男孩兒。」沙耶加若有所思地說。

「我只是病好了而已——以前病的時候什麼都不能吃，一好了就覺得要把以前沒吃的都補回來，一不注意，這不——」迪克開玩笑地指了指自己的肚子。「我還是願意做一個能吃能睡的胖子。」

「這頓BBQ過後，我們社團的經費就用完了，」一直沒說話的達爾文抬起頭，他手裡拿著社團帳本和計算機。「看來下禮拜，我們又該去賣烤肉了。」

「我想我下禮拜應該沒法去了……」我一直醞釀要怎麼開口，才會讓大家比較好接受。

「汪桑，妳要回亞特蘭大看媽媽嗎？」

我點了點頭，又搖了搖頭。

「我的意思是我以後都不能去了，對不起。我決定退社了。」我支吾著說。

「妳說什麼!?」所有人都難以置信地看著我。

「我……我可能明天就去亞特蘭大了……下禮拜也不會去上學。或許，過段時間我會回這裡看你們……」

「為什麼？汪桑？」

「是啊，哪怕不想做隱身術練習，我們可以做穿牆術啊，可以做冥想啊瑜伽啊……」胖子嘰嘰呱呱地說得亂七八糟，想來他自己都不知道自己在說什麼。「嗯，我也捨不得你們。但是……因為某些理由，我要去亞特蘭大和我媽媽待一段時間。」

我猶豫著，不知道這個理由能否足以讓他們信服。但我不想告訴我的朋友們，我只剩下不到半年的生命。

「沒關係啊，亞特蘭大離這兒並不遠……我們都會等妳回來的……多久也會等……」沙耶加拉著我的手，眼眶有點泛紅。「三個月？半年？一年……」

「對不起，我應該再也不會回來了……」

我不敢看沙耶加的眼睛，怕自己忍不住哭出來。

「妳要是實在有事，我們也可以去找妳……」迪克一邊說，一邊使勁推了推他身旁的達爾文。

「嗯，如果週末開車去亞特蘭大，我們能住在我爸媽那兒……」達爾文嘟囔著。

「你們找不到我的。」我不敢看任何人的臉，只能望向M，她坐在床上理解地看著我——只有她知道這一切的真實原因。

「妳到底……」沙耶加還想再問下去，房間的門被推開了。

「孩子們，別待在樓上了，我做了馬鈴薯沙拉和烤雞排。」凱特阿姨捧著一盤杯子蛋糕站在門口。

「媽，妳下次能先敲門嗎？我都十七歲了……」胖子有些不滿地嘟囔了一句。

「你小時候犯哮喘那會兒，我每天都得進來十幾次，從來沒敲過門。」凱特阿姨也不生氣，笑著跟兒子調侃著。「快下樓吧。」

「現在已經是二〇〇五年了，媽，妳怎麼還活在十年前……」胖子翻了個白眼，走了出去。

凱特阿姨系著圍裙，裡面是一條綠色碎花連衣裙，從背影看已經略有發福。我在超市遇見過她幾次，每次她都會笑著主動跟我打招呼。

「嗨，旺旺，妳過得好嗎？……」

「你見到迪克了嗎？他今天在學校怎麼樣？……」

「迪克的午餐都是我親自做的，他和普通孩子不同，挑食又容易食物過敏，還請你多多包容他……」

「旺旺，今天的鯡魚很新鮮，用來做烤魚排剛好，妳應該買點。迪克不愛吃魚，所以他總是缺少微量元素，妳一定要勸他多吃點……」

任何話題在凱特阿姨嘴裡的唯一歸宿都是兒子——只要說到兒子，她的話就像打開的水龍頭一樣停都停不住。次數多了，我都覺得我變成他們母子倆的傳聲筒了。

一開始，我對凱特阿姨的喋喋不休有點無所適從，自從迪克告訴我他小時候體弱多病，要是沒有他老媽的照顧他早就死了的往事，我突然能夠理解凱特阿姨了。

每個人都需要一個感情的宣洩點，丈夫常年不在身邊，她自然而然就把全部的愛都傾注到兒子身上，兒子早已是她生命的全部。從迪克幼年起，凱特阿姨就對他百般照料，早就養成了習慣，以至於成年後都無法再扳回來。這種母親在所有地方都有，無論是中國還是美國。

「迪克，握住扶手好嗎？」下樓梯的時候，凱特阿姨在後面叮囑他。

也許是因為我們在場，迪克顯得更加尷尬，他低吼了一句：「拜託，媽，別再說了！」

「你八歲的時候因為貧血從樓梯上摔下來，我在醫院陪了你三天三夜。」凱特阿姨完全沒聽出來迪克的惱怒，而是自顧自地陷入了回憶裡。「那三天簡直太難熬了，你本來就有『ALS』，加上骨折，很可能就因為動脈血栓而死……」

「ALS？」沙耶加不解地問。「阿姨，您是指肌萎縮硬化症嗎？」

我走在凱特阿姨的後面，明顯看到她的臉色變了變。她的手下意識地捂了捂嘴，就像說錯了什麼一樣。

「沒，沒有，就是普通的貧血而已，已經過去好多年了，我記不清楚到底是『ALS』還是『BLED（流血）』之類的了。」凱特阿姨隨即轉移了話題。「雞排在烤箱裡，你們去拿餐具吧。」

就在這時，門鈴響了。

「老爸！」迪克率先衝過去打開門，一個穿西裝的中年人給了他一個大大的擁抱。

「我的上校，你過得好嗎？」迪克的老爸笑起來和兒子一模一樣。

迪克的爸爸身材魁梧，一頭灰白的頭髮梳在腦後，看上去應該五十多歲了，眼角已經有了很深的皺紋。但他的目光炯炯有神，完全不像一個普通的接近退休的中老年人。也許是因為軍人的習慣讓他看起來特別挺拔，視覺上超出了實際身高。

「老爸，你看這是什麼——」迪克一邊說，一邊從口袋裡掏出那枚錯版的硬幣。

「一九七〇年的兩角五分硬幣！你看這裡！」

「天哪，這真是獨一無二的絕版！」迪克的爸爸定睛看了看。「這一枚比我收藏冊裡最珍貴的那幾枚都稀罕多了。」

「不是一枚！是五枚！你能想像嗎？這是M送給我們的，一人一枚。」

「那真的是無價珍寶，你的朋友送給你的就更應該好好珍惜。」迪克的爸爸拍了拍他的肩膀，一邊走進房間，一邊和藹地向我們招了招手。「你們好，叫我愛德華就可以了。謝謝你們今晚能來。」

在美國，除了爸爸媽媽，任何長輩都是直呼其名，老師也一樣。

「我叫旺旺，很高興見到您。」

「我是沙耶加，謝謝您邀請我們來。」

躲在我身後的M沒說話，因為有點口吃，M總是自卑的，在陌生人面前常常怯場，大多數時候我都在充當她的翻譯機。

「這個是美年達，這五枚硬幣都是她收集的。」我側身和愛德華介紹M，下意識地轉向她。

M站在樓梯上一動不動，完全忽略了後面還堵著一個達爾文。她睜大眼睛，定定地看著愛德華，緊閉著嘴唇。

雖然M平常也經常做一些匪夷所思的事，但畢竟是初次見面的長輩，這麼盯著別人是很不禮貌的。我下意識地拉了一下M的手臂，提醒她不要失態。

M在發抖。

雖然她在竭力地控制自己，但愛德華還是敏銳地發現了。

「怎麼了？是不是不舒服？先坐到沙發上來吧。」愛德華往前朝M走了幾步，又停住了，他銳利的眼睛忽然半瞇眼著，盯著M看了半天，問道。「我們……見過嗎？」

我也疑惑地看了一眼M。今天M去考試的時候，沙耶加專門幫M收拾了一個新造型以掩人耳目，此刻她還穿著從舒月衣櫥裡搜刮出來的少女裝，臉上帶著精緻的妝容，和學校裡的時髦女孩沒兩樣。

「不……先生，我們沒見過。」過了半晌，M似乎是從牙縫裡擠出了這幾個字，聲音比蚊子還小。

「哦，是嗎？」愛德華像是詢問，又像是自言自語。可眼神一直沒從M身上挪開。

「別把工作那一套帶回家。」凱特阿姨誇張地抱怨了一句。「要是這孩子能是壞人，我們國家就沒好人了。現在的女孩子都打扮得差不多。」

「也是，哈哈。」愛德華的眼神鬆懈下來，他一邊說，一邊鬆開領帶向後院走去。

愛德華一離開，M像虛脫一樣，差點從樓梯上摔下來，我一把扶住她。

迪克趕緊走過來，問：「妳還好吧？」

「可能是一直沒吃飯，有點虛脫了，你們先過去，我帶她去廚房弄點水。」我攙著M往廚房走。「一會兒見。」

「妳沒事吧？」我接了一杯冰水放在M面前，但她並沒碰。她搖搖頭，緩緩鬆開了握緊的拳頭。我倒抽一口冷氣。

M的指尖一片血紅，她握拳時，指甲硬生生把手掌上的皮肉戳破了。「妳……認識愛德華？」

透過廚房的窗戶，我能看見愛德華和迪克已經在點烤爐上的木炭了。M怔怔地望著窗外，過了好一會兒，她才輕輕地說：「別，別問了。」當M不想說一件事的時候，哪怕撬開她的嘴也問不出來。

「那妳……還去燒烤嗎？」

「嗯……」M似乎下了很大的決心。「我現、現在還不能走。」

M的沉默並沒有影響BBQ派對的熱鬧，愛德華是個很會製造話題的人，不但見多識廣，而且聲音沉穩好聽，一點都沒有家長的架子。比起凱特阿姨，他更會聊天。

「……當時我的下腹中了一槍，快疼昏過去了，旁邊的戰友為了不讓我睡著，一直跟我說話——他們問我以後要是生了孩子，會取什麼名字。我說：『該死！要是我能活著回去，孩子就叫迪克・龐德。畢竟那顆子彈再低三英寸，我就真的被物理閹割了！』」

「原來迪克的名字是這麼來的。」沙耶加的臉微微有點發紅，但還是沒忍住笑出了聲。

「因為這一槍，」愛德華喝了一口啤酒。「我被送回了美國，在療養時認識了凱特。當她懷上孩子時，我告訴她這個名字，她的第一反應是把一整張披薩都扣在我臉上。」

愛德華把我們都逗樂了。

「你……殺過人嗎？」一直沒說話的M突然抬起頭，看著愛德華。她說得很慢很慢，卻沒有口吃。

這句話讓氣氛驟然變得尷尬，大家都接不上話，只能聽到烤爐上木炭的「嗞嗞」聲。

愛德華的微笑一下僵在了臉上，他掃了一眼坐在最遠處的M，眼神迅速變了變，火光映在他的臉上形成了一個怪異的表情。但只是一瞬間，他收了收嘴角，恢復了溫柔的聲音：「保護國家是軍人的天職。還有，任何戰爭都有犧牲。」

M側過頭沒有再說話，但是我分明在她臉上看到了憎恨。

「戰、戰爭太殘酷了，我還是希望世界和平。」我趕緊打了個圓場。

「沒人希望戰爭，但當它無法避免要發生的時候，我們能做的就是盡量把傷亡降到最低，做到不戰而降是最理想的。這是我所在的部門這十幾年工作的主要方向。」說這句話的時候，愛德華慈愛地看著兒子。「我們會不計一切代價保衛這片土地，保衛我們愛的人，保衛正義和自由，哪怕犧牲軍人的生命。」

我想起在加入特異功能社團的時候，那個基督教小哥當成笑話說起的迪克的往事。他在看到同學被地痞混混欺負的時候不顧危險挺身而出，是因為受到了軍人父親的影響吧。

「你，你的生命……」我突然聽到M的聲音。「那如果是犧牲無辜的人呢？」

她的聲音很小，只有坐在她身邊的我才能聽到。我趕緊在桌子底下握住她冰涼的雙手。

M一定認識愛德華，我暗暗地想。他們之間到底發生過什麼事情，才會讓M對愛德華又怕又恨？

「旺旺，妳是中國來的留學生嗎？」愛德華又開了一瓶啤酒，問道。

「我……」這是個很複雜的問題，三言兩語都說不清楚，我艱難地撓了撓頭。「其實吧，我出生在美國，所以有公民身分——但我很小的時候就回國了，一直在國內長到十五歲才過來的……」

「有美國身分，就是美國人。」愛德華簡單地就把我歸了類。「美國是個大熔爐，由來自世界各地的不同人種組成——保衛這個國家，讓它變得更好，不但是軍人的天職，也是每個國民的天職。妳覺得我說得對嗎？」

我的邏輯思維很差，他這麼一繞我也暈了，只覺得似乎怪怪的，但一時間也無從反駁。

「我，我……」我咽了口口水。「我只做我覺得對的事，和國家無關。」

「當然，」愛德華笑了笑。「我們都在做自己認為對的事。」

就在這時，愛德華的電話響了。電話接通後，他的臉色突然凝重起來，站起來走到了泳池的另一端，和電話那頭低語著什麼。

「M，妳今天怎麼了？」迪克趁著空當，有點不滿意地嘟囔了一句。

「是、是不是為了保護大部分，就能犧牲小部分人？為、為了勝利，犧牲無辜的人也、也在所不惜嗎？」

迪克顯然沒想到M會這麼問，竟然一時語塞。

「唉，戰爭本來就很殘酷，別爭了。」連達爾文這種沒情商的人都出來打圓場了。

M搖了搖頭：「殘、殘酷的是人。」

「呃，我想回家了，昨晚一夜沒睡，眼皮已經開始打架了。」我趕緊揉揉眼睛打斷了這個話題。「M，我們一起走回家好嗎？」

M點了點頭，跟我往前院走。

愛德華拿著手機，在泳池另一邊跟我們說再見，但他的目光自始至終停留在M的臉上。

我和M一路無話，走到家門口的時候，我告訴M，明天我回學校跟老師請假，確定她不需要去特殊兒童教育學校之後，我就離開這兒了。

M仍舊沉默，意味深長地看著我。最後緩緩說了一句：「下次見。」

第二天直到中午，M都沒來上課。

和老師請完假，我順便問了一句布朗教授的事。

「就是那個『AIME』的主考官，麻省理工學院的布朗教授，他給您打電話了嗎？」

費曼老師一臉疑惑地搖了搖頭：「出什麼事了嗎？他為什麼要給我打電話？」

「噢……沒，沒什麼。」我忍住沒說M去參加了「AIME」的事，布朗教授答應我，今天一早就會給學校領導打電話。

「那有人來問過M的事嗎？關於她去……特殊學校的事？」

費曼搖著頭剛想說什麼，桌上的電話響了。

總算打來了，我心想，這個布朗教授比駱川有誠信多了。

費曼接起電話，他的臉上露出了驚訝的表情，他的眉頭皺了起來，顯得很嚴肅。我竟然莫名其妙地眼皮一跳。

過了幾分鐘，費曼抿著嘴掛掉電話……

「布朗教授怎麼說？」我急切地問。

「旺旺，我要告訴妳一件事，妳一定要鎮定些……」費曼深吸了一口氣，似乎下了很大決心才開口。

「鎮上的警察局打電話過來，M昨晚……死了。他們在河壩上游發現了她的屍體。」

第十七章　回家

河壩的一邊是森林，另一邊是公路，公路對面則是M住的那片拖車區。靠近公路的這一邊修建了鐵絲網，足有一人多高，上面帶著倒刺，部分已經生銹了。據說是因為多年前有孩子在這裡溺死過，因此到處都可以看到「請勿攀爬」的警示語。

每次和M放學回家，我們都會走過這裡，偶爾甚至能看到從森林裡鑽出來的狐狸或野兔在河壩邊的淺灘喝水。

這片淺灘，如今卻放著M的屍體。

我從車上下來，蹚著水跌跌撞撞地走過去。案發現場拉了警戒線，達爾文他們站在外面。如果不是沙耶加扶了我一把，我還沒走過去可能就已經跪下了。

兩個警察正靠在警車上做紀錄，幾個法醫樣子的「白大褂」正在取證，其中一個正在給一隻巨大的黑色塑膠袋拉拉鍊——塑膠袋外面沾著泥沙，只有拉鍊的頂端露出來一縷濕乎乎的頭髮。

我的大腦一片空白。

「讓……讓我看看……」

我抬起警戒線想往裡走。

「汪桑……」沙耶加搖搖頭，臉上布滿淚痕。「別看……不要看……」

「妳是誰？這裡不能進來……」一個警察走過來攔住我。

「讓我看看M……」

我沒理他，繼續往裡走。

「沒聽見我說話嗎？這裡不能進來！」那個警察擋在我前面，把我往外面推。「請離開案發現場。」

「讓我看看M！你沒聽懂嗎！你們弄錯了，這不是她！」我歇斯底里地叫了出來。「她不會死的！不會死的！」

我扯著那名警察的衣服企圖推開他，他用手肘向我脖子上一撞。我頓時眼冒金星，跌坐在地上。

「妳！現在立刻離開！」他把手放在腰間的警棍上，對我吼道。

「讓她看一眼吧，這孩子是她的朋友。」人群裡不知道是誰說了一句。

圍觀的人中又傳來了幾聲附和，他們大部分是拖車區的居民，常常見到我和M在一起。

另一個警長模樣的人走了過來，和推我的警察嘀咕了幾句後，彎下身對我說：

「如果我為妳破例一次，能答應我控制住自己的情緒嗎？」

我機械般地點了點頭，他示意我可以過去了。

黑色塑膠袋下面，是M蒼白到發青的臉，她的嘴唇毫無血色，上面濕乎乎地沾著紅色的卷髮。

M臉上那道還沒好全的疤，被水泡得漲裂開來，在陽光下顯得格外猙獰。我終於忍不住號啕大哭。

是我把M害死的，是我！

要不是我讓她去挑戰什麼狗屁命運，她就不會參加數學競賽——她會按照她希望的那樣，平平安安活到老，在睡夢中死去。

是我改變了她命運的軌跡！是我的無知害死了她！她本來不用死的！

「冷靜一點，冷靜……」達爾文和沙耶加過來，拉住歇斯底里的我。

「都是我，都是我不好……是我把M害死了……」我一邊掙扎，一邊哭。

「汪桑，妳不要這樣……」

我的叫喊聲打斷了正在給一個中年男人錄口供的探員，他走過來象徵性地拍了拍我的肩膀，安慰道：「這不是妳的錯。」

「M……她究竟是怎麼死的？」

那個探員猶豫了一下：「我們到外面說吧。」我被沙耶加攙扶著走到警戒線外面。

「你們可以叫我蒂姆，我想問你們幾個問題。」探員一邊說，一邊點了根菸。「不介意吧？真是漫長的一天。」

我們搖搖頭。

「你們最後一次見到死者是什麼時候？」
「昨晚……」
「和平時相比，她有表現出什麼異常嗎？」
「她……」我想起她在樓梯上抖得像篩糠一樣，但一下又不知道如何說明。「她昨晚似乎有點低落……」沙耶加回憶著。「似乎有點……憤世嫉俗？」
我知道，沙耶加指的是M質問愛德華，他有沒有殺過人的事。「你們有沒有遇過什麼和平常不一樣的事，或者奇怪的人？」我下意識地看了看還在河岸上呆坐著的迪克。
M自從看到愛德華後就變得不正常，但如果貿然和警察這麼說，無異於把迪克的爸爸變成了嫌疑人。
「沒……沒有。」我支吾道，看了一眼沙耶加和達爾文。大家不約而同地沉默了。
「在你們看來，死者平常是個什麼樣的人？」
「M很好，她很善良，很真誠……她從來不會去傷害任何人。」
「我聽說她在學校並沒有什麼朋友，成績也不太好？」蒂姆寫字的手頓了頓，抬頭意味深長地問。
「她根本不是其他人說的那樣！她故意考不好有她的理由！她能……」我的話到嘴邊就打住了。「她能預知未來」這件事，連沙耶加和達爾文都不知道，要是現在說出來，所有人都會覺得我瘋了吧。

「總之，她很特別……只是因為口齒不清，所以有些自卑。」我喃喃道。

「嗯，自卑。」蒂姆又在筆錄上寫著什麼，邊寫邊自言自語。「一個貧窮的、自卑的、成績差並且患有自閉症的青少年。」

「你什麼意思？」蒂姆漫不經心的口吻徹底激怒了一直沉默的達爾文，他所有的悲傷和怒氣都在一瞬間爆發了。「你做為警察，應該去調查清楚她的死因！捉拿凶手早日歸案！而不是在這裡挖苦她的人生！」

達爾文的聲音差點刺穿我的耳膜，一時間，淺灘上的人都轉過頭來。

「我的問題問完了。」蒂姆蓋上筆錄，掐滅了菸，頭也不回地朝外走去。

「等等，你還沒告訴我們M的死因！」沙耶加跟上去質問道。「我們是她的朋友，我們有權知道！」

「死因還要等驗屍報告和化驗結果，」蒂姆不耐煩地壓了壓帽檐。「但就目前的證據看來，她是自殺的。」

自殺？

我一下愣住了。

M為什麼會毫無徵兆地自殺？昨天我和她一起回家的時候，她還好好的呀……

「這不可能！」我幾乎是用盡全力說。「M不可能會自殺！」

「我很抱歉，孩子，但恐怕這是真的。」那個剛被蒂姆錄完口供的人向我們走來。

「我昨晚見到她了。」

我認出他了，他是水壩旁邊汽車修理店的老板，一個大概六、七十歲的黑人大叔。他修車的時候喜歡聽爵士樂，我和M每天走過河壩都會路過他的店，他總會很熱情地跟我們打招呼。

「孩子，我見過妳幾次，但一直沒自我介紹，我叫喬。」

大叔伸出手和我握了握，他的手因為常年修車布滿老繭，卻結實溫暖。他穿著的背帶褲裡還插著電筆和小扳手。

「相信我，我心裡也不好過，要是我昨晚堅持留下來，這孩子也許就不會死。」

喬擦了擦濕潤的眼角，沮喪地說。

喬的汽車修理店在河壩旁邊開了有二十年了。住在附近的人大部分開的是破車，隔三岔五就出小問題，尤其是下雨天。喬的店裡都是二手車拆下來的舊部件，以舊換舊對窮人來說經濟實惠，所以周圍的大多數人都會來這裡修車。喬大部分時間都住在店裡，只有節日才會回佛羅里達的鄉下和孫子們團聚。天氣好的夜晚他會把小桌搬到院子裡，開上幾瓶啤酒，聽聽爵士樂。

就在昨天晚上，喬在兩瓶「百威」下肚後，突然看見河壩上有一個清晰的人影。這讓喬精神緊張起來，河壩外面有掛著倒刺的鐵絲網，一般人是進不去的。要說是政府的施工隊，也並沒有看見任何照明燈。

喬吸了一口氣，打起手電筒來到鐵絲網邊上，藉著月光他看清了M站在河邊，月光灑在她身上，她的臉平靜得像一座大理石雕像。

「孩子，妳在那兒幹什麼呢？」喬認出了M，鬆了口氣大聲問道。「妳應該回家上床睡覺。」

「謝謝您的關心，能讓我一個人待一會兒嗎？我一會兒就走。」

「妳是怎麼進去的？」喬問。

M向他解釋，不遠處的鐵絲網有一處裂口，她是從那兒鑽進來的。後來，喬又勸了M兩句，讓她早點回家，可M不再搭理他。

「我老了，現在的年輕人想什麼我真不懂。」

喬沒辦法，只好嘟囔著往回走。喬的骨子裡是一個熱心腸的人，才回店裡沒幾分鐘，又因為不放心返回了河壩，可M已經不見了。

「我以為這孩子回家了……」喬搓著手自責地說。「誰知道……要是我當時沒走開就好了。」

喬是個笨拙的老實人，他不會撒謊，也沒必要撒謊。

「你確定當時只有M一個人在河壩旁邊嗎？」

「是的，我確定。」喬說。「我在這兒生活了幾十年，哪怕有一條野狗在，我也會發現的。」

「夥計們，快中午了，回去結案吧。」蒂姆有點厭煩地摘掉橡膠手套。「快把這袋東西拖走吧，再過一會兒就要發臭了。」

「你要去哪裡？」蒂姆言語中對屍體的不尊重觸怒了迪克，他的手重重地按在警車門上。「你最好說話客氣點！」

蒂姆一點都沒有被迪克嚇住，他的一隻手放在槍托上，另一隻手撐著車門：「小子，你知道你在跟誰說話嗎？看來有必要讓某人吃點牢飯才能長記性——」

「我看你才不知道你在跟誰說話，我是迪克・龐德，美國陸軍少將愛德華・龐德的兒子。」

認識迪克的時候我就知道他爸爸是校董，後來聽很多人說起愛德華來頭不小，不但資助了鎮上的學校，更為本地電信和醫療出過一份力，是小鎮上僅次於鎮長的有威望的人物。人們都把他看作士兵中的士兵，大家都很尊敬他。

蒂姆的臉色變了變，槍托上的手放了下來：「替我向你爸爸問好。」

「如果我爸爸知道這裡有任何人濫用職權草菅人命，他可不會高興。」迪克死死盯著蒂姆，頂住車門的手寸步不讓。

「我們之間似乎有什麼誤會——但我能以我的名譽保證，在沒有縝密調查的前提下，我們是不會隨便下結論的——」

「你憑什麼判定M是自殺？喬的證詞無法直接證明這件事！M死的時候，他並不在現場……」我反駁道。

蒂姆舉起手做投降狀。

「冷靜點孩子們，」他歎了口氣。「本來按照正規流程，我是不能透露調查細節的——」

蒂姆轉頭看了看迪克：「但看在愛德華少將的面子上——好吧，除了目擊者之外，我們在死者的身上找到了遺書。」

遺書？

我驚叫起來。

「M寫了什麼？給我看看——」

「很抱歉，遺書的內容不能透露，」蒂姆搖了搖頭。「拋開司法程式不說，死者的遺書裡寫明了不願意內容被曝光。我明白你們是她的朋友，但既然她不想讓人知道，我們該保護她的隱私，不是嗎？」

M在一個毫無徵兆的夜晚選擇了自殺，並且留下了一封不願意曝光的遺書，這是什麼意思？

我的思緒一下混亂起來。

「順便說一句，看那邊。」

蒂姆指了指河壩上的一根水位監測柱，面對河床的一面有一塊正方形的黑色玻璃。

「那個監控鏡頭是前兩個月剛裝的，裡面的錄影已經被我的同事拿回去取證了——河壩是政府的公共財產，因此監控錄影是可以公開的，如果你們要看——」蒂姆聳了聳肩。「到警察局找鑑定科，就說是我說的。」

小鎮警察局的鑑定科與其說是一個科室，不如說是一間五平方米大小的雜物間，夾在羈押室和等候區中間，裡面堆滿了各種各樣的物證和資料。桌上唯一能和「鑑定」兩個字沾上邊的是一臺指紋採集機和一臺顯微鏡。

鎮上的治安一直都很好，唯一比較亂的區域就是M住的那一帶了。因為幾十年間都沒有大案發生，所以小鎮警察的主要工作除了日常巡邏，就是幫張三找狗，給李四協調家庭糾紛，為王二麻子的牧場驅趕野生小動物之類的瑣事。整個警署只有十二個警察，其中四個還是文職人員。

也許是因為新裝的原因，鏡頭錄下來的畫面是紅外線的，即使在低照度的情況下也非常清晰。

我們不但看到了喬和M隔著欄杆對話，也看到了她一步步走進河裡。孤身一人。

我絕望了。

即使再怎麼不相信，我也只能承認M是自殺的事實。

「現在的時代變了，這些二十幾歲的年輕人總是充斥著一些稀奇古怪的想法，自殺的比例比死於愛滋病、癌症和心臟病加起來的還要高……」

鑑定科的老頭還在喋喋不休地抱怨著，但我已經聽不清了。我的心口一陣鈍痛。

大家都沒有說話，我被迪克攙扶著從鑑定科走出來。走過等候區的時候，突然聽見角落裡傳來了一陣微弱的電流雜聲。

一個黑影坐在長椅的盡頭。

九月一入秋，天黑得就特別早，窗戶外面已經全黑了，但等候區長廊上的燈還沒有開，所以我們進來的時候沒有發現她。

她的頭髮亂蓬蓬地梳在腦後，胡亂穿著一件很舊的針織毛衫，裡面套著襯衫、棉衣以及一條髒兮兮的印花長裙。

M的媽媽。

她應該是被通知來認領屍體的，看起來已經在那裡坐了很久，卻一動不動，遠處的燈光勾出她的剪影，像一尊塑像。

電流雜聲來自她抱著的那臺老式收音機，之前我每一次去M家碰到她，她都在擺弄這臺收音機，就像是企圖從裡面調出什麼頻道一樣。

「您好……」我輕輕喚了一聲。

她望向我，卻沒有流露出一絲熟悉，就像看著一個陌生人。

「阿姨，我是M的朋友……您記得我嗎？」我試圖走過去和她打招呼。

「嘻。」毫無徵兆，她咧開嘴笑了一聲。

這聲笑在空空如也的等候區顯得特別刺耳，今天到目前為止，我還沒聽過任何一聲笑聲。

我以為是自己產生的幻覺，可她隨即旁若無人地掩住嘴竊笑起來。

「嘻嘻嘻嘻……」

越笑越大聲。

我一直都覺得M的媽媽神志不太正常，但在這個時候笑出聲音未免也太古怪了。

「阿姨……」我坐到她邊上。「阿姨，M去世了……」

M的媽媽突然轉過頭來，她的臉幾乎貼在我的臉上。她瞪著一雙充滿血絲的眼睛，嚅動著嘴唇：「嘻嘻嘻嘻嘻……她回去啦，回去啦……啦啦啦啦……」

「阿姨……」

「他們還是把她帶回去啦……」

在昏暗的等候區，她瞪大的眼睛幾乎要貼上我的臉了——她在笑，但她的眼睛裡充滿了極大的恐懼。

就像看到了地獄一樣的恐懼。

「回……回哪兒？」我極力控制著顫抖的聲音，問道。

「嘻嘻嘻嘻，回家。」

回家？

小鎮邊緣的窮人區？那片停滿廢舊汽車和拖車的荒地？

我被盯得渾身發毛，眼看她的臉已經觸到我的鼻尖，達爾文突然把手搭在她的肩膀上向後推了推，這才讓我們之間隔開了一些距離。

「她回家了……」M的媽媽恢復了木然的神情，喃喃地重複著同一句話。

「阿姨，我很遺憾，但M以後或許再也不能回家了。」沙耶加的眼淚掉了下來，她壓抑著情緒盡量安撫著這個瘋瘋癲癲的女人。

可M的媽媽絲毫沒有領情，而是像平時一樣抱起了那臺寶貝收音機，一格格地調起了頻道，再也沒搭理我們。

等候區上方的節能燈突然亮了，我們身後走出來一個拿著資料夾的警察。

「請問，妳是死者的家屬嗎？」他看了看M的媽媽。「可以進去認領屍體了。」

我們跟著他走到了狹小的法醫驗屍間門口——許多大城市的警察局和法醫檢驗中心是分開的，但是鎮子因為沒有經費建設另一座檢驗中心，加之凶殺案少得可憐，所以就把驗屍間設在警察局的普通隔間裡。

和醫院的太平間不一樣，這裡的驗屍間並沒有專業的冷凍櫃，牆壁兩排貼著金屬洗手池和沖洗池，中間的不鏽鋼床架上孤零零地停著M的屍體，上面蓋著一層不透明塑膠布。

我只看了一眼，眼淚就忍不住往外流，側過頭去，和沙耶加失聲痛哭。

M的媽媽走到門口，突然停下了腳步，死死地盯著幾米遠的屍體，說什麼也不肯進去。

警察勸了幾句沒反應後，舉手放棄了。

「如果妳實在不想進去，就在這裡簽個字吧。」

「我要離開。」M的媽媽握著筆，突然轉頭認真地對我們說。「我受不了她身上的味道。」

「阿姨，您不要這樣，這裡是停放屍體的地方，有福爾馬林的味道是正常的。」

迪克嘗試著安撫她。

「我可以走了嗎？」M的媽媽迅速在檔案上潦草地寫了幾筆，把認領單塞回警察手裡。

警察無奈地讓開了一步，她就迫不及待地抱著她的收音機衝出去了。說實話，她這種事不關己的態度讓我們挺不滿的。

「M的媽媽……似乎根本不在乎……」

迪克還想抱怨些什麼，但最終還是沒說下去。

「出去再說吧。」達爾文皺著眉朝停屍床上看了一眼，有些不忍地收回了目光。

第十八章　完美的案發現場

走出警察局，迪克漫無目的地開著車，不知道在鎮上繞了多少個彎，最終停在了水壩的邊上。

我們繞過樹林回到了案發現場，警戒線已經被撤掉了，一切就像沒發生過一樣。夕陽把水面照得金黃，幾隻魚鷹停在岸邊。

沉默了很久後，達爾文開口了：「你們想的，是不是和我一樣？」我點了點頭，沙耶加和迪克互相看了一眼。

「說說看。」

「我覺得M不是自殺的。」

「我也這麼覺得，M不會平白無故地結束自己的生命。」

一個母親家族有精神病史，自己身患自閉症，即將被送到特殊學校的差生選擇了自殺，這件事在一個訓練有素的警探看來，動機充足，滴水不漏。只有在了解M的人眼中，這件事才破綻百出。

「太完美了，所有的證據都太完美了。」達爾文一邊說，一邊看著不遠處水壩上的鏡頭。「恰好發現M的修車大叔喬，上個月才新裝上的紅外鏡頭，還有一封不便透露內容的遺書……」

「人證、物證全都直接有效地浮出水面，毫不費力就讓人得到了，全都有力地證明了M的自殺。」沙耶加搓著手說。「太完美了，要不是因為這些證據這麼完美，我或許還不會懷疑。」

「尤其是這個相機的角度，簡直就是百分百無遮擋地拍下M走進水裡的畫面。」迪克在地上畫了張示意圖。「簡直堪比擺拍啊，M選擇溺水的位置就像是專門為了被拍到一樣。」

「汪桑，妳是我們中間最後一個見過M的人。昨晚BBQ結束後，是妳和她一起回家的，她跟你提起過什麼嗎？」

「她說『下次見』……」我越想越覺得這句話可疑。「不是『明天見』也不是『再見』，而是『下次見』——這句話我一直沒想明白。無論如何，能這樣跟我說的M是絕對不會去突然自殺的。」

「如果M的自殺是偽裝的，那麼在這些證據鏈裡面一定有東西是假的。」達爾文抿著嘴說。「鏡頭的錄影不太可能，我在警察局的時候仔細留意過播放檔案名，確實是原文件，而且在這麼低解析度的畫質上造假，一定會留下某些痕跡……」我撓了撓頭：「我覺得喬今天跟我說話的時候，不像是騙子。」

「我以前去他那兒修過車，他是個熱心腸的老實人。如果真的是有人故意設計一個讓警方完全相信的人證，他是不二人選——他說出來的話沒有人會不相信。」

「那現在唯一的資訊缺漏，就是遺書了。」

說到這裡，我們三個人都吸了口氣。

「本來這件事就透著蹊蹺，M的遺書裡竟然注明不想對外公布？連我們也不行？遺書難道不就是留給家人、朋友的嗎？難道是專門寫給警察的？」

「除非……遺書裡的內容被熟悉M的人一看，就知道是假的。」我恍然大悟。知道遺書的內容，就能知道M到底是自殺還是他殺。

但遺書在警察局的物證科。

在美國，一般案件調查的報告通常會在一週左右發布，但對於物證的分析程式，常常要花一年甚至更長的時間。在這段時間內，物證都會被保管在物證科。

我心存希望地看著達爾文。

「我很遺憾……但這不可能，我們不能去冒這個險。」達爾文的語氣毋庸置疑。雖然鎮上的警察局不大，但二十四小時有警察值班，每條走廊都有監控，連蚊子都飛不進去一隻。

「即使我能夠把警察局監控暫時關上——」達爾文煩躁地來來回回踱著步。「我們也沒辦法瞞過那些值班警察的眼睛。」

「可惜我們沒生活在霍格華茲。」沙耶加沮喪地抱住了膝蓋。「要是有哈利波特的隱形斗篷就好了。」

隱形？

我靈光一現，沙耶加似乎也跟我想到了一樣的事，齊刷刷地轉頭看著迪克。

「妳、妳們盯得我雞皮疙瘩都快掉下來了。」迪克趕緊搓了搓手臂。

「我都忘了你會隱身術了。」

「妳們不會想讓我進去偷遺書吧？」迪克連連擺手。「我……我上次成功的紀錄只有零點五秒啊……」

我知道他說的是禮堂那次，他滿頭大汗地坐在講臺上將近半小時，才消失了一瞬間。

「我們成立特異功能社團都大半年了，你難道沒一點點長進嗎？」

「可是我們有一大半時間都在賣肉串啊……」迪克一臉無辜地反駁。

「你不是想成為『美國隊長』嗎？不是要做超級英雄嗎？現在你就是查出M死因的唯一希望了，你不會這時候臨陣退縮吧？」我叉著腰看著他。

「我當然想查出來，只是……」迪克嘟著嘴。「這玩意不是我能控制的，它說不準什麼時候就出現了……我還沒找到控制它的訣竅……這幾年為了開發潛能，我什麼方法都試過了──冥想、瑜伽、氣功和催眠……但一點用也沒有啊！」

我歎了口氣，跌坐在地上。

離開案發現場，我們驅車去了市區，那裡有一家還開著門的速食店。

連一貫食量驚人的迪克都沒吃幾口，大家都累壞了，可是心情差到極點，沒人想回家。

「我們的社團解散了。」走出速食店的時候，迪克看著漆黑的夜空，有點悲涼。

「M不在了，妳也要離開了。」

我這才想起家裡已經打包好的簡單行李，和錢包裡那張下午六點出發去亞特蘭大的車票。

如果不是因為M的死，我現在已經在路上了。

按照我的計畫，在醫院陪媽媽一段時間之後，就會用舒月留給我的錢繼續旅行——紐約、黃石公園、大峽谷……最後我會回到中國，回到那個我熟悉的城市，在我長大的地方靜靜等候死亡降臨。

「汪桑，」沙耶加似乎下了一個很大的決心，緩緩地開口。「如果妳真的有非走不可的事，妳就去吧。雖然社團已經沒了，可是我們還是會盡全力找出真相……儘管現在看起來希望渺茫，但M是妳的好朋友，她一定會理解的。」

「我不能走……」一瞬間，自責和委屈像泉水一樣從我的心底湧了上來，我被控制不住的眼淚模糊了雙眼。「她是我的朋友，是我害死了她……」

「嘿，別這樣……」沙耶加拍著我的背。「這和任何人都無關……妳不要……」

「不，你們不明白……是我害死了她，是我！」我控制不住自己的情緒，聲嘶力竭地說。「你們都不知道，我瞞著你們……M，她……她能預知『絕對未來』。」

達爾文回過頭，震驚地看著我。

我把那天和M騎自行車去看海，回到她家後，她告訴我的事情一五一十地和大家說了。

「駱川的猜想沒錯，她腦子裡的那套公式，真的能推算出時間軌跡中的『必然事件』……」

「這不可能，這麼複雜的計算量，即使是現在世界上最強大的電腦都算不出來，何況是人腦……」

「你們還記得我滿身是傷回來的那天嗎？」我看向他們。「M算出卡車會在兩分鐘後開過去，是她掐準時間把馬修引到了路中間，否則我們肯定跑不掉。」

「我的天！」迪克捂住嘴。「她怎麼不用這種能力教訓一下你們班欺負她的那個麗莎？」

「M之所以不願意展示自己的能力，是因為她不想因此改變她選擇的生命軌跡，包括她的死亡方式……

就像是如果你知道你十年後註定會成為一個億萬富翁，哪怕今天弄丟了裝著一萬美金的錢包，你也不會很難過——因為無論現在丟了多少，十年後都會回來的。」我努力地解釋著。

「怪不得……」達爾文突然想起什麼。「你們記不記得在迷失之海露營時，我曾經說過關於兩個能預知未來的人一起猜拳的悖論，她當時的回答？」

「她說其中一個人會故意輸，因為『輸』是這個人的宿命……」沙耶加回憶道。

「即使預言者明明知道自己出拳會輸，為了維持命運的軌跡，仍然會出拳。」達爾文繼續說道。「因為他看到的和我們看到的不一樣。打個比方，我們只能看到五十公尺以外的事情，但預言者能看到十公里之外的——為了不改變更長遠的未來，所以會暫時放棄當下的利益。」

「那我就不明白了，既然M已經決定恪守她的生命軌跡，那為什麼還會來參加數學比賽？」迪克問。

「都怪我，都是我的無知把她害死了……我跑去跟她說什麼，生命的意義不是結果而是過程，說什麼讓她活在當下，做自己想做的事，保護自己想保護的東西……嗚嗚……M因為我才去參加數學競賽……我……」我再也說不下去了，無力地用衣袖擦著滿臉的淚水。

「可是這也不合理啊，」達爾文想了想，說。「她應該知道改變原定軌跡的後果，她能預測到自己會死，為什麼還要這麼做……」

「汪桑，妳怎麼了？」沙耶加回頭看著我。我停在路邊，看著對面的老傑克電影院。

電影《美麗境界》的海報已經從櫥窗裡扯掉了，換上了某部二流驚悚片的海報。

我想起曾經和M來看電影的日子，她總是為了一些俗套的情節熱淚盈眶。

M說她喜歡電影，因為只有電影裡的故事，才會讓她猜不到結局。

她喜歡待在漆黑的房間裡，追逐著迎面照來的那一點點光，體驗另一種無法預料的人生。

當別人感歎著鮮花燦爛，她看到的卻是枯萎凋零。當別人沉浸在青春年少，她看到的卻是衰老死亡。現在想起來，她的一生，是多麼孤獨。

想著想著，我不由自主地朝老傑克電影院走去。

「小心——！」

一陣尖銳的鳴笛聲響起，等我回過神時，才發現自己正站在馬路中間，一輛車疾馳而來，就在幾米之外。

我的大腦一片空白，兩隻腳像灌了鉛一樣重。

「砰！」

等再次回過神的時候，我看到迪克躺在我身邊的水泥地上。

「看在上帝的份兒上！妳走路不長眼睛嗎!?」車窗裡探出一個頭，咒罵了幾聲就開走了。

「上校！上校！你沒事吧？」我使勁推了一把迪克。

我的手肘蹭破了點皮，但迪克的頭都撞到出血，倒在地上，一動不動。

「我……我是不是死了？」過了好一會兒，迪克才迷迷糊糊地睜開眼睛。「中尉……妳也犧牲了啊？」

我攙著他站起來走到人行道上：「很遺憾我們還待在這個倒楣的世界上。你沒什麼大礙吧？」

「就是感覺晚上吃得有點撐……不該劇烈運動的……」

「快過來搭把手啊！」我快扶不住迪克了，但沙耶加和達爾文還站在旁邊犯傻。

「他，他剛才消失了。」過了好半晌，沙耶加結巴著說。

「至少三秒。」達爾文緩過神說。「妳快要被車撞到的時候，迪克一瞬間消失了，再出現時，你們已經倒在馬路上了。」

「你確定你沒眼花？」我疑惑地問。

「我也看到了，」沙耶加附和道。「這不是關鍵，而是迪克離妳的距離最遠，有接近五十公尺——在不到兩秒的時間內衝過去推開妳，這不是正常人能做到的——哪怕是奧運冠軍都沒有這種爆發力，何況是……」

沙耶加沒說下去，而是看了看坐在地上笑起來肥肉亂顫的迪克。

「我說什麼了！我就是超能英雄！哈哈哈哈……」這貨完全沉浸在超能力帶來的喜悅中，幸好大街上沒人，不然該把他當成精神病患者了。

達爾文突然想到了什麼。

「快上車！搞不好有戲！」他一邊說，一邊往回跑。

「現在是晚上九點，警察局除了大堂有警察值班之外，其他人肯定都下班了——包括物證科。」達爾文在前座劈里啪啦地敲著電腦。「我的假設是，如果——我是說如果，我能讓警察局的監控系統暫時失靈兩分鐘，當然這是最好的情況，那麼迪克只要發動他的能力，用剛才的速度穿過大堂等候區——到達物證科，他就能拿到遺書，然後用同樣的辦法出來。」

「這……太冒險了吧？」沙耶加猶豫著說。

「我也覺得，畢竟我們現在都不知道迪克的能力是怎麼發動的……」

「我的推斷是，當他極速運動，荷爾蒙分泌增多，心跳加快，血壓上升的時候，就能隱形。」達爾文說。「比如說他剛才救你，還有上次在大禮堂，他也是在最緊張的時候才消失的。」

「你說的好像也有點道理……」我似乎無法反駁。

汽車一路開到了警察局旁邊，迪克找了個隱蔽的地方停了下來。「我還需要幾個小時做病毒程式。」達爾文一邊敲著電腦，一邊說。

「那我先睡會兒……」迪克頭一歪就想躺下。

「睡什麼睡啊！你還不抓緊時間練習一下隱身術!?」我和沙耶加異口同聲地說。

「怎麼練啊？」

我看了看不遠處的社區公園。

四個小時之後，我開始懷疑達爾文的推斷是錯的。

在做了一百個伏地挺身、跑了一千公尺、做了兩百個仰臥起坐之後，迪克已經被我們折磨得一點力氣也沒有了，卻一次也沒從我們的眼皮底下消失過。

「我覺得我們觸發隱身能力的方式不對……」連沙耶加都開始懷疑人生了。「會不會是沒加值啊？」

「我覺得我看不到明天的太陽了。」迪克趴在地上，一臉苦相地看著我倆。「要不我們還是跟達爾文再研究下吧……」

我話音未落，突然聽見警察局方向傳來「匡當」一聲巨響。這時候已經是淩晨一點了，街上靜悄悄的，哪怕有一點聲音都顯得尤為刺耳。

怎麼回事？

我們下意識地就往警察局跑。

警察局其中的一扇窗戶爆開了，裡面冒出一陣陣白煙。窗外停著的警車被觸發了報警器，一時間刺耳的警笛劃破了夜空。

這是什麼情況？

達爾文從車裡鑽出來，也在往警察局方向看，我趕緊跑過去。

「怎麼回事？不是說好了你關掉監控，然後讓迪克進去偷遺書的嗎？你怎麼把警察局炸了？」

「不是我啊！我發誓我什麼都沒幹！」達爾文也覺得莫名其妙。

「著火的地方好像是……」沙耶加捂住嘴巴。

物證科。

我們早上才去過警察局，所以還記得它的方位和布局。那扇窗戶是物證科的，毫無疑問。

「怎麼會這樣……」沙耶加說著，就要往前走。

「現在不能過去。」達爾文攔住沙耶加。「我們現在過去，反而最有嫌疑，先上車再說。」

我們在車上等了十分鐘就看到消防車開了過來，很快事故就被處理完了，似乎火情並不嚴重。警察局門口陸陸續續圍了許多被吵醒的附近居民。

達爾文拿出電話撥通了「911」。

「嗨，我是洛克街的住戶，我在半小時前聽到旁邊的警察局有爆炸聲，我很擔心是不是恐怖襲擊。」

「正在為您轉接洛克街分局……」

過了一會兒，一個夾雜著濃重中部口音的男聲傳來——接電話的正是下午那個帶我們去驗屍間的警察。

「不是恐怖襲擊，請您放心，警察局因為電線短路導致變壓箱起火，從而引起爆炸。」

「這太可怕了！」達爾文故意拔高了聲音。「變壓箱怎麼會突然爆炸？確定不是人為的嗎？」

「您大可不必擔心，只是意外事故，沒有任何人傷亡，目前短路原因還在調查中。」

達爾文掛掉電話，過了一會兒又打了一次。

「您好，我是克萊德・美年達的親戚……對，就是昨天自殺的那個女孩，她是我的侄女……她媽媽委託我打這個電話來。您知道的，她的精神狀態並不適合打電話……」

「我理解。」

接電話的是同一個警察，他下午才見過M的媽媽，知道她有點瘋瘋癲癲，所以立刻表示理解。

「她聽說你們警察局發生了爆炸，她非常擔心，畢竟她女兒的屍體還停在驗屍間。」

「請她不用擔心，驗屍間並沒有受到爆炸波及，事實上只是物證科的小範圍起火……」

「物證科！我聽你們的探員蒂姆說，我侄女的遺書現在存放在物證科！」

「是的，關於這件事，我們十分抱歉。目前看來，二〇〇二年七月份之後的紙質證物都被毀壞了，我們稍後會有保險公司和律師聯繫您。」

「這太可怕了。」

「目前因為變壓箱爆炸，所以警察局的中控空調都壞了。恐怕驗屍間無法再儲藏屍體，我的建議是家屬及時將美年達女士的屍體認領安葬。」

掛斷電話，達爾文轉頭看向我們。

「你們說，天底下有沒有這麼巧合的事？」

唯一能查下去的遺書，偏偏因為物證科電線短路被燒掉了。不早不晚不偏不倚就在我們想查下去的節骨眼上。

「我只是很好奇，他怎麼做到的。」達爾文若有所思。「我剛才已經入侵了警察局的監控系統，十六個鏡頭，幾乎涵蓋了所有死角——直到爆炸發生，鏡頭裡都沒有任何人出現過。」

達爾文又把截取的監控錄影反復看了幾遍，仍然一無所獲。一天的折騰使得我們都筋疲力盡，繼續待在這裡也什麼都做不了，只好先各自回家，明天再想辦法。

一進門，發現駱川還在沙發上等我。

「我傍晚才知道的。我很抱歉。」他一改平常的油腔滑調，站起來張開手臂。「如果你需要一個擁抱。」

駱川的擁抱厚實溫暖，讓我想起了爸爸，爸爸的襯衫上也會有洗衣粉的味道。他看著我腫得像核桃一樣的眼睛，拍了拍我的頭：「在為人父母這件事上，我沒辦法像舒月做得那麼好，要是妳繼續哭下去，我只能打電話向911求助了。」

這個爛梗倒是逗得我露出一絲苦笑。

駱川從冰箱裡拿出幾瓶啤酒，放了一瓶在我面前。「我不知道妳父母是怎麼教妳的，但這是我的方式。」他熟練地用起子把酒瓶撬開，自己拿起了一瓶。我也拿起一瓶喝了兩口，嘴裡一陣苦澀。

「這東西不比可樂好喝。」但也不知道為什麼，兩口酒下肚，我的心裡沒那麼堵了。

「只有今天，在我能保證妳安全的情況下。」駱川豎起一根手指，向我搖了搖。

「我以為妳會問我，我今天去了哪裡，經歷了什麼。」過了一會兒，我輕輕地說。

「如果妳想說，妳會跟我說的。」駱川靠在沙發上。「我能充當妳的長輩，充當妳的朋友，聽妳傾訴，陪妳憤世嫉俗，感歎生死無常，但我沒法幫妳解決妳心裡的問題。妳明天該去哪裡，以後該怎麼面對妳的生活，妳如何能夠走出去，只有妳自己知道。

除了自己能讓自己堅強起來，沒人能拯救妳。人是很奇妙的群居動物，但除了分享一種語言之外，每一個人都是孤獨的個體。這麼說有些殘酷，但我是個科學家。」

駱川攤了攤手。

「我不喜歡說什麼『不要傷心』『堅強一些』或是『不要哭了上床睡覺』之類的客套話。」

「你真刻薄，」我喝了一大口啤酒。「但你說得對。」駱川的酒量很好，不一會兒就喝掉了五、六瓶。「你喝酒的樣子一點也不像麻省理工的博士。」

「妳以為博士就沒年輕過嗎？」駱川哼了一聲。「但妳得記住，今晚就是妳最頹廢、最艱難的一晚，妳會大聲哭，大口喝酒，可以在木地板上捶出窟窿，妳會流著眼淚睡著。然後明天睜開眼睛，看著天花板，妳要告訴自己：『悲劇已經發生，我要開始絕地反擊了。』」

第十九章　葬禮

第二天早上，校長在第一節課之前推門進來。

他簡略地說了一下警察局電線短路的經過，並通知我們，M的葬禮會提前舉行——就在第三節和第四節課的中間，在離學校不遠的教堂後面。

「我會安排這兩節課自習，我的建議是大家都去。」費曼擦了擦眼角。這麼倉促的葬禮，無非是警察局不想再讓屍體存放在檢驗室了。

沒人願意每天都讓一具女屍停在離咖啡機不到十五公尺的地方，與其花費納稅人的一大筆錢儲藏一具毫無用處的屍體，並且還要精心照料著不讓她腐壞，還不如用一兩百美金買一具棺材，草草結案下葬省事。

所以M的葬禮，警察局顯示出了空前的積極性，和社區服務部高速走完了手續流程。那塊二點四×一點二公尺的墓地，就是美國拿低保的窮人能享受的最後一點福利。

M靜靜地躺在棺柩裡，就像睡著了一樣。她穿著一條不知道是從哪兒來的米黃色連衣裙，顯得有些滑稽。

沒有鮮花也沒有綢緞，她的棺柩簡陋得可憐。她很少表現出自己的喜惡，沒人知道她喜歡什麼。沙耶加把一直戴在脖子上的項鍊摘下來放了進去，那是一隻用貝殼鑲嵌的海豚。

迪克從書包裡拿出了那個《星際大戰》的R2D2機器人放在M的手邊——除了《美國隊長》簽名漫畫之外。「R2D2」是他最寶貝的東西。

「願原力與妳同在。」迪克輕聲說。

我從錢包裡掏出那張我們在露營時候拍的合照——漫山遍野的蝴蝶，M拉著我的手笑得很開心，沙耶加比著剪刀手，還有後面誤入鏡頭的達爾文，跳起來搶鏡的迪克。

我把照片鄭重地放在M的枕頭旁邊。那天夜裡分別之後，究竟發生了什麼？M遇到了誰？

我在心裡默默想著，教堂的兩個工作人員把棺柩的蓋子合上了。下雨了。社區服務部的人把M的媽媽也接來了，她抱著收音機站在一邊，一臉麻木。大部分同學也來了，有一些甚至流了眼淚——他們並不是沒有感情，只是在事情的嚴重性還沒到一定程度的時候，選擇性地保持沉默而已。

「我們聚集在這裡，為美年達祈禱，祝願她的靈魂進入天堂。」牧師又讀了幾段《聖經》，可他那些對天堂不切實際的描述，對於能預知生死的M來說，就像一種莫大的諷刺。

整個葬禮不到二十分鐘就結束了，我們還要趕回去上課。

「遺傳性精神病……聽說她媽就是個瘋子……誰知道她是不是也瘋了呢？」

我還沒走進教室，就聽到麗莎的聲音。

「收回妳的鬼話！」我極力壓住自己的情緒。「M——沒——有——瘋！」

麗莎看到我進來，有點尷尬地撩了撩頭髮，看似豁達地擺了擺手：「但害死她的不是我，是她自己的原因。特殊學生就應該儘早去特殊學校，而不是讓他們和我們這些智商正常的人待在一起，直到讀不下去為止——他們遲早有一天會因為壓力自殺的。這樣做是為了他們好，也為了我們好。」

「要說智商，妳連給她舔腳趾都不夠格——M前天參加了『AIME』！」

「什麼？」麗莎露出一個誇張的表情。「你們聽到她說什麼了嗎？」

「姑娘們，能把你們的嘴閉上嗎？別讓我把你們都趕出去。」費曼拿著課堂測驗的數學卷子和一疊報紙走進來。

我突然想起「AIME」的主考官布朗教授，他當著駱川和我們幾個學生的面用他的名譽保證過，回到麻省後一定會立刻聯繫學校，證明M根本不需要去什麼智障學校。

如無意外，他昨天就應該打電話來了。這種重量級的人物，根本不需要去騙我一個毛頭小孩。費曼早就該知道了。

「費曼老師，你不可能不知道，『AIME』的主考官說過會打電話和你討論M的事情。他答應過我的，他會打電話給你……」

「妳冷靜點。」費曼聽我嘰裡呱啦把整件事說完，皺著眉頭，一臉疑惑。「把我搞糊塗了，登頓・布朗？我沒聽過關於這個名字的任何電話和留言……M為什麼會去『AIME』？妳先說清楚……」

「我覺得她把我們都當成傻瓜了。」麗莎白了我一眼。「她以為從報紙上找一個名字，隨口亂編就能騙過所有人。」

說著，她指了指費曼放在講臺上的報紙，其中有一行特別醒目的加粗標題：

沃爾夫數學獎獲獎者登頓・布朗昨日在返回麻省途中身亡隨身行李失竊　警方介入調查

這不可能！

我瞪大了眼睛。

顧不得麗莎的白眼，我的大腦一片空白，轉身往教室外面走。

「看到了嗎？她就是個……」她還在我身後喋喋不休地譏諷著。

布朗教授死了，M的試卷也失蹤了。唯一能證明M的天賦的東西沒有了。完美的自殺證明，燒毀的遺書，死去的主考官，失蹤的試卷……

他們的目的是什麼？

他們下一步又會做什麼？他們接著又要抹去什麼？我突然五雷轟頂——駱川！

M的筆記本還在駱川那裡！那個筆記本裡有M寫下的公式！

我拿出手機撥通駱川的電話，心跳到了嗓子眼，快點接啊，笨蛋！

「喂？」電話那頭傳來駱川的聲音，我長舒一口氣。「駱……」

「旺旺，我現在要馬上回麻省——我剛接到學校的通知，布朗教授出事了……」

我還沒來得及說下去，駱川就搶先開口。

「你在哪裡？」

「我正在家收拾行李，這件事不對勁，我認識布朗十幾年了，他的身體從來都很好，去年還參加馬拉松，不可能……」

突然，我聽到電話那頭髮出一聲悶響，隨即斷線。

「駱……駱叔叔!?駱川！駱川！」我頭皮一麻，整個人都不好了。再撥回去，還是不通。

我腳一軟，坐在地上。駱川出事了，完了。

「汪桑，妳坐在這裡幹麼？」

我抬起頭，是剛上完體育課的沙耶加。

「妳，妳有沒有開車……帶我回家！」

我們一路飛車，小鎮不大，十分鐘後就回到了家。

房子雖然翻新過，但也有一百年的歷史了。在美國一百年以上的房子占六成以上，大部分人都是買地自己建的。

車停下來，我才覺得沙耶加跟我來是個錯誤。我們兩個都是女孩子，而且沙耶加的膽子比我還小。要是真遇上什麼壞人，我們倆都要交待在這裡了。

看來王叔叔和大寶給我的教訓還不夠，要是那時候有覺悟開始練自由搏擊，到現在或許還來得及。

「我、我們還是先報警，等警察來了再說吧。」沙耶加小聲說。從我在車上告訴她布朗教授的事之後，她的腿抖到現在。

「不行！」我搖搖頭。「物證科莫名其妙的爆炸到現在都不知道是怎麼回事，如果警察跟他們是一夥的怎麼辦？電影裡都說，這時候來的肯定是內鬼。」

沙耶加咽了一口口水。

我從書包裡摸出鑰匙鏈，上面掛著一瓶迷你防狼噴霧，還是舒月買給我的。

「晚上騎自行車回家，把這個放在貼身口袋裡——迷你版的有效射程是一公尺，一定要等對方靠到足夠近，再給他致命一擊。」她曾這麼跟我說。

沒想到真能派上用場。

「我自己進去。」我轉頭跟沙耶加說。「妳在車上等達爾文他們來。」

「不可以！絕對不可以！」

沙耶加的頭搖得跟撥浪鼓似的，她一緊張就會說日語。

M說過我還有半年的命，也就意味著我進去後一定不會死，相比之下，我比沙耶加安全得多。

「沙耶加，妳相信我，我絕對不會有事的——其實我是李小龍的師妹。」我一本正經地安慰她。「詠春第三十六代傳人。」

好不容易說服了沙耶加，我攥著防狼噴霧下了車。

如果駱川遇襲了，凶手會不會還在裡面？我快摸到門把手的時候頓了頓，猶豫了一下還是繞過正門，從後院的圍欄爬了進去。

我輕手輕腳地繞到窗戶外，探頭向裡面偷看——客廳空無一人，昨晚的酒瓶子還扔在沙發旁邊，餐桌上堆滿了駱川的稿紙和文件。

我又繞到了其他房間的窗戶外面，扒著窗戶看了半天，直到確定屋裡沒人，才打開後門進去。

駱川臉朝下地倒在舒月的臥室裡，顯然是被人用鈍物從背後擊中。旁邊的行李被翻得亂七八糟。

「駱……駱川！你沒事吧？」我把他扳過來，他雖然昏迷著，但還有微弱的呼吸。

「你挺住啊！我給你叫救護車！」我邊說，邊伸手摸手機。

駱川聽到我的聲音，恢復了一點神志。他張了張嘴，抬起手在空中亂抓了一下。

「你要什麼？」我立刻彎下身拉他的手。猛地，他一把捂住我的嘴！

「唔……」

「別……別說話……」

駱川艱難地吐出了幾個模糊的字。

我剛想把他的手掰開，就聽見客廳裡傳來了一聲輕微的聲響。酒瓶子在地面上滾動的聲音。

「吱。」

隨即而來的是鞋子和走廊木地板的摩擦聲。

不應該啊！我剛剛在外面看得很清楚，家裡明明沒有人啊！

駱川半閉著眼睛，用一隻手拚命把我往旁邊的衣櫃裡推，我趕緊會意地躲了進去。

腳步聲越來越近，我縮在舒月的衣服後面，死死地攥著防狼噴霧。但那個人快走到臥室門口的時候突然停住了，似乎改變了心意。

過了幾秒，腳步聲又往客廳方向去了。

我從衣櫃裡鑽出來，確定那人走遠之後，順著走廊爬到廚房旁邊。再往外走就是客廳，我豎起耳朵，連大氣都不敢喘，集中精神仔細聽著對方的動靜。

打火機的聲音。

M的筆記本！

他要把M的一切都抹掉，連最後的這點證據都沒了！我心裡一緊。「啪嗒」一聲，竟然一腳踩到酒瓶子上。玻璃瓶的聲響猶如原子彈爆炸一樣，在客廳裡炸響。

我完全暴露了。

死就死了！我死也要死個明白！乾脆一不做二不休，我一下站起來跑進客廳。M的筆記本和駱川的手提電腦一齊在桌上燃燒著，空氣裡彌漫著磷的味道，但客廳裡一個人都沒有。

我揉了揉眼睛，又仔細看了一遍。空無一人。

「吱。」

我看見餐桌旁邊的地板上，有細微的灰塵揚了起來。

確實有一個人在客廳裡，雖然我看不見，但我能感覺到。這個空間裡不止我一個。

它過來了。

我的心狂跳起來，一公尺，它就在離我不到一公尺的地方。在哪裡？在哪個方位？

它有多高？我應該往哪裡噴？我的手劇烈地發起抖來。

一秒、兩秒、三秒……我似乎感覺時間緩慢得像一部一千兩百幀速的升格電影，似乎下一秒永遠不會來。

不管了！搏一搏吧！

我剛舉起手，就聽見大門打開的聲音。它離開了。

一瞬間，整個房間凝固的空氣被衝散開來，我長長地呼出一口氣。

筆記本已經沒辦法搶救了，因為那「人」在上面撒了磷，一瞬間就變成了一堆灰。

「中尉！羅伯特沒事吧？」把駱川送上救護車，迪克和達爾文才趕到。「醫生說目前沒有生命危險。」

「我們今天游泳考試，手機都鎖在寄物櫃裡了。」迪克拍了拍我的肩膀。「幸好妳沒事！」

我往後退了一步，避開了迪克的目光：「我挺好的，不用擔心。沙耶加，妳能送我去醫院嗎？」

沙耶加點點頭。

「我們跟妳一起去……」達爾文看了看遠去的救護車。

「你們回去吧。我……我是說，你們現在去什麼用都沒有，也幫不上什麼忙……」

「我陪著汪桑就好了，她有些神經脆弱……沒事的，我們隨時電話聯繫。」

我和沙耶加坐在車上，看著達爾文他們的車消失在轉角處。

「汪桑，妳是不是也覺得……」

「別說了，我知道妳想說什麼。」

在客廳裡的時候，我就已經想到了。拿著防狼噴霧的手遲遲不願意舉起來，也是因為這個原因。

我猶豫了，我怕站在我對面的，是我最好的朋友。

看不見的敵人。隱身術。

迪克經常說他不能控制自己的能力，無論怎麼練習都不行。我之前對此深信不疑，沒想過他會不會說謊。

駱川把M的筆記本借來研究那天，我們社團在聚會。布朗教授拿走M的試卷的時候，只有我們五個人在場。

偷遺書的事只有我們幾個知道，昨晚迪克去跑步的時候，我們並沒有跟著他，沒多久警察局就爆炸了。

我在心裡一萬次跟自己說，迪克不是這樣的人。但是我沒辦法控制自己不去懷疑。

「汪桑，其實我有一件事……一直憋在心裡沒說……」沙耶加歎了口氣。「但我希望我是錯的。」

「什麼事？」

「記不記得ＢＢＱ聚會那天，我們一起看過迪克的相簿？」

「嗯。」

「我看到他那張九年級的照片，覺得有些眼熟，但一時也沒想起來……直到凱特阿姨說迪克小時候得的病是『ALS』的時候……」

「想起來什麼？」

「我以前見過迪克！我是八年級的時候被爸爸接來美國的，最初因為爸爸的工作，我在猶他州上學……下課時，我總能看到一個很瘦的男生坐在輪椅上，看操場上跑步的同學……他比我大一歲。當時我聽高年級的人說，他患有『ALS』……」

迪克曾經說過，他的爸爸在猶他州和新墨西哥州的軍事基地駐紮過，所以他之前在那邊讀書並不稀奇。

「所以你想告訴我，你們以前見過？」我聳聳肩。

「這不是重點！汪桑，那是我第一次聽說『ALS』，它的全稱是肌萎縮側索硬化症，也叫作漸凍症！這是一種很罕見的疾病……到目前為止都是無藥可救的！得這個病的人必死無疑，妳懂嗎！」

沙耶加哆嗦著抱著手臂，她本來就膽子小，這麼一激動連聲音都顫抖起來：「得這個病的人，一開始會突然摔倒，漸漸腳就沒知覺了，肌肉退化一直向上蔓延……直到軀幹，到脖子，最後會因為無法呼吸衰竭而死……我當時見到迪克的時候，他的脖子以下都不能動了……沒過多久，照片裡的那個迪克就再也沒有在操場上出現過，很多傳言都說他死了……所以我一開始以為我看錯了，直到凱特阿姨提起『ALS』的時候……我一直努力跟自己說，不要去想。汪桑，妳告訴我，我是不是記錯了？」

我不知道如何回答沙耶加，一個得了必死之症的人，是怎麼在兩三年後變成一個活蹦亂跳還有特異功能的大胖子的？

兩個迪克，是同一個人嗎？

那個傻笑著叫我中尉的迪克，和剛剛襲擊駱川、燒毀證據的隱形殺手，又是不是同一個人？

迪克到底是我們的好朋友，還是害死M的真凶？

「沙耶加，如果妳是我，妳會相信迪克嗎？」

「我相信達爾文。如果達爾文相信迪克，我就相信他。」沙耶加突然有點臉紅。

「你倆啥時候有一腿了!?」我一個大白眼翻過去，枉我尊稱妳一聲學霸，書都白讀了，一戀愛智商就歸零。

「沒沒沒。」沙耶加連連擺手。「汪桑，妳千萬要幫我保密啊，誰都不許說，我……我還沒告訴他。」

「但他說他喜歡胸大的。」

沙耶加四周看了看沒人，拉起我的手一把放在她的胸上：「怎麼樣？」

「我的天！妳吃了多少木瓜？」

沙耶加的胸起碼大了兩個罩杯，我趕緊摸了一下自己的，幸好我熟悉自己胸部的位置，否則換成誰都找不到。

「討厭，胸墊啦！」沙耶加害羞地說。

「等一下，我覺得我們剛才在討論一個嚴肅的話題。」我突然想起來，迪克的事還沒定論呢。

「汪桑，」沙耶加輕聲說。「妳覺得一個假裝跟妳做朋友的人，會在緊要關頭不顧自己的性命，憑本能反應衝出馬路推開妳嗎？」

昨晚要不是迪克，我現在應該已經在醫院裡了。我一時間心亂如麻，也不知道該說什麼。

「我……我回家給駱川拿兩件衣服，他應該要在醫院裡躺一陣子了。」

家裡亂七八糟，燒完的灰燼飄得滿屋都是。我也顧不得收拾，匆匆在駱川的行李裡拿了一些衣服褲子，又收拾了他的牙刷牙膏，裝了兩個塑膠袋。

走過客廳的時候踢到一個東西，差點摔倒。我低頭一看，竟然是張朋送我的那本《寄生獸》。

怎麼會在這兒？我撿起來翻了翻，疑惑地想。我明明把它放在我書櫃裡的啊！

書櫃在我的房間，漫畫書掉的地方是客廳的地上。誰拿出來的？

難道是那個隱形人愛看漫畫？

這麼有閒情逸致，中文也能看懂？

我撓了撓頭，肯定不是迪克，他看不懂中文。有可能是沙耶加或者達爾文在上次聚會時拿到客廳裡的。

我撿起漫畫放回書櫃，在心裡默默地想：張朋，現在你又在哪裡呢？

第二十章　破綻

「汪桑！」我聽到沙耶加在外面叫我。「怎麼了？」

「剛才達爾文他們打電話來，說發現了重大線索！」沙耶加激動地說。「快點走！」

我的心一陣狂跳：「他們在哪兒？」

「在河壩旁邊，達爾文在電話裡沒說清楚，但他說是迪克發現的。」

「迪克？」我心裡的鼓打得更響了。

沙耶加一路開到河壩，已經是下午了。遠遠地，我就看到迪克向我們招手。在黑人大叔喬的汽車修理店裡。

「喬，你再說一遍，你看到M的時候，她是怎麼跟你說的？」達爾文見我們來了，就轉頭向喬說。

「孩子，你們的朋友死了我也很難過，但我該說的都說過了，我們的對話基本上就是這樣了。」喬拿著扳手從汽車底下探出頭來。「我問她：『孩子，妳在那兒幹什麼呢？』她轉過來對我說：『謝謝您的關心，能讓我一個人待一會兒嗎？我一會兒就走。』我還是不放心，又勸了她幾句，讓她回家別太晚了。她很禮貌地說，想一個人待一會兒。她很平靜，我也不好再說什麼，就轉身走了。我再回去的時候，她就不見了。」喬無奈地攤了攤手。

「你覺得她說話的時候和普通小姑娘有什麼不同嗎？」達爾文不厭其煩地問。

「得了吧！」喬笑得露出一口白牙。「天下所有小姑娘都一樣，要是硬說的話，也許她有點中部口音吧！」

「謝謝你。」達爾文轉頭看著我和沙耶加。「出去再說。」

告別了喬，我們沿著河壩走了沒幾步，沙耶加就開始哆嗦。

「喬那天晚上看到的M，沒有結巴……」沙耶加惶恐地看著我。

「離開你們之後，我和達爾文又去了一次案發現場。」迪克一邊走，一邊撕開一包洋芋片。「我想起喬當天說的話，要知道M的口吃在陌生人面前會加倍嚴重，要不是認識她這麼久我都聽不懂她說什麼，可當時喬和她至少隔著二十米，竟然能清晰無障礙地溝通……」

我怎麼沒想到呢！第一次在禮堂遇到M的時候，她帶著牙套，說話都透風，我得用好幾十秒來反應她的每句話是什麼意思。這也是M整天被別人嘲笑的最大原因。

但是，喬從頭到尾都沒有提到過M的語言問題。

「可是……如果喬看到的那個人不是M，又會是誰呢？」沙耶加已經嚇得站都站不穩了。「這個世界上怎麼可能會有兩個這麼像的人……」

「也許它根本不是人。」達爾文冷冷地說。

我知道他在說什麼，他說的是那個假扮成吉米的八爪魚人。

「不是人!?」沙耶加和迪克瞪大了眼睛，一臉難以置信。「不是人又會是什麼!?難道是充氣娃娃!?」

「是不是人，今天晚上把棺材挖出來看看就知道了。」

「你，你是認真的嗎……」要不是被我攙著，沙耶加早就坐到地上了。

達爾文看了看錶：「現在去買鏟子還來得及。」

「迪克！你怎麼了?」我被沙耶加一聲始料不及的尖叫嚇得一個趔趄，只見迪克「撲通」一聲倒在地上。

「上校！上校！」我也嚇了一跳。

迪克出了一身冷汗，臉上也是汗珠，無法控制地在地上抽搐著，兩隻手緊緊地攥著大腿外側的褲子。

「我……我……動不了了……」他幾乎是拼盡了力氣，才發出蚊子一樣小的聲音，似乎連舌頭都麻痹了，口水和鼻涕順著嘴巴往下流。

「快叫救護車……」我話音未落，達爾文已經掏出電話。

「沒……沒用……」迪克連頭都動不了了，他使勁眨了眨眼睛。「電話……媽……」

迪克被救護車送到醫院的時候，臉已經黑得和死人沒什麼區別了。

「病人多處器官正在快速衰竭，舌根萎縮，心搏驟停……需要立刻搶救，準備電擊機！」

我們跟著推車往搶救室一路小跑，主刀醫生一邊交代手術事宜，一邊轉頭對我們說：「病人肺部功能已喪失，建議立刻開喉插氣管。你們誰是家屬？需要簽字……」

「他媽媽正在來的路上……」沙耶加一邊說，一邊焦急地東張西望。「您能不能先搶救，等他媽媽來了立刻簽字？」我懇求道。

「不行，重大手術必須有患者本人或家屬的同意書才行……」醫生還沒說完，就看到凱特阿姨從急診區的入口衝進來。

「阿姨！」達爾文失聲叫著。「迪克馬上就要手術了，你快點簽……」

凱特阿姨沒有搭理達爾文，而是一把抓住主治醫生的白大褂。「我的孩子呢!?」

「已經往手術室推了，這位女士，您不用擔心……」

「不要推他進去，不搶救！我兒子不用搶救！」

凱特阿姨一把推開醫生，往手術室跑。

她像松鼠一樣尖銳的聲音回蕩在急診室走廊裡。

不用搶救？凱特阿姨難道就這麼讓迪克去死嗎？我一下被她搞糊塗了。平常她可是一個連下樓梯都要擔心兒子摔倒的人哪！

「你們走開，走開！我兒子不用搶救！」凱特阿姨衝上去推開正準備給迪克注射強心劑的護士，把病床在手術室門口攔了下來。

「這位女士……妳……」兩個護士同我們一樣震驚。

「我兒子不用搶救……不用搶救……他會好的……」凱特阿姨一邊說，一邊從書包裡摸出一瓶藥。

她的手在劇烈地顫抖，導致藥瓶裡的藥撒得滿地都是。

「這位女士，病人現在的狀態是不可能吞下膠囊的。」一個黑人護士企圖阻止她。

「把妳的髒手從我兒子身上移開！」凱特阿姨瞪大眼睛，像發了瘋一樣吼出來。

「我是愛德華・龐德少將的妻子！我自己負責我兒子的生死！」

黑人護士嚇得一愣，凱特趁機把一顆藥丸塞進了迪克的嘴裡。

「你們都讓開，讓開！」凱特吼道。「讓他出去呼吸新鮮空氣！」凱特像老鷹護小雞一樣死死保護著病床，把迪克往外推。

「病人會死的！妳瘋了嗎？這是妳兒子！」還有幾個護士在極力阻止凱特從手術室門口離開。

「放開我！妳這個臭婊子！」凱特像一頭瘋狂的母獅子一樣嘶吼著，雙眼通紅。

「現在……現在怎麼辦？」我小聲問達爾文，攔在她面前的，就剩下我們三個人了。

讓她過去，迪克放棄搶救，必死無疑。

不讓她過去，凱特是會跟我們拚命的，我們的下場應該不會比黑人護士好。

就在這時，躺在床上重度休克的迪克，突然緩緩地呼出了一口氣：「呃……」隨即，他僵硬的四肢慢慢軟下來。

這突如其來的變化，使得幾個護士都呆住了。

「還不快給我兒子讓開!?」凱特阿姨草草收拾了一下掉在地上的藥，推著病床往外走。

不到半小時，迪克就醒了過來。

「我的寶貝，我的小天使啊。」凱特抱著迪克，在他額頭上親了又親。「沒事了，沒事了……媽媽在這兒……」

迪克眨了眨惺忪的眼睛：「我在哪兒……」

「寶貝，你嚇死媽媽了……」話音未落，凱特阿姨已經一臉眼淚。「以後你再也不要嚇媽媽了，媽媽沒你就活不下去……不然媽媽就不讓你上學了，你要天天在媽媽的視線範圍之內，我才安心……」

凱特緊緊地抱著胖子，好像只要一撒手她的寶貝兒子就會碎掉一樣。

「我沒事！」迪克一聽到要被軟禁在家，差點從床上跳下來。「我真的沒事！妳看！我快跟豪豬一樣強壯啦！我就是這兩天忘了吃藥而已……」

「你當初怎麼答應我的？我們說好的，對嗎？你會非常自覺地天天吃藥的，不需要我的監督……」凱特一臉哀怨。

「媽，腸漏症和蕁麻疹不會死人的。」迪克拍了拍胸脯。「而且我也好多年沒犯過病了。」

「什麼病都會死人！你聽到我說的了嗎？」凱特正臉說道。「不行，我還是不讓你上學了。」

「拜託！老媽！我什麼都聽妳的好嗎？我在家哪怕待上一天都會憋死的，妳不想讓我不開心，對不對？」迪克換了一副撒嬌的嘴臉。「我以後什麼都聽妳的，堅決服從上級命令，好不好？」

看著迪克和凱特阿姨，我、達爾文和沙耶加交換了一個眼神。

迪克剛才的症狀，根本不是什麼腸漏症和蕁麻疹，他的臨床表現，就像是喝了敵敵畏之類的劇毒之物，得了一秒鐘就能要人命的病。

「你們幹麼一臉要死要活的？」迪克冷不丁地問達爾文。

「沒有，只是剛才被嚇壞了。原來你有腸漏症啊，以後就不要吃垃圾食品了。」達爾文漫不經心地回答道。

凱特看到我們的反應，似乎鬆了口氣，又變成了平常那個熱情好客、對人溫柔的好阿姨。

「媽，你先回家好嗎？我想吃妳做的燉牛肉了。」

迪克擠擠眼，就用三寸不爛之舌把凱特打發回家了。

「我以為這幾年我都好得差不多了，就偷偷把藥停了。」凱特前腳走，迪克後腳就從床上爬起來。「幸好也不是什麼要命的病。」

我裝得像沒事人一樣跟迪克插科打諢，卻眼尖地發現床褥上有一顆淡藍色的膠囊。

凱特阿姨藥瓶裡的漏網之魚。我迅速把膠囊裝進了口袋裡。

眼看天還沒黑，我們去住院部看了看駱川。他還沒醒，脖子上打了一圈石膏。沒想到這貨好不容易來一趟，就因為我的事而無辜躺槍了。

醫生說他脖子軟骨骨折，中度腦震盪，雖然沒生命危險，但一時半會兒出不了院。

「受傷這麼嚴重，他太太都不來看他嗎？」旁邊棕色頭髮的小護士從我進來開始就一直在旁敲側擊地試探。

看來是沒見過長這麼好看的男病人，按照韓劇的套路，駱川會因為腦震盪而徹底失憶，在小護士廢寢忘食的照顧中墜入愛河，最終拋棄原配，開始一段新的「狗生」。

呵呵，最好腦震盪導致這貨的語言功能也一齊喪失，你們才有可能白頭偕老；否則你就會見識到能從嘴裡噴出糞的人是種怎樣的存在了。

其實他下半輩子這樣靜靜地躺在床上當個美男子挺好的，要不然我再給他補兩錘吧。我的內心突然浮現出這個邪惡的念頭。

「我叔叔現在還是單身。」臨走的時候，我有意無意跟小護士說了一句。

看著小護士洋溢著雌性荷爾蒙的笑臉，我覺得駱川出院之前我都不用來照顧他了。

在去買鏟子的路上，迪克還是和平常一樣沒心沒肺地嘻嘻哈哈，我們三個都各懷心事。

如果迪克真的是隱形人，他沒必要鍥而不捨地去喬那裡尋找真相，畢竟隱形人做的一切就是讓M的自殺成為定局，並把關於M特殊能力的一切痕跡都抹乾淨。

可如果不是迪克，會是誰呢？我和沙耶加疑惑地對視了一眼。

「上校，你媽媽給你吃的是什麼藥啊？」沙耶加猶猶豫豫地問。「好像效果還挺好的，我……我有個親戚也得了腸漏症……」

「是不是很神奇？」迪克一臉神祕地說。「我偷偷告訴妳，這可是新藥，還沒通過ＦＤＡ（美國食品藥品監督管理局）的審批呢，是軍方發給前線士兵的內部藥，我爸才能拿到。」

「哇……好厲害……」沙耶加明顯不會撒謊，結結巴巴地回復道。

「那當然！軍隊還會害自己的士兵不成？」迪克自信滿滿地拍了拍胸脯。「現在美國製藥學可發達了！我聽我爸爸說，再過幾年，任何絕症都能治好。」

不，不是再過幾年，而是現在就能治好了。你就是最好的例子。我在心裡默默地想。

「這麼好的藥，為什麼不趕緊普及起來？」達爾文有意無意地插了一句，他心裡的疑惑似乎跟我們一樣多。

「這你就不懂了吧？」迪克一點都沒聽出來達爾文話裡有話。「在任何一個國家，所有最先進的技術都是軍方最早研製的，很多年之後才會下放民用。比如ＧＰＳ衛星導航，一九五八年的時候美國軍方就開始使用了，可是你看，民用衛星導航直到這兩年才開放。還有汽車啦、電腦啦，都是軍方使用幾十年後才下放了民用使用權。藥品也是呀，預估這種新藥下放到民用還要好幾年呢！」

「你真幸運，可並不是每個得了重病的孩子，都有一個像你這麼厲害的爸爸。」

說完這句話我就後悔了，迪克一臉尷尬地撓著頭。

「呃，我沒別的意思，只是覺得……」我想解釋，但一時間又找不到什麼合適的詞。

「我想我明白你的意思，中尉……」迪克艱難地咧開嘴笑了下。「我確實挺幸運的，幾年前我病得很重，我知道那種感覺，很絕望——你別看我現在這樣，那時候我每天都覺得我快死了，我必須每天插著尿袋，嚴重的時候還要插胃管……每天晚上睡覺之前，我都擔心第二天醒不來了……」

「嘿，兄弟，總之你現在康復了，這不是好事嘛。」達爾文岔開了話題。「醫生有沒有說，你還要吃多久才能停藥？」

「這我倒沒有在意，我媽說或許等我再長大一點。」迪克自嘲地說。「反正現在看來，斷了藥還是會出事的。」

我摸了摸口袋裡的膠囊，大家都十分默契地沒有再說下去。來到墓地的時候，天已經完全黑了。

在我們大中國，有八成以上的恐怖故事都跟墓地有關。女鬼僵屍招魂怪嬰血屍巫術蠱毒之類的，聽見「墓地」兩個字就和鬼逃脫不了關係。

相比之下，老外對墓地的態度還挺積極向上的。在他們的價值觀裡，出生和死亡都是生命中必不可少的一部分。因此，許多公墓都會和教堂連在一起——通常會在教堂後面。

而公墓附近，也都是正常的民宅。

我曾經問過達爾文，墓地旁邊的房子會不會便宜一點。

「妳該去看看紐約和曼哈頓最好的富人區。」達爾文有點鄙視地看了我一眼。「墓地周圍的房子不但不會便宜，還會貴一點呢，畢竟做禮拜方便，還能隔三岔五去跟死去的親戚聊聊天。」

好吧，你們資本主義有錢人的世界我不懂。

做為「精怪橫行」的東亞代表，我和沙耶加還是被公墓裡的陰森嚇得一陣哆嗦。看著我倆又是掛洋蔥又是拿十字架的，達爾文翻了一個大白眼：「就算有吸血鬼，它也只是住在這兒，吃飯的時候會去別的地方。」

「那……那要是它剛睡醒覺得餓了怎麼辦？」沙耶加膽戰心驚地問。「我早上醒來的時候就會肚子餓……」

「有完沒完？你們要相信科學……」

我們就是沒覺悟，怎樣了！我就是看香港的僵屍片長大的，我就是封建迷信。

「我覺得，我們一直以來遇到的事都不科學……」我的話音未落，就被走在前面的迪克嚇了一跳。「糟糕！」

皎潔的月光下，M的墓碑倒在草地上，棺材已經被挖了出來。

棺材裡面根本沒人，只有一張薄薄的類似人皮的矽膠皮囊，上面還套著M下葬時穿著的那條連衣裙。

達爾文緊鎖眉頭：「我見過這種東西。」

我想我知道他在說什麼。

「這他媽的是什麼鬼？」胖子伸手就要摸，被達爾文一下抓住了。

「我們得快點離開這裡！棺材還沒被埋回去，它不可能把現場弄成這樣走掉……它應該還在附近……」

「沙沙……」就在我們打算轉身逃跑的時候，突然聽到不遠處的松樹林裡傳來了某種奇怪的聲音。

藉著月光，我看到一個黑色的影子站在一棵樹旁邊。

「他」一動不動，似乎在饒有興致地觀察我們，一雙眼睛發著淡黃色的光。

「他」比我們矮一點，手臂奇長，似乎沒有頭髮，腹腔上有一道很長的縫隙，就像手術後癒合的傷口一樣，周圍長滿了肉芽。

然後「他」張嘴了，發出一種類似青少年的、帶著南部口音的男聲。

「小——毅——弟弟——好久不見了，我是吉米。」

達爾文整個人一下怔住了，他直勾勾地盯著那個影子，眼裡的驚訝在幾秒後變成了仇恨：「是你……」

話音未落，達爾文就像瘋了一樣撿起鐵鏟朝那個影子跑去。

我們也趕緊跟進了樹林，但那東西行動十分敏捷，我們根本追不上，沒跑幾步影子就不見了。

「你……你們看……」迪克氣喘吁吁地朝我們跑來的方向指了指。

我們回頭看向墓地那邊，幾個穿著黑色西裝的人從教堂後面走出來，迅速走到M的墓碑旁邊，沒兩分鐘就把墓地恢復了原樣，一看就是受過訓練的傭兵之類的人。

他們四下查看，確保無人後迅速撤離。我甚至能看到他們中的幾個人在腰間別了槍。

他們來的方向，同我們剛開始準備逃走的方向一樣，如果剛才往那邊跑，沒幾步就會被他們撞個正著。

我不敢想等待我們的會是什麼。但從目前看，和這件事扯上關係的每一個人都不會有好結局。

這算怎麼回事？剛才那個「人」把我們引進樹林，難道是為了救我們？

達爾文不是說八爪魚人是壞人嗎？難道八爪魚人跟這幫傭兵不是一夥的？

「嘻。」

我正想到腦袋打結的時候，突然聽見我們前方三、四公尺的地方，傳來了一聲詭異的笑聲。

一棵粗壯的杉樹後面，伸出了一顆腦袋。

第二十一章　賢者之石

這次的距離非常近，我算是看清楚了。

這顆腦袋以極其不自然的姿勢從樹後面伸出來，它的脖子相當長，軟綿綿的像沒有骨頭一樣。

它沒有頭髮，但頭頂似乎是半透明的，能看見血管和腦組織。和達爾文說的一樣，它的眼睛和鼻子還能勉強被稱為人類，但沒有嘴——它的聲音似乎是從鼻腔裡發出來的。

「想找到我嗎？」這一次，從它鼻腔裡發出來的是一個女孩的聲音，帶著一點中部口音——如無意外，這就是喬當天晚上聽到的聲音。

「M是不是還活著!?」我幾乎是叫出來。它狡黠地看著我，點了點頭。

「你們把她怎麼樣了？她在哪兒？你究竟要幹什麼？」

這次八爪魚人並沒有回答，而是迅速一閃，又朝遠處跑去。

「跟上它！」聽到M沒死的消息，我已經忘了恐懼，想都不想拔腿就去追。

一路上，這個半人半章魚的怪物有意識地跟我們保持著固定距離——其實按照它的速度，甩掉我們易如反掌。

它似乎故意讓我們跟上它——又不能接近它。

就這樣跑了一會兒，眼看就要跑出樹林了，我們突然看見不遠處有車燈在閃爍。

我推測著我們所在的方位，這裡應該靠近鎮郊的懷爾特河了。懷爾特河是連通水庫和河壩的人工水道，但是小孩子都稱它為河。

果然，一輛黑色的越野車停在河邊，似乎在等著八爪魚人。

我們蹲在樹林裡面屏住呼吸，車子距離我們大概二、三十公尺，我們看見車裡下來了一個人。

竟然是那個自稱佩奇的，所謂特殊兒童教育機構的醫生。

「該死的！我就知道這女人有古怪！什麼評估報告能一天之內就出來？」迪克壓低了聲音，憤憤地說。

「我想起來了……想起來了……我為什麼之前沒想到……」達爾文的手抓著樹幹，我幾乎從來沒見過他像現在這樣失控。

「別發出聲音……」我按住他的肩膀。

「我說過她很眼熟……我見過她，我和吉米都見過她……」達爾文的聲音竟顫抖起來。「亞特蘭大……生物監測局……」

我想起來了，就是在吉米出事之前，幾個自稱來自生物監測局的政府人員到學校找過吉米。

他們詳細地問了吉米目擊八爪魚人的經過，卻連筆記都沒做。

怪不得他們關注的是有沒有其他目擊者，而不是八爪魚人本身——他們都是一夥的。

「你的任務已經完成了，回去吧。」佩奇醫生邊說邊拿出一個瓶子，從裡面倒出了什麼東西遞給那個怪物，但因為光線太暗，我們看不清。

怪物接過那個東西，把它按在腹腔上——腹腔上的裂縫撲哧一下張開了，裡面似乎有許多小觸手和鋸齒在向外伸展，讓有密集恐懼症的我看得頭皮一麻。

原來，這條縫才是它真正的「嘴」。

八爪魚把那東西吞下去之後，反身一躍投進了懷爾特河裡。

就在它跳水之前，它用它長滿吸盤的「手」，從只有我們能看得見的角度，指了指吉普車的車牌。

就這麼半秒鐘，我感覺它看著我們，雖然沒有嘴，但它在笑。

「記……記下車牌……」達爾文抓了抓旁邊已經被嚇傻的沙耶加。直到汽車消失了好一會兒，我們才從震驚中回過神來。

「那……那玩意是什麼……」不知道是沙耶加，還是迪克打破了寧靜，他倆都是第一次接觸這種東西。我比他們好一點，至少聽達爾文講過，所以還會有那麼點心理預期。

「記得你說過……你哥也叫吉米……」迪克已經下意識地離達爾文越來越遠了。

「它不是我哥，這件事之後我再告訴你，現在我們需要立刻回家！」

達爾文很容易就從車牌號查到了從屬地，意料之中是亞特蘭大的車牌。

亞特蘭大的警察局有一套完備的汽車跟蹤系統，就是通過城市裡的五千多個鏡頭檢測在各個路口出現的車輛，達爾文幾乎毫不費力地就駭進了系統裡。

「我已經不是兩年前的那個我了。」他自言自語。「這次就算妳開到月球去，我也能定位到妳。」

四個小時之後，我們從達爾文調出的監控錄影裡看到汽車駛進了一座後現代建築的地下停車庫。

賢者之石腦神經科學研究中心。

我告訴他們，那就是我媽媽住的那家腦科醫院。

又過了四個小時，迪克帶著我們驅車駛入亞特蘭大。

我從來沒有像現在這樣，審視著這座據說是全美國乃至全世界最頂尖的大腦研究中心。

醫院建築呈完美切割的半球形，在藍天白雲之下，就如雨後草地上的一顆露珠。

建築的外殼由四千多塊高反光玻璃和氧化鋁板組成，不但能在白天有效地提供室內採光，鋁板還會以吸收太陽能的形式為建築供電——就像永動機一樣，僅僅靠外殼就能維持整個研究中心的電力系統。即使全城的供電系統癱瘓，這裡也能維持日常運轉。

「賢者之石，」達爾文在我身後漫不經心地說。「中世紀無數煉金術士追逐的魔法石。不但能夠點石成金，還能讓擁有者完成永生不死的轉化。」

永生嗎？我想起舒月口中這家醫院的擁有者，那個在陰影中操縱著這個世界上大部分財富的低調富豪，那具坐在黑色進口車裡的衰老的身體。

舒月稱他為羅德先生。他帶走了四十三。他是否已經得到他所追求的永生了呢？他和M又有什麼關係？

難道他不但想獲得永生，還想擁有預測未來的能力？

他已經擁有了世界上絕大多數的財富，現在竟然還想成為神一樣的存在嗎？人是不是真的像四十三說的那樣，總是貪得無厭？

「汪桑的媽媽到底得了什麼病？為什麼會住在這裡？」沙耶加的聲音把我拉回了現實。

「我的媽媽……」一時間，我竟然不知道該從哪裡講起，它太長了，跨越將近一個世紀，幾代人的愛恨情仇，又怎麼能用三言兩語說清楚呢？

「我的媽媽不是病了，是受傷了。她和爸爸為了保護我做出了很大犧牲，現在換我保護她了。」

賢者之石的醫院部雖然名義上對普通民眾開放，但只是徒有虛名而已。在這裡看病的花銷必須用現金支付，不接受任何形式的醫保卡，這就相當於拒絕了九成以上的普通病患。

要知道，在美國看病貴得令人髮指，哪怕是普通的公立醫院，不算藥品和治療費用，單是一次門診開銷，換算成人民幣都至少兩千元起步——更別說這種設備精良的高端醫院了。因此，大多數美國人不到快死掉是不會去醫院的，去也一定會用醫療保險。

支付現金是只有少數富人才能承受的支付方式，因此賢者之石實際上相當於這部分人的私家醫院。

球形建築總共有七層，三層以上是住院部。住院部和酒店一樣，按照多人病房、單人病房和特殊病房從下到上劃分，越往上的樓層越貴。

媽媽就住在七層。我不知道媽媽從入院到現在的治療費算下來要多少錢，但一定會是一大筆開銷。

羅德先生承諾給媽媽最好的治療，他做到了。從病房裡的醫療設施到主治醫師，都是這裡頂級的，但這不是沒有代價的，他帶走了舒月。

「汪桑的媽媽……和汪桑長得好像。」沙耶加看著媽媽熟睡的臉，溫柔地說。

「我覺得不像。」迪克趴在床邊仔細地看來看去。「中尉的媽媽是個很漂亮的女人，中尉就……」

「不想死就滾遠點。」我使勁拍了一下迪克的後腦勺。「會說人話嗎？」

「阿姨這是得了什麼病啊？」達爾文看著輸液瓶。「維生素、氨基酸、脂肪……」

「目前我們給她使用的都是維持營養的藥物，手術已經過去了大半年，從生命體征看，她已經痊癒了，腦電波圖也十分正常。」護士一邊換藥，一邊說。

「阿姨醒來過嗎？」達爾文轉身問我。我搖了搖頭。

「那這和植物人有什麼區別啊……」迪克說到一半便趕緊捂住嘴，不好意思地看了我一眼。

「她可不是植物人。」一個醫生在門口朝我們笑了笑，揚手和我打招呼。「好久不見了，旺旺。」

馬丁博士是這棟樓裡唯一的黑人醫生。要知道，一個有色人種能在白人權威的醫療體系裡混到金字塔的頂尖，可不是隨便拿兩個醫學獎、救活過幾個人就能做到的。

我媽出事那天，就是他帶著一個十人醫療分隊，在機場貴賓區給我媽媽進行了緊急搶救。媽媽來到亞特蘭大後又進行了兩次開顱手術，都由他全權負責。單論技術的話，馬丁博士在全球五千多名神經外科醫生中能排前十，每年平均實施手術多於兩百五十宗，平均每週就要做五宗手術。

但從個人來說，馬丁博士是個接近狂熱的有神論者——也許不符合大多數人對「醫生」的認知。可在國外，有一半以上的醫療從業人員有宗教信仰。馬丁博士對神的推崇已經到了盡人皆知的程度，他的言論比他在醫學領域的成就更出名。就連在Google 搜索他的名字，首欄都是他在宗教研討會上的過激言論。

「身為一名腦科醫生，我深感大腦的複雜程度，即使是宇宙中的星系也無法與之相比。大腦皮質所含的神經細胞有一千億個，甚至超過了一個星系中恒星的數量，它們之間的關係極為複雜，每立方公釐神經細胞突觸的數量至少有一六四兆個。除了神，誰能設計出這麼完美的組織結構？身為科學家，我認為科學的終極目的是了解神！」

這段他最著名的演講，YouTube 點擊率達到三百多萬，連沙耶加和達爾文都立刻認出了他。

即使技術再好，發布這種言論的醫生也會被公立醫療體系打壓，於是他就順理成章地被羅德先生聘用了。

儘管每次馬丁博士都對我十分友好，但我本能地和他保持著距離——我總能想起他在影片裡狂熱的，激動得唾沫橫飛的臉。

「這位女士和植物人可不一樣，植物人在醫學中的定義為腦皮質功能喪失，是不可逆的深昏迷狀態——可手術至今，這位女士所有的神經中樞都已經修復，她的大腦功能目前看是完美的——和正常人無異。我更傾向於解釋為，她只是在睡覺。」

「她在睡覺？」沙耶加有點不可思議地重複著。

「嗯，她不但在睡覺，還在做夢呢。」馬丁博士在身旁的儀器觸控式螢幕上調試了幾下。「從腦波的監測紀錄來看，她的情緒一直有不間斷的波動，有時候心跳和血壓都會上升。她很開心，偶爾還會笑——我很確定她做的是個美夢。」

我握著媽媽的手。

四十三說過，媽媽被他的意識侵入得太久了，想要恢復自我意識已經很難。

會不會是他為了補償媽媽所遭受的痛苦，在脫離控制之前，留下了一個只有快樂和美好的夢？

媽媽，妳在夢裡見到爸爸了嗎？妳見到我了嗎？

「那她還會醒來嗎？」我拉著媽媽的手，輕輕地問。

「這取決於她自己——只有她自己願意醒來才行，沒人能強迫她。」

馬丁博士離開後，達爾文讓我把門反鎖，隨即打開手提電腦。

「太有意思了。」他邊敲鍵盤邊說。「我沒想到一個看起來這麼高科技的現代企業，網路防火牆竟然如此簡陋。」

「那太好了，你快找找有沒有M的資料。他們是不是把M抓起來了，關在哪裡了……」

達爾文示意我和沙耶加先別吵，時間一分一秒地過去了。他在電腦邊上搗鼓來搗鼓去，眉頭卻越皺越緊。

「奇怪。」

憋了半天，達爾文嘴裡蹦出兩個字。

「我已經侵入了賢者之石的主服務器，可這裡面的有效資訊少得可憐……連一家小型商店的資料存檔都不如，這就像……就像……」達爾文想了半分鐘，才找到一個精準的形容。「就像銀行的金庫敞開大門歡迎劫匪，裡面卻空空如也。」

「難道一點有用的資料都沒有嗎？」

「往好的方面想，我們至少找到了這個建築的工程平面圖。」達爾文回答。「從平面圖看，地上的半球只是建築的一部分——另一個半球埋在地下。」

「所以，我們看見那輛車開進了地下車庫！」

「對，從現在的情況看，他們的有效資訊很可能都存在地下半球的電腦裡，而那些電腦顯然有自己的內部區域網路，我們是無法從外部進行連接的。」

「那我們怎樣才能駭進他們的內部區域網路？」

「我們其中一個人要進入地下，然後把我編的木馬程式植入連接區域網路的電腦裡。」

「呵呵，聽起來好簡單。」我翻了個白眼。

「從技術上來說並不難——如果我們能擁有一張到達地下的ＩＤ。」達爾文聳聳肩。「那我們就像上次史丹佛實驗室那樣，找到他們的員工表，鎖定一個能去到下層的員工，再用他的資訊偽造一張ＩＤ不就好了嗎？」

迪克優哉游哉地說，顯然這檔子事他和達爾文已經做過很多次了。

「我覺得沒這麼簡單。」達爾文盯著電腦螢幕。「他們的主服務器裡，連一個員工資料都沒有！」

我湊過去看了一眼，雖然不太懂，但我也能看出每個子菜單下空空如也。

「我已經搜索了整個服務器，沒有找到ＩＤ的任何範本——沒有參照物是不可能仿造的。有意思的是，它們的資料裡提到，進入『賢者之石』下半部分的ＩＤ是用

『一種古老的技藝』製造的……我不知道這句話是什麼意思。」

「那我們怎麼才能搞到ＩＤ呢？」

達爾文沉默了好一會兒，歎了口氣：「辦法倒是有一個，但不到萬不得已，我本不想走這一步。」

達爾文所說的「辦法」第一次浮出水面，是在一九九七年。一名警察敲開了一個叫奧黛麗的老太太的家的大門。

他們通知她，她的兒子殺了人，他們在他的個人資料中發現了奧黛麗的位址，所以請她去勸勸被收押的兒子，以供出同謀。

當奧黛麗到達收押室的時候，徹底震驚了——雖然兒子已經十幾年沒有回過家，但眼前這個絕對不是她的兒子。

可是，對方的個人ＩＤ、駕照、銀行卡……甚至包括指紋，都和警察局資料庫裡的一模一樣——他的個人資訊毫無破綻。可以說，這世界上除了他爸媽，沒人能知道他是冒名頂替的。

在反覆的審訊中，這個男人終於承認，自己的身分都是從某個「說出來會死掉」的地方買來的。除了人之外，一切身分證明都貨真價實。

這個男人以奧黛麗兒子的名義生活了十幾年，甚至享受了本來應該是他兒子的房屋、醫療福利和保險金。

至於身分的原主人，也許早在多年前就死在亂葬崗了。

那個「說出來會死掉」的地方，叫作荒原客棧。一個在偷渡客、黑幫和罪犯中廣泛流傳的黑市。

理論上，任何人都找不到荒原客棧——只有他們找你。

當你有一批軍火需要銷贓的時候，當你急需一個身分躲避移民局的時候，當你倉庫中的大麻成熟的時候，當你欠下一大筆債需要賣血的時候。

荒原客棧會找到你。

達爾文是和父母住在華人區合租房的時候，聽一個偷渡來美國的「骨妹」說的。那個女孩最初只想換一張居留證，荒原客棧卻大方地給了她一張綠卡。

那是她來美國之後最開心的一天。隨即等待她的卻是長達十幾年的控制和日復一日地出賣身體。

因為客棧牢牢掌握著她的祕密，抓住她的把柄越來越多。這就像是一個局，一旦陷進去，只會越陷越深。

對那些走投無路的人來說，荒原客棧就像是格林童話裡女巫的「糖果屋」，它能滿足你的一切需求：全新的身分，發往伊拉克的軍火，世界各地的美女，血型匹配的人體器官，新型的毒品，一級保護動物的屍體，甚至是總統的社交帳號和密碼……

一旦你和它交易，它就會把你變成它永遠的顧客。

「荒原客棧也會在網路上發布資訊，我想我找到他們並不難。」達爾文抿著嘴唇。

「但我不知道我們進去之後，還能不能出來。」

「問題是，我們需要多少錢才能買到一張進入賢者之石下層的ＩＤ？」我掰了掰手指，我所有的錢加起來都未必能買到一張碧昂絲的演唱會門票，更別說買ＩＤ了。

「我的個人帳戶裡還有兩千元……」沙耶加翻著錢包。「加上信用卡的現金額度，大概能有三千元。」

「我的車買回來的時候四萬，現在怎麼也應該值兩萬。」迪克撓了撓頭。「當然我會被我爸敲死。」

「你的車在你老爸名下，你如果把零件拆開來賣只能賣四、五千。」達爾文歎了口氣。「我不覺得這點錢能換來賢者之石地下七層的ＩＤ，雖然我們都不知道那下面是什麼地方，但絕對不簡單。」

「那我們怎麼辦？」

「荒原客棧也支持以物換物……」

「你不會要出賣我們兩個的貞操吧！」我和沙耶加緊緊抱在一起。「不要呀！我還沒談過戀愛，不想把自己賣給頂著大肚子的怪蜀黍（叔叔）！」

「妳倆加一起，算一算還沒有我的車拆開賣值錢呢哈哈哈……中尉妳還真當自己是塊寶了！平常不要看這麼多電視劇，沒好處的……」

迪克還沒說完就被我一腳踢了個狗吃屎，我不解恨地又踩了他幾腳：「死胖子，我把你拆開來賣——！」

「等等，我覺得迪克說得有道理。」達爾文突然想到了什麼。
「你告訴我哪個標點符號有道理!?老子把你也撕了……」
「妳等等，不要激動──」看我張牙舞爪地撲過來，達爾文瞬間後退了三公尺。
「我是說，有可能我們覺得不值錢的東西，對方卻覺得是無價之寶──」
「就算你這麼說，我也不會去賣身的！」
「我指的是……妳和沙耶加在迷失之海底下拍的那些照片，還有關於那個祭壇的資訊。」
我想起來了，我和沙耶加當時拍了幾百張照片。雖然手機拍得都很模糊，可沙耶加的相機拍的還是很清晰的。湖裡的魚和祭壇四周的巨人骷髏，我們都拍了清晰的特寫。這些資料，我們按照和達爾文的約定並沒有對外公布，只是保存在電腦裡。
「你們不是說裡面就是個溶洞，什麼都沒有嗎？」迪克從地上爬起來，莫名其妙地摸了摸後腦勺。
眼看事情瞞不下去了，我們現在是綁在同一根繩子上的螞蚱，只能把迷失之海的事向迪克和盤托出。
資訊量太大，迪克一時半會兒都沒反應過來，愣了半天才說：「我去，為什麼不早告訴我啊！」
「如果一開始就傳出去，保不準M早就出事了。」達爾文一邊說，一邊打開電腦，把圖片文檔調出來。

「這……這不會是真的吧？」迪克盯著那幾張巨人骷髏看了半天。「這會不會是在環球影城搭的拍攝基地裡拍的啊？」

「你說，這些人活著的時候該有多高啊……不知道他們和『金剛』站在一起，誰能打得過誰……」

明明知道他在說爛梗，但我現在已經沒有抬槓的心情。

「達爾文，你打算用什麼方式和荒原客棧接上頭？」我轉頭看了一眼一直在敲鍵盤的達爾文。

「Deep Web（暗網）……」達爾文沒有停下敲擊的動作，答道。

第二十二章　荒原客棧

如果你現在打開瀏覽器，檢索「Deep Web」，就會找到很多又刺激又恐怖的所謂經驗之談。我可以很負責任地說，這些人大部分並沒上過暗網。

二〇一一年，暗網中的一個黑市交易市場「絲綢之路」，因為「比特幣」洗錢事件一夜而紅，Deep Web 才走入了大眾的視野。但真正的 Deep Web，從二十世紀七〇年代的 ARPANET 網路時代就存在了。最初，Deep Web 是對那些只能用特殊軟體或特殊電腦設置才能連上的網路的統稱，用一般瀏覽器和搜尋引擎找不到的東西統稱為暗網的內容。後來，暗網逐漸成為黑市交易的平臺，但暗網的核心，絕對不是那些以為只要裝了「洋蔥瀏覽器」就能買到「古柯鹼」的人可以找到的。

我們從賢者之石出來，在華人區找了一家汽車旅館——三十美金一天是我們能承受的極限了。

達爾文從書包裡拿出一臺經過改裝的電腦。這臺電腦看起來其貌不揚、破舊不堪，卻能打開形形色色的暗網連結。在繞過一堆收購軍火和販賣綠卡的網站之後，我們鎖定了一個叫「博物館」的功能變數名稱。

「博物館」的頁面看起來簡陋得就像小學教室裡586電腦的 Dos 系統，要不是達爾文肯定地告訴我這就是暗網，我都要以為我穿越回二十世紀九〇年代了。

更奇怪的是，相較其他暗網的網頁。「博物館」連頁面聊天視窗都沒有。

「怎麼跟對方討價還價啊？」我嘟囔了一句。

「這是暗網交易的規則。」達爾文指了指頁面置頂的一行字。「這裡能發言的只有買家。賣家只能提供一張圖片說明，不能對出售商品做出任何文字上的解釋。」

「這都是什麼破規矩啊……」

我們都沒見過這麼賣東西的。

「那買家怎麼聯繫賣家？」

「這個網站上的買家可不是泛泛之輩──無論你是誰，他們都能找到。」達爾文突然意味深長地哼了一聲。

我們觀察了一會兒，果然網站裡的賣家都是一人發一張圖片，沒有任何說明文字和介紹，整個網站的氣氛就像沒有了文字的微博一樣。

這裡的圖片各式各樣：從新聞裡失竊多時的名畫，到有某個公眾人物打了馬賽克的床照……

我還沒看兩分鐘，就差點把中午吃的披薩吐了一地。

達爾文從我們的照片裡挑了一張清晰的原始照片，把圖像裁切了一半，傳到「博物館」上。

「你確定這樣有用嗎？」我有點惴惴不安。「網上買家這麼多，你怎麼知道最後就會被荒原客棧看上呢？」

達爾文抿著嘴脣道：「直覺。」我差點一頭栽在椅子上。

當我爬起來的時候，突然發現我們剛才在網上發的圖消失了。

「呃？我們的圖呢？去哪裡了？」我搶過滑鼠來回翻動著。「難道剛才沒發出去？」

「魚要上鉤了。」

電話那頭，傳來了有著奇怪口音的女聲：「向窗外看。」

我小心地撩開了窗簾的一角，一輛看起來毫不起眼、黃白相間的計程車停在汽車旅館外面。

「你們有十分鐘，商量好，到底是誰來見我。」說完，電話那頭傳來了一陣忙線。

我們幾個互相對視著。

「上校，你不能去。」達爾文開口了。「你爸爸的身分很特殊，如果你被他們盯上了，後果不堪設想。」

「我……」迪克還想逞強，卻不知道該怎麼繼續說下去。再傻再天真，他也知道去這種地下黑市意味著什麼，對方隨時都會對他的家庭瞭如指掌。

「要不你們都留在這裡吧，我自己去。」達爾文想了想。

「不行！你不能去，讓我去吧！」我拉住達爾文。「我不會有事的，你相信我。要是你出了什麼事，我們這輩子都不可能救出M了，我們三個的腦子加在一起都沒你好用。」

「但妳一個女人……」

「你相信我，我真的不會有事的。」我打斷他的話，堅定地說。M說過，我要死也是半年之後死，就算現在去也不會立刻掛掉，我去是最保險的。

「沙耶加也要去！」一直沒說話的沙耶加開口了。「剛才那個打電話過來的人，有京都的口音……沙耶加也許能幫上忙。」

「妳乖乖地待在這裡好不好？這種事又不是人多力量大……」我企圖說服沙耶加。

「既然汪桑不會有事，我也不會有事的。」

「為什麼妳們倆都這麼確定自己不會出事？妳以為那種地方只是普通商場，買完東西就能輕輕鬆鬆離開？荒原客棧連飛過去的蒼蠅都要留下兩條腿！妳們了解它的可怕嗎？」達爾文認真地看著我們。

「我……」我差點就把自己只剩下半年命的事給交代了，憋了半天才咽回去。「你就別問了。」

「沙耶加會為自己的安全負責，請你也別問了。」沙耶加向達爾文欠了欠身。

「也許一開始選擇荒原客棧就是錯誤的。」達爾文沉默了一會兒，最終還是讓開了幾步，他把手機遞給我。「不要用真名，跟他們談妥了，就給我打電話，妳們平安回來之後我才會把照片傳給他。」

「達爾文，我能問你一個問題嗎？」沙耶加突然臉一紅。「如果沙耶加這次平安回來了，你能不能考慮和沙耶加交往呢？」

達爾文愣了一下，突然用很複雜的眼神朝我看了一眼。我心裡一陣狂跳，差點直接撞到牆上去。

氣氛瞬間有點尷尬，迪克突然從床上坐起來：「如果達爾文告訴妳他是同性戀，妳會切腹嗎？」

我的三觀瞬間碎成了渣渣！沒想到達爾文還好這一口，難道這就是他跟迪克住在一起的原因？就算是也不能這樣告訴沙耶加啊！太傷人了吧！還有，切腹不是因為失戀才會切的！

我還沒出手，達爾文就一巴掌把迪克拍回了床上：「我才不是！」

「我只想緩解一下尷尬……這不是怕你拒絕人家嘛……」迪克在床上痛苦地揉著臉，轉頭對沙耶加說。「聽說世界上的每一個胖子都是身中魔法的王子，一個真愛之吻就能讓他們變回原形……要不要試一試？」

「啊……好厲害啊……」

沙耶加被胖子這麼一打趣，比剛才尷尬十倍。

「妳……注意安全，回來再說。」達爾文撓了撓頭，我趕緊趁沙耶加還沒反應過來就把她拖了出去。

計程車開了將近半小時後，我們被帶下了車。

摘下眼罩之後，我赫然發現我們在一家老舊的寄售店裡。門外已經下了閘，窗戶上貼著「舊貨出售」，裡面將近兩百平方公尺的店面堆著各式各樣的二手傢俱、成千上萬的舊衣服，還有各種陶罐、水晶燈、機械座鐘和玻璃花瓶等裝飾物。

這種寄售店很受老派的美國家庭推崇，幾乎每個中產階級家庭都會把家裡淘汰的東西以半捐贈半售賣的形式放到這種店裡。商店會收一小筆傭金做為賣東西的酬勞，每樣東西都會有一個拍賣週期，如果在拍賣週期內沒有售出，商品則會自動半價。

我剛來美國那陣子，舒月也曾經帶我來這種店掃貨。家裡的傢俱都是在寄售店裡買的，幸運的時候能夠淘到很多物美價廉的東西。

這種店多為夫妻店，妻子負責進貨，丈夫負責保全工作——寄售店的客戶通常都不會是中產以上，以黑人和華人居多，所以一般開店的地方也不太安全。

店裡的點唱機還在哼哼唧唧地播放著某張鄉村搖滾的膠片。我和沙耶加環顧了一下四周，雖然這裡一眼看去和普通的寄售店沒什麼不同，但我總覺得空氣裡有一絲腥甜的氣息。

衣架上的襯衫、鞋架上的高跟鞋、地上的玩具熊，似乎都沾著不同色澤的血跡。

「隨便看看。」一個口音奇怪的女聲從櫃檯後面傳來。我順著聲音看去，只見一個亞裔女人坐在收音機後面，慢條斯理地削著一個蘋果。

這個女人大概四、五十歲，顴骨高聳，沒有眉毛，臉上抹了厚厚的白粉，頭髮鬆鬆地綰在腦後梳了個髮髻。

她的打扮和這家美國老式寄售店格格不入——她竟然穿了一身純黑色的日本和服。

要不是她一口英語，我真以為她是從五、六十年前的日本穿越過來的。

「喪服……」沙耶加輕輕拉了拉我的衣角，小聲說。

我不確定那個穿和服的女人是否聽到了我們的議論，但她並沒有做出什麼反應，而是把削完的蘋果遞到了櫃檯底下。

我剛想再走近點看看櫃檯下面有什麼，沙耶加緊張地拉住我，不讓我再往前走了。

「日本人？」她看了一眼沙耶加。「嗯……」

「叫什麼？」

我趕緊捏了一下沙耶加，暗示她不要說真名。

「節……節子。」沙耶加猶猶豫豫地說了一句。

「節子……嗎？」和服女人突然意味深長地笑了。「吃吧。」

她拿起一個蘋果，向沙耶加遞過去。

「妳搞錯了，我們不是來吃……」我剛想幫沙耶加擋掉，和服女人的臉突然扭在一起，變得無比猙獰——我根本沒看清怎麼回事，那把削皮的刀已經刺向我的手掌，頓時一陣劇痛從手心傳來，我哀號了一聲。

「太沒禮貌了，和長輩說話要用敬語。」

「汪桑！」沙耶加慌忙掐住我的手掌，但刀已經把手掌穿透了，血從指縫裡滲出來。幸好刀刃很窄，要是再寬個幾公分，我該成ET了。

「吃嗎？」和服女人瞬間恢復了之前的樣子，把蘋果遞給沙耶加。

「對不起，我不餓……」沙耶加一邊捂住我的傷口，一邊小心翼翼地說。

「不餓嗎？實在是太可惜了。」和服女人做出一個誇張的欠身。「不餓的人，是不能成為荒原客棧的客人的。每個人都來這裡找能餵飽欲望的東西，對權力的欲望呀，對金錢的欲望呀……節子，妳見識過什麼樣的欲望呢？」

沙耶加渾身一震，有一瞬間的失神。

「我……我們不要錢，我們想換一樣東西，去救一個朋友。」過了幾秒，沙耶加艱難地開口。

「看到這個商店裡的物品了嗎？這裡的每一樣東西，都來自我們的客人。荒原客棧會把每一個和它交易的人變成永遠的顧客。饑餓的人會為了欲望付出越來越多的代價，當代價大到無法支付的時候，他就會變成我們的物品。我們可以出售他的一切，包括生命。」

和服女人不疾不徐地說著，她的臉在白熾燈下顯得越發冰冷。「真煩惱啊，二手商品總不如新的好賣，連靈魂都千瘡百孔了。」她歎了口氣，突然直勾勾地看著沙耶加。「所以說，人哪，總會為了欲望搭上性命，節子做好這樣的覺悟了嗎？」

「妳到底在說什麼啊？沙……節子怎麼就變成妳店裡的東西了？妳搞清楚，我們是用照片來換賢者之石的ＩＤ，不是用節子來換！這買賣妳愛做做，不做拉倒！」我莫名其妙被削了一刀本來就上火，齜牙咧嘴地拉著沙耶加就想往外走。

「妳知道賢者之石是什麼地方嗎？」和服女人還是一樣的語速和表情。

我頓時語塞。

「如果妳知道，那就應該明白，除了荒原客棧，沒有其他人能給妳妳想要的東西。」她嘲諷地勾起嘴角，隨即低下頭對櫃檯下面說。「禮拜二到的貨，那個白人。」

櫃檯底下鑽出來一個侏儒，手裡還拿著吃了一半的蘋果。

他的頭髮都掉完了，半張臉被燒得不成樣子，一隻眼睛裡鑲著玻璃眼球。我被他嚇了一跳。

侏儒翻起那隻沒瞎的眼睛掃了我們一眼，迅速走到一邊的衣架上，拿下來一件髒兮兮的工作服，領口還沾著乾涸的血漬。

「右手邊的口袋。」侏儒把衣服遞給了我們。

我忍著疼，從裡面摸出來一塊方方正正的東西，在燈光下一看，竟然是一枚印章。

「這個……就是ＩＤ？」

「印章是一種最古老的防偽技術，手工刻章的獨特紋理，沒有精巧的技藝是無法偽造的，和高科技電子垃圾不同。」和服女人憐惜地把侏儒抱起來放在腿上，慢悠悠地說。「那個地方的創立者明白，這種原始的工藝比電子晶片在仿冒上複雜得多。為了把風險降到最低，他們還選擇了一種罕有的材料製作印章——隕石。檢驗口會有專門的生物電子技術，檢驗印章材質的真偽。」

「只要有這個，任何人都能進去嗎？」我看著手裡的印章，問道。

「杜克‧納許維爾——印章的主人。記住這個名字，回去告訴你的同伴，他會知道該怎麼做。」

和服女人又和侏儒耳語了幾句，侏儒跳下她的膝蓋走進裡屋，沒過一會兒，就拖著一隻箱子遞給了我。

「裡面有一支內含針孔鏡頭的鋼筆，還有一套藍牙耳機。」

「送……送的？」我一時間迷糊了，這種黑店還能買一送一嗎？

「我能送妳進去，就要保證妳能出來。」和服女人掩著嘴笑了一聲。「我可不願意因為你們被抓而牽連進去呢。要不是有人開大價格買這些照片，我可不願意冒這個險。」

眼看東西都到手了，我拉著沙耶加就想走。剛轉身，那個和服女人突然在背後冷冷地問：「節子，妳還沒回答我呢，妳做好覺悟了嗎？」

沙耶加的腳步突然一滯，我回頭抓她，卻看見她垂下眼睛，一臉悲傷。

「節子有這個覺悟。」沙耶加突然回頭，對和服女人堅定地說。

「實在是太好了。那麼這件東西，就還給妳保管了。」和服女人從櫃檯走出來，十分有禮貌地鞠了一躬，隨即把一個金色的東西塞在沙耶加手裡。

那是一枚戒指，上面似乎有一朵盛開的花。

「這東西在我這裡，只是個不值錢的首飾。當它代表的價值大於它本身的時候，我會來找妳的。」

沙耶加接過戒指，一言不發地拉著我向外走去，走到門口的時候，我還聽到那個和服女人隱隱約約傳來的自言自語：

「節子嗎……真是個好名字啊……」

我們在藥房門口下了車，沙耶加買了簡易急救包，處理起了我被紮穿的手掌。酒精棉碰到傷口的一瞬間，我疼得一個趔趄。

「妳……妳認識剛才那個瘋瘋癲癲的老女人嗎？」我裝作很無意地問了一句。

「我很小的時候……見過她一面。」沙耶加從走出寄售店開始就悶悶不樂。「我只知道她姓清水。」

「清水？」我撓撓頭。「這個姓聽起來應該挺窮的。」

「才不是，清水是日本的貴族姓氏之一，她是公家人，她的祖輩是天皇右大臣。清水家在戰後受挫，為了重新獲得其他家族的支持，在政界有一席之地，他們……可能跟美國的一些勢力合作，在荒原客棧做一些見不得光的買賣吧，其他的我就不清楚了。」

「既然她家這麼有錢，怎麼還會捨得把家裡人往黑市裡扔啊？我現在光聽到荒原客棧的名字就心顫。」我摸了摸心口。

「我想她應該是清水家做為交換品，留在荒原客棧的一顆棄子吧。荒原客棧的交易很離奇，有時候它要的是錢，有時候要的是你的手，或者你的老婆孩子。」

「她不是老板嗎？」

沙耶加搖了搖頭：「沒人知道荒原客棧的老板是誰。」

我看了看腫成粽子的手掌，又看了看若有所思的沙耶加，終於忍不住問：「沙耶加，為什麼妳會知道這麼多……妳是什麼人？」

「汪桑，妳又是什麼人？」沙耶加突然反問我。「為什麼妳在迷失之海時看到祭壇上的圖案如此吃驚？為什麼妳媽媽會住在那麼昂貴的醫院，接受著世界頂級富豪才能享有的醫療？」

我又是什麼人呢？

我叫汪旺旺，我的真名是徒傲晴，可拋開這個名字，我又是誰？

一切和我過去有關的人，要麼像爸爸一樣死了，要麼像舒月一樣消失了，要麼像媽媽一樣躺在床上昏迷著。

沒有誰能夠證明我是誰，我也不知道自己到底是誰，這一路走來，又變成了誰。

「每個人都有不能說的祕密吧。」沙耶加的目光突然變得溫柔起來。「但認識你們，是我最最開心的事。」

「怎麼回事!?」一回到汽車旅館，達爾文看見我被包成粽子一樣的手就炸了。

「你小聲點，我耳膜快穿了……」我趕緊關上門。「我又不是言情小說裡的女主角，受點傷就要了半條命。Take it easy, Man（放鬆，夥計）。」

「妳保證說會沒事，我才同意讓妳去的……」

「都是因為我，汪桑才會受傷的……我已經幫傷口做了處理……」沙耶加就像個做錯事的孩子。

也許是沙耶加的聲音太小，所以達爾文沒聽到，他抄起我的手三兩下拆掉了紗布，翻來覆去地看了一會兒才說：「韌帶和骨頭沒傷到，但這疤是要留一輩子了。」

「我不是說了我沒事嗎？」我幾乎是不耐煩地吼出來。

他不說這句話還好，一說我的眼淚就差點流下來了。看著手掌上的傷口，我心想，哪兒還有什麼一輩子，我過一陣子就死了。我只想在我活著的時候把M救回來。

我抽回手，從口袋裡掏出那枚印章扔給達爾文：「杜克・納許維爾，荒原客棧的人讓我告訴你這個印章主人的名字，她說你會知道該怎麼辦。」

第二十三章　蜂巢

達爾文沒用多少時間，就在網上找到了這個人的個人資料。

杜克・納許維爾，白人男性，高中學歷，目前居住在奧蘭治城，一九九八年起被海藍清潔公司雇用，登記身分為清潔人員，逢週四和週六晚上上班。名下擁有奧蘭治城三套房產、兩輛車。

「海藍清潔公司……他不是賢者之石的員工？」我立刻懷疑荒原客棧給我的這塊破石頭是假的。

「像賢者之石這種公司，絕對不會公開雇員身分的，這裡面有鬼——」達爾文指了指他的履歷。「一個清潔人員，怎麼可能在奧蘭治城這種富人區買下三套房？那裡是亞特蘭大房價最貴的地區之一。任何一家公司都不會花錢請一個月薪過萬的清潔人員，只有賢者之石出得起這個價格，這叫收買人心。」

「荒原客棧的人說他的ＩＤ是週二到的，我懷疑杜克本人已經……」沙耶加若有所思地看了看手裡沾著血漬的工作服。

「很有可能，但美國的人口失蹤最快四十八小時才能立案，我們要利用這個時間差——在他的ＩＤ無效之前混進去，我們現在只剩下五個小時。」

「白人，男性……」

沙耶加沒說下去，我們三個不由自主地轉頭看著一臉壞笑的迪克。

我突然想起社團成立的第一天，他在禮堂舞臺上假裝自己可以擺脫地球引力，結果鋼絲滑脫當眾出醜的樣子。

「你們放心，我絕對沒問題，我參演的《羅密歐與茱麗葉》，可是在年度話劇競賽拿過銀獎的！」

「你在裡面演什麼？」

「演一棵樹！」迪克自豪地說。

週二晚上七點五十分，一輛印著「海藍清潔公司」的貨車駛入了賢者之石的地下車庫。

開車的人留著一副絡腮鬍，鴨舌帽下面有一頭亂糟糟的棕色頭髮，穿著一套不算乾淨的藍色工作服——如果仔細看，他的工作服的領口上還有沒洗乾淨的血漬。

「我靠，這個車庫，有點深……」迪克調整了一下左耳的藍牙耳機，貨車遵照著指示牌駛入地下四層。

「鎮定一點，我們不知道監控錄影頭在哪兒。」另一頭的汽車旅館裡，達爾文對著麥克風小聲說。

四小時之前，達爾文順著名字找到了ＩＤ主人杜克・納許維爾的「臉書」照片——一個三十歲左右、身高五尺七寸、體重一七〇磅左右的大鬍子。

我們甚至順藤摸瓜，定位了他的清潔車——那輛車從週二杜克「出事」之後，就一直停在工業堆填區的路邊。

萬聖節快到了，各大超市百貨都在賣變裝道具，我們幾乎毫不費力就買到了假鬍子和染髮水。感謝世界上所有的大鬍子，他們看起來就像一家人。

變裝之後的迪克和杜克的相似度接近百分之七十，但達爾文還是很擔心。

「記住，進去後千萬不要跟任何人說話……一說話就露餡了。」

畢竟十七歲少年的聲音，和德克薩斯抽了半輩子菸的紅脖子還是區別很大的。

我把藍牙耳機塞進迪克的耳朵，另一支帶針孔鏡頭的筆則別在了他胸前的口袋裡。

「如果我在裡面遇見了認識杜克的人，發現我是假的，怎麼辦？」

「你的造型只要騙過門衛就行，進去後，你可以是任何一個新來的清潔工。」我拍了拍他的肩膀。「上校，你明白你進去要幹什麼嗎？」

「行了行了。」迪克不耐煩地重複了一遍。「我哪裡都不用去，也不用去救M。我只要找到裡面的任何一臺電腦，把帶木馬程式的隨身碟插進去就行了嘛，說了五十遍了。」

「對，我們的目的是駭進賢者之石地下的區域網路，獲得他們的資料，找到M所在的具體位置之後，再想怎麼救人。」達爾文說。「你別進去逞英雄——要有什麼三長兩短，你媽會殺了我的。只辦好這一件事，行嗎？」

「我覺得你們現在都成我媽了。」迪克翻了個大白眼。

可不是嘛，我在心裡想，就這傢伙的德性，還總想當超級英雄，要不多囑咐他兩句，指不定捅出什麼婁子來。

況且，這傢伙上次病發真把我們都嚇住了。想到這裡，我趕緊問：「你今天出門吃藥沒？」

「吃——了——」迪克故意拖長了聲音說。

那個和服女人說，為了不把荒原客棧捲進這件事裡來，會保證迪克能全身而退。希望她說的是真話。

「距離ＩＤ失效至少還有兩小時，」達爾文看了看時間。「足夠了。」

「喂。」迪克爬上駕駛座之前，我叫住他。

「怎麼了，中尉？」

「我想說……其實你如果不想去，不要去。」我吸了一口氣。「布朗教授死了，駱川也差點死掉，警察局爆炸了，這件事到目前為止，每個牽連其中的人都會深陷危險。背後的人並非善類——他們的背景很厲害、手段狠毒……如果你不想去，沒有人會怪你。我們可以再想辦法……」

「中尉。」迪克板起一張臉。「妳這麼看不起我嗎？」

「不是……我只是……」

「逗妳的！」迪克嘻嘻哈哈地給了我一個擁抱。「M也是我的好朋友啊——」

我用力抱了下他，不自覺得眼角有些濕潤。我想起在手術室門口，凱特阿姨那張瘋狂又絕望的臉。

「如果——我連這種新手任務都刷不了，怎麼拯救世界呢？晚點見啦，中尉！」

我怔怔地站在路邊，看著清潔車消失在黑夜中。

事實證明我們的疑慮是多餘的，安檢門口甚至沒有保全人員，也不需要核實相貌，唯一的檢驗標準就是印章。

胖子推著清潔車穿過一條很長的走廊，面前出現了四部金屬電梯。

「我現在該去哪兒？」胖子在藍牙耳機裡輕聲問。

「負一層到四層都是停車場，」達爾文在電腦裡翻找著施工圖。「剩下三層都沒有標明用途，你隨便選一層吧。」

「我的幸運數字是六，我選六層。」迪克舔了舔乾燥的嘴唇。「呃……等等，這裡沒有六層呀……」

他扭開胸前的針孔攝影機，我看到四部金屬電梯都只有一個按鈕，通往同一個地方——HIVE（蜂巢）。

「管他是什麼，反正進去之後，找到最近的一臺電腦把帶木馬程式的隨身碟插上去，不就行了嘛！」

迪克進了電梯之後，針孔鏡頭信號丟失，電腦螢幕一度進入黑暗。

「迪克，你怎麼樣了？找到電腦沒？」過了一會兒，達爾文耐不住性子問。

「夥計……這、這……他媽的沒電腦啊……」電話另一頭傳來迪克顫抖的聲音。

「什麼意思？」我們幾個人的心都提了起來。

幾秒鐘之後，針孔鏡頭的畫面再次出現，我們終於明白了迪克的意思。呈現在迪克面前的，是一個幾百年之前的「檔案館」。

沒有電腦，沒有電話，沒有網際網路，沒有任何現代電子設備。只有數以億萬計、堆積如山的資料和檔案。

整個檔案館就是一個把地下三層打通，再借鑑蜂巢的方式連接起來，一格一格的六邊形「蜂巢」裡面堆積著從羊皮卷到紙質的檔案。

越靠近蜂巢的底部，檔案年份越新。從上往下看，這就是一個活生生的「紙張發展史」。

蜂巢的底部是密密麻麻的六邊形房間，因為沒有天花板，從上看下去可以說是一覽無遺。有的房間裡面有桌子，但大部分都是檔案櫃。一些穿著制服的人在裡面走來走去，把各種文檔分門別類。

這裡甚至連一臺電動升降機都沒有，當底下的人想從上層的蜂巢拿資料的時候，只能靠最原始的旋梯攀爬。

「這裡……實在太宏偉了……」迪克忍不住感歎道。

蜂巢除了格局比較特殊，這裡的每一磚一瓦，都來自歷史中那些璀璨的文化古跡，尤其是那些我們認為早已被戰爭摧毀的文明。

它的頂部是完美的古羅馬穹頂，上面畫著古希臘傳說中的海王波賽頓。新古典主義的科林斯立柱將蜂房與廊道分開，地板由某個中亞神廟裡雕刻精美的大理石板拼湊而成，每個細節都保留了對第一次工業革命之前人類文明的最高敬意。

誰能想到，在這座高科技的大腦研究中心之下，竟然有一座古老的檔案館。賢者之石的上半部分和下半部分之間，至少差了三百年。

我突然意識到這種設計的用意了。

因為為賢者之石工作的，恰恰都是走在世界科技最前線的人。

試想一下，如果讓比爾·蓋茲來選擇一個最安全的地點保管某份檔，那麼電腦和雲端硬碟是他一開始就會否決的方案。

一個靠寫程式致富的人，比誰都明白數位化科技看似安全、實則危機四伏的事實——網際網路上沒有任何東西是絕對「安全」的。

即使是用了目前最高級演算法加密的檔，也有可能在幾個月之後被輕而易舉地解密。

科技與時俱進，在我們埋怨社交帳號被盜的同時，號稱全世界最安全的五角大樓資料庫，也在被數以千計的維基解密的駭客攻擊著。

對他們來說，只有把原始手抄本鎖在機械保險庫裡才最明智。

就像賢者之石的隕石印章一樣，這些看似過時的古老技藝，在某種程度上興許比數位技術可靠得多。

蜂巢就是這些走在時代尖端的人得出的最安全的加密方式，他們切斷一切資訊化技術，把祕密通過最笨拙的紙和筆保存下來。

「我……我現在該往哪裡走？」迪克好不容易回過神來。

「照這樣看，M不可能在這裡……」達爾文緊鎖著眉頭。「你先回來，現在的情況超出了我們的預期。」

「回來？」迪克努力壓住自己的聲音。「就這麼回來!?我們費了那麼大力氣才搞到這個ＩＤ，現在什麼都沒找到，就這麼兩手空空地回來？」

還沒等達爾文說話，迪克就自顧自地把清潔車往旁邊一扔，從側邊的旋梯往蜂巢底層爬去。

「不要！」達爾文急得一頭大汗。「回來啊！」

但我們都知道，就算叫破喉嚨都沒用，迪克不聽你的就是不聽你的。

唉，好萊塢毒雞湯害死人，懷有個人英雄主義的人在實際操作中是最容易被打成篩子的砲灰。

有時候真想把迪克扔到中國來，讓他好好學習一下什麼叫作「服從組織命令」、「集體大於個人」。

迪克三下五除二就爬到了蜂巢底部，連通底部的是圍繞在外的六邊形回廊。迪克溜進其中一個沒人的房間，裡面的檔案看起來有點年頭了，上面蒙著一層灰。

迪克從架子上隨便抽出一疊文件，歪著頭看了半天：「……德文的，看不懂。」

透過針孔鏡頭，我看到那是一疊老式打字機打出來的檔案。雖然看不明白字，但下面的一張手繪地圖似曾相識。

「上校，你湊近點，讓我看看那張地圖。」

這是一張路線圖，雖然是手繪的，但整張圖繪製工整、比例精確，體現了德國人做事嚴謹的優良傳統。

幸好我還沒把初中地理忘乾淨，憑著模糊的記憶，我辨認出這張地圖畫的是一條從不丹國進入納木措的路線。

檔案的後面幾頁似乎都是這樣的地圖，分別標注了從印尼、孟加拉和印度出發的不同路線，但它們的終點都是深入納木措腹地。

再往後翻，就是一堆黑白照片，包括幾個晒得黑不溜秋的德國軍人和一些突闕人的合影。

其中有一張照片吸引了我。

照片裡有兩個披著大衣的德國軍人，其中一個戴著金絲眼鏡，腰間還別了一把槍。他們倆皺著眉頭，盯著一名蹲在地上的突闕青年。青年手拿樹枝在雪地上仔細地畫著什麼。

雖然粗糙得不成樣子，但我還是能看出，那是時輪曼荼羅的圖案。因為照片裡的那個突闕族青年，正在用樹枝吃力地勾畫著壇城中間的蓮花形狀。

「這個圖案看著有點眼熟。」達爾文皺著眉頭。「我們是不是在迷失之海的祭壇上看到過？」

達爾文一邊說一邊看向我，似乎在徵詢我的意見：「妳當時說，妳見過這個圖案，對吧？妳是在納木措見到的嗎？」

我沉思了一下，搖了搖頭：「我是在我爸爸家族傳下來的一件絲織品上見到的。」

「這是什麼？跟納粹有什麼關係？」

我鬱悶地搖了搖頭，舒月只跟我說過回鄉祭祖的事，我還想知道這玩意兒的來頭呢！

「讓我看看……」沙耶加湊過來，仔細盯著螢幕看了半天。「A...gharta...Eingang...」

沙耶加一週七天的課後補習班總算沒白上，她老爸老媽給她出錢讀的德語課程終於派上了用場。

「這是什麼意思啊？」

「一個入口，通往叫作Agartha（阿格哈塔）的地方。」沙耶加對照著照片旁邊的描述說。「這應該是一份行軍日記，這裡記載了一九三八年一隊德軍隊伍在納木措發生的事。」

「寫日記的人自稱為恩斯特・謝弗，是個動物學家，在這支部隊裡的權力很高……」沙耶加也是一臉不解。「為什麼行軍還要帶動物學家啊？」

我想起我爸留下來的那本日記，阿道夫曾經讓希姆萊去東方尋找「我們民族的祖先」，最後從納木措帶回來了「神的血液」。

至於他們在納木措發現了什麼，發生了什麼事。「神的血液」從哪裡來的，日記裡並沒有描述，只提到過希姆萊不可能把終極祕密告訴門格勒這種等級的人。

「沙耶加妳趕緊看看，這裡有沒有說他們在納木措找到了什麼？」

「他說……說他們在Agartha（阿格哈塔）找到了『神跡』。」

「神跡？是《聖經》裡那種把水變成酒的戲法嗎，哈哈——阿嚏——」不知道是不是檔案室的灰塵太大還是地下太冷，迪克打了一個超級大的噴嚏，於是所有東西都散落在地上。

「你小聲點！」我一臉恨鐵不成鋼。

「喂，你們說二戰的時候有PS技術嗎？」胖子突然問我們。

「那時候連電腦都沒有，怎麼可能有PS？你的歷史是體育老師教的？」

「那這個照片是真的？」迪克彎下腰撿起一張從檔案中掉出來的照片，放在針孔鏡頭的前面。

照片是從一個高角度向下拍的，沒有任何室外光，似乎是在洞穴中——四周漆黑一片，只有照片中央有一些勉強成相的影子。

似乎是幾個納粹士兵正在高瓦數照明燈下勞作，他們爬上一個絞首架，將滾軸接到槓桿車上——槓桿車要拖動的「東西」十分龐大，只有一小部分暴露在光源下方，絕大部分都隱沒在黑暗裡。

我倒吸了一口涼氣。

那是一顆巨大的人頭，體積同在迷失之海溶洞裡看到的巨人的一樣。但這個明顯是「新鮮」的。

它的一雙巨眼半闔，頭形和錐子一樣上尖下圓，面部皮膚粗糙，布滿褶皺和溝壑，顴骨高聳，兩頰凹陷，其中一側有被衝鋒槍等熱兵器擊中的痕跡。最致命的傷口來自下齶三個直徑約為四十公分的窟窿，應該被高射砲擊穿了。

之前照片中的那兩個納粹軍官，站在巨人的頭上，面無表情地盯著地上堆積如山的士兵屍體。

「這是什麼……靠！有人過來了！」迪克壓低聲音急切地說。

整個「蜂房」只有十五平方米左右，周圍的牆上都是檔案，中間毫無遮擋。

即使像我這種的小身板勉強鑽到書櫃裡面，可能都會露出半個屁股，更別說迪克這種九十多公斤、一身肥油的壯漢了。

我清晰地聽到一串高跟鞋聲，在「蜂房」外面空曠的走廊裡響起。距離不超過十公尺。

「關門啊！」

「這裡沒有門！」

「隱……你快隱身啊！」

「老子不知道怎麼隱啊！」

高跟鞋的聲音越來越近。

「你上次怎麼隱身的？」

「我……我不知道啊……」迪克的呼吸越來越急。「上次妳不也在場嗎，就是在妳快要撞車的時候……」

「你當時做了什麼？」

「我……我扔掉汽水，跑出馬路……」

「還有呢？你還做了什麼？」我急得一頭大汗。

「我……沒了，我不知道，我想不到……」

「想！你當時在想什麼!?」沙耶加突然靈機一動。「你救汪桑的時候，你在想什麼!?」

「我在想……我不想死——！」

一個穿著黑色制服的人出現在門口，是那個自稱為佩奇醫生的中年女人。她手裡捧著一疊資料，狐疑地往蜂房裡看了一眼。

這一瞬間，空氣凝固了，我聽見自己的心臟猛烈跳動的聲音。

她看向迪克的方向，一秒、兩秒，她的眼神穿過迪克，朝後面看去。幾秒後，她掃了眼手上的文件，朝其他的蜂房走去。

迪克在她面前「消失」了。

「呼——」迪克長長吐了一口氣。「差一點……差一點我就要去見上帝他老人家了。」

「我可能找到讓迪克隱身的竅門了。」沙耶加擦了擦頭上的汗。「不是取決於他的腎上腺素，也和集中力無關——而是當他遇到危險時，求生欲望才會激發他的能力……就像生物學中的擬態一樣，變色龍和枯葉蝶在遇到危險的時候，都會條件反射地偽裝自己以逃避天敵。」

「沙耶加，妳簡直太聰明啦！」迪克興奮地說。「那我就可以明目張膽地跟著這個女人了，看看她到底把M藏哪兒去了！」

「你他媽……等等這只是推測！」達爾文還沒說完，迪克就扭著一身胖肉，左閃右避地跟了出去。

「你鎮定點，你現在不是迅猛龍！不需要拉風出場，OK？你現在是偽裝成清潔工的鐵血戰士，悄無聲息地潛伏在敵人身後，憑著冷靜和忍耐幹掉獵物……」我搶過手機和迪克說。

顯然我這一招還比較有用，迪克終於沒那麼張揚了。佩奇醫生一個轉彎，進入了其中一個房間。

迪克躲在一邊往裡面看了一眼，很可惜，那個房間裡除了檔案櫃之外並沒有其他東西。佩奇把手裡的文件歸在檔案櫃的其中一格，就迅速離去了。

佩奇前腳走，迪克後腳就從檔案櫃裡把文件抽出來。那是一個有點年份的牛皮紙袋，上面寫著：

迴紋針行動 絕密 卷271

「離ＩＤ失效還有不到十五分鐘了，拿回來再看。」

迪克剛想伸手去解開卷宗，達爾文就喝止他。

迪克翻了翻白眼，雖然心癢難耐，但最終還是忍住沒拆，把紙袋塞進牛仔褲裡。離開賢者之石的過程格外順利，就像開了掛一樣。迪克從門口出來時，我和沙耶加都鬆了一口氣。

相比之下，達爾文顯得心事重重。

第二十四章　阿什利鎮

「我們現在立刻離開亞特蘭大。」

這是迪克回來之後，達爾文說的第一句話。

「為什麼啊？現在都快晚上十點了，我們要連夜開五個小時才能回去，為什麼不住一晚汽車旅館呢？」迪克對這個決定很不理解。

「我覺得事情有點不對頭。」達爾文沉吟了半晌。

「怎麼就不對頭了？我們不是很順利嗎？賢者之石也進去了，資料也偷出來了……」迪克一頭栽在床上。「反正我今晚就睡在這兒，我不走了。」

「就是因為太順利了，才不對勁！你覺得這些資料是你這種人隨隨便便就能偷出來的嗎？」達爾文氣急敗壞地吼道。「那種地方像你家一樣隨便出入的嗎？」

「你是不是想說，我是個廢物？」

迪克躺在床上，我看不見他的表情，但氣氛一下就凝固了。

「如果今天換成是沙耶加或者中尉進去的話，你也會這麼說嗎？」

「迪克，你別這樣……達爾文一定有他的理由，他一向都……」

沙耶加剛想勸迪克，就被他打斷了。

「一向都是最聰明的、最有領導能力的，對嗎？所以大家都喜歡他，你也喜歡他，不是嗎？」

沙耶加才抬起來的手僵在半空，眼眶一下紅了。

「對不起……我無心這樣說的。我只是覺得我是個可笑的存在。」迪克也感覺到自己說得有點過分，尤其是對一個日本女生來說，在任何情況下都不應該說這麼過分的話。可是他的道歉完全起到了反效果。

「對……對不起。」

沙耶加呆站著像傻子一樣鞠躬，一低頭，眼淚就掉了下來。

達爾文突然站起來，轉身就往門外走。

「喂！你又要去哪裡啊──」我趕緊追了出去。

達爾文一言不發地在前面走，我在後面追了九條街，叫破了喉嚨，他也不停下來。

「你──他──媽──要──去──哪──裡──啊啊啊啊啊啊──」

原來女追男，真的好難。

「我剛才查過賢者之石的地下車庫，裡面的監控錄影被關掉了，保全也臨時被調走了。」一直走到某條街的拐角，達爾文才停下來。「我懷疑是某人刻意安排我們進去的，這裡面有詐，但為什麼對方要這麼做，我還沒想到。」

「那，那你為什麼剛才不告訴迪克？」我喘著粗氣說。

「我說了，他會聽進去嗎？」

達爾文一拳敲在牆上。

「其實吧，就算換作我，好不容易在鬼門關轉了一圈回來，被你這麼說，我也會生氣的。」說完我趕緊彈開兩步，以防被打。

「我說的是事實。」

「你有沒有想過，迪克為什麼喜歡超級英雄？」

「愛出風頭，逞英雄，出場酷炫，有超能力。」達爾文不假思索地說。

「如果你真的這樣想，那我覺得你從來沒了解過迪克。」我輕輕地說。

「哼，妳跟他認識多久？我九年級的時候就認識他了。」

「我認識他的時間是沒你長，但是我覺得我很理解他，因為他和我很像。」我不好意思地撓了撓頭。「我小時候是看《美少女戰士》長大的。一個日漫，可能在美國不流行，但和超級英雄差不多。」

「哦。」達爾文心不在焉地應付了一句。

「以前我覺得我和美少女戰士並沒有什麼交集，充其量就是幻想一下夜禮服假面是我長大後的男朋友，直到有一天……

有一天，我平凡的人生被打亂了。我的爸爸莫名其妙地死掉，媽媽變成了你在醫院看到的那樣，我還被奇奇怪怪的人追殺。我知道了家族的祕密，捲進一個存在了幾百年的陰謀。」

達爾文抬起頭難以置信地看著我。

「當時我有兩種選擇，我可以繼續平凡的生活——那是我爸爸和媽媽用他們的生命為我換來的；另一種選擇就是找出真相。我唯一的阿姨，勸我不要選後者，因為我是一個資質平庸的普通人，不應該去做自己力所不能及的事。」

「那妳後來選擇了什麼？」

「那條沒人看好的路。」我苦笑了一聲。「很難走，但是我也要為我的一時之勇負責，不是嗎？

我啊，雖然不認識九年級時候的迪克，但是我能看到，有一個坐在輪椅上、哪怕動一下都氣喘吁吁的男孩子，抱著藥瓶看著電視裡的《美國隊長》的樣子。那些超級英雄，讓他相信他可以更勇敢、更有力量，讓他相信他能做到自己做不到的事，讓他忘掉他的平凡和自卑。」

「所以呢？」

「所以我和他都不願意承認自己的無能，並且無能地活著，因為自卑而接受自卑的命運。偶爾你就讓他逞逞英雄唄，他也就是在有你做後援的時候，才敢這麼肆無忌憚。」

「哼。」

我敏銳地感覺到達爾文雖然還板著一張臉，但是心裡的火氣已經消了大半。這招我還是從舒月那裡學來的——先說自己慘，再說別人慘，最後把對方抬到一個不可撼動的高度。

眼神要懇切，態度要真誠，語言要自然。果然是對付終極直男的好法寶啊！

「咱們回去吧？」我試探性地問。

「妳剛才說妳自己的經歷，是真的嗎？」達爾文一臉狐疑地看著我。「怎麼聽起來這麼誇張？」

「當然是……假的啦！不然怎麼把你騙回去！」

你信不信有什麼關係呢？我又不差你的那一滴眼淚。

「對不起。」

一進房門，迪克、達爾文和沙耶加幾乎同時說道。和好了就好嘛，要吵架等逃出去再吵。

「別廢話了，趕緊逃命吧。」我一邊說，一邊把車鑰匙遞給迪克。「達爾文說得沒錯，我也越想越不對頭。一個清潔人員兩手空空在蜂巢裡面逛了一個多小時都沒引起懷疑，而且那個佩奇早不來晚不來，就這麼巧剛好被你撞見了，這不科學啊。」

「但是……」沙耶加一邊背書包，一邊說。「對方為什麼要故意引我們進去拿資料又把我們放走呢？」

「搞不好他們想順藤摸瓜，把我們一鍋端。」

「那就更要趁他們沒追上來，看看這份檔案是什麼了。」迪克從後腰的衣服裡抽出檔案袋。「迴紋針行動是什麼行動啊？」

「是二戰後，美國吸收德國納粹科學家的一項計畫——據說是為了把當時最先進的德國技術引入美國。這個計畫還支持了許多德國沒完成的後續實驗。」達爾文解釋道。

這個計畫從冷戰時期就陸陸續續地傳播開，但具體的內容CIA（美國中央情報局）從來沒公布過，久而久之就被媒體遺忘了。

迪克解開卷宗，裡面竟然是一堆體檢報告。

報告有五、六十份，每份有四到五頁，從外觀看就是一些二十世紀八〇年代很普通的體檢報告。每份報告都貼了體檢人的照片，下面紀錄了年齡、性別、器官功能和服用藥物等。

「這是M的！」沙耶加從中間抽出一份。我們趕緊湊了過去。

體檢表上寫著M的全名，年份是一九八九，當時M才三歲。

「這個……好像是M的媽媽。」沙耶加又抽出一份。

M的媽媽穿著一條碎花裙子，就是一個普通的小鎮婦女，和現在瘋瘋癲癲的樣子完全不同。

「這是什麼藥？」沙耶加指著其中一行。「這個藥物紀錄上寫著，M的媽媽一直都在服用這種藥物。」

MK-50，這是代號還是藥名？我搖搖頭，表示沒聽過。

「恐怕不止她一個人，這袋卷宗裡的所有人都在吃同一種藥物。」達爾文皺著眉頭，翻看著體檢報告。「這些檔案的排序是按照服藥年份來的，M的媽媽只有幾週的歷史，但排在前面的這一疊——」

達爾文從桌子上抓起來將近三分之二的報告：「這些服用時間長的，全都被登記死亡了。」

「咚」的一聲，我看到迪克一屁股坐在椅子上。「你沒事吧？」

他沒理我，而是盯著M體檢報告的最後一頁、最下面那行的一個簽名。我發現，達爾文的臉色瞬間變了。

「這是我爸爸的簽名。」迪克突然說話了。「他是這個項目的負責人。」

一個讓我毛骨悚然的想法從腦海裡冒了出來。

八爪魚人跳進懷爾特河之前，指著吉普車車牌的時候，有一瞬間我覺得它在笑。它的眼神充滿了挑釁，意味深長。

從那一刻開始，它所做的一切，會不會就是為了讓我們能看到這個名字？它故意把我們引到賢者之石，讓迪克親手摧毀自己的信仰。

愛德華是一個好父親，他風趣幽默，善解人意，毫無私心地為小鎮的建設出錢出力，連像蒂姆那樣的警察都發自內心地尊重他。

迪克無數次在我們面前自豪地說：「我長大就想成為像我爸爸一樣的人。」如果一個好人做了不能被原諒的壞事，怎麼辦？

「你殺過人嗎？」

我想起M對愛德華的質問。你有沒有殺死過無辜的人？

你有沒有為了你的信仰，犧牲過無辜的生命？迪克的爸爸，到底對這些人做了什麼？

「這些體檢報告好像都出自同一個診所……」沙耶加翻到體檢表的最後。紙張抬頭標注的是一家中心醫院，後面印了一長串地址：

阿什利中心診所，阿什利鎮公羊路六號，堪薩斯州。

「堪薩斯州是美國中部的一個州，和猶他州以及新墨西哥州相鄰，算是個比較閉塞落後的地方。」達爾文又翻了翻其他資料。「這些體檢報告，最早的一份是從一九五二年開始的。」

「阿什利鎮？」我從來沒聽過這麼一個地方。

「中部有很多荒涼的地方，也許這個鎮子只是其中之一。從這些體檢表看，這些人應該都是鎮上的居民——包括M。這裡應該是她的老家了。」

我和沙耶加交換了一下眼神，我知道她跟我想到了同一件事。

在警察局裡見到M的媽媽的時候，她不肯認領M的屍體，卻一直向我們重複著一句話——

「她回家了，他們把她帶回去了。」

難道，M是被帶回了阿什利鎮？

「這個鎮子在堪薩斯州的什麼位置？我覺得我們需要去一趟。」

達爾文掏出手機，在電子地圖裡面檢索了好一會兒，我都等得有點不耐煩了。

「查到沒有啊？」我翻了個白眼。

「地圖上……沒有這個地方啊？」達爾文抬起頭，莫名其妙地看了我們一眼。

「意思就是這個地址無法定位，阿什利小鎮不存在，無論在堪薩斯州，還是在整個美國。」

「什……什麼意思？」

「汪桑，」靠窗站著的沙耶加突然叫了我一聲。「外面好像有奇怪的人……」

達爾文迅速走到窗前，撩開了窗簾的一角朝外看去。

兩輛軍用吉普車停在了接待處外面，車牌被迷彩帆布罩住了，幾個穿著西裝的人正朝裡面走來。

「關燈！」達爾文一貓腰，低聲跟我說。「再不走就來不及了！」

「那些是，是軍人嗎？」沙耶加一臉迷茫。

「別糾結這件事了，跑路要緊。」我把體檢表胡亂塞在背包裡，就去抓迪克。抓了幾下，他像丟了魂一樣毫無反應。

「上校，你有什麼事想不開能不能逃出去再想……你這麼重，我抬不動你。」

「我不走。」

完了，迪克又開始犯倔了，我頓時萬念俱灰。

你不走？什麼叫你不走？留在這裡是想被清蒸還是紅燒啊？

「我要聽他們親口告訴我，這是怎麼回事。」迪克握緊了手。

「我爸爸喜歡收集硬幣，他說這個愛好不需要花很多錢……他是越戰英雄，是美國陸軍戰隊的少將，戰後他把國家給他的所有獎金都捐給了社會。我爸爸忠於這個國家，他會犧牲自己保護美利堅……我爸爸不會害人。」

迪克眼眶一紅，嗚嗚地哭了。

這是我第一次見一向沒心沒肺、樂觀向上的迪克，哭得這麼傷心。

「沒有人說過你爸爸害了這些人，沒人知道這中間有什麼隱情。」達爾文歎了口氣。「如果我們現在不走，這些隱情我們可能這輩子都沒機會知道了。」

「迪克，」沙耶加蹲下來，拉著迪克的手。「如果你想知道緣由，為什麼不回到鎮上去親自問問你爸爸呢？我相信他不會騙你的。」

沙耶加溫柔地哄著迪克，總算是把他說服了，他擦了一把眼淚點了點頭。

「砰砰。」

已經來不及了，門外響起了一陣冰冷無情的敲門聲。

我頓時手腳一涼，就像被人從頭到腳潑了一盆涼水一樣。

這人有八隻腳嗎……剛才明明還在門口的，為什麼兩分鐘不到就瞬移到走廊了？

我貼著門側身從貓眼裡看出去，看見一個穿著黑色西裝的高加索人站在外面。

幸好這種事已經不是第一回遇見了，王叔叔的教訓還在，我一邊快速後退了兩步，叫了一聲「誰啊——」，一邊從口袋裡摸出防狼噴霧，扔給躲在門另一側的達爾文。

對方並沒有說話，隔著門，我聽到了槍栓的聲音。

「給我一分鐘——」說這句話的同時，達爾文示意我他已經準備好了。

下一秒我猛地拉開了門把手，達爾文在對方還沒反應過來的時候就對著他的臉噴了下去。

「該死！」

伴隨著黑西裝的尖叫，我們四個連滾帶爬地衝了出去。

「電梯……電梯不在這邊……」迪克一邊跑，一邊往反方向指。

「你看了這麼多《蝙蝠俠》都白看了，這時候坐電梯不是送死嘛！」我上氣不接下氣往樓梯跑。「都什麼時候了還想偷懶！」

「別走旅館的樓梯！」達爾文一把抓住我，反手把樓梯外面的安全門鎖死了。「窗戶外面，消防梯。」

我們住在汽車旅館三樓，在美國南部老一點的公寓樓外面都有防火梯。

我們全速衝到走廊盡頭的窗戶，達爾文拿著防狼噴霧把保險栓砸開，我們一個接一個地往外爬。

防火樓梯很窄，只能單人通行，因此隊型真的很重要。我們做的最大失誤就是，讓迪克走在前面。

「我的天，老大，逃命啊！你敢不敢走快點！」我排第二，一邊使勁推著迪克，一邊翻白眼。

「沒看到我已經在飛奔了嗎？」迪克小心翼翼地跨到下一階樓梯。「不如妳用滾的吧？疼點沒事，骨折能治……」

我還沒說完，迪克就停住了。

我們還差一半就到地面了，但那裡等著我們的是一個黑漆漆的槍口。

「不要動，舉起手。」

另一個黑西裝站在夜色裡，如果不是他的槍有紅外線瞄準器，我都沒發現那裡有個人。

我突然覺得口袋一沉，達爾文在舉手的那一刻迅速把防狼噴霧放了進去。

「下來，一個接一個。」

迪克走在最前面，幸好他肉厚，我在轉角的時候被他完全遮住了，我趕緊把防狼噴霧握在手裡。

十公尺，只要距離不超過十公尺就能噴到他。但是這玩意能快得過槍嗎？

眼看跟黑西裝離得越來越近，我的心臟狂跳起來。

我顫抖地走下臺階，他晃了一下手裡的槍，示意我過去。就是現在！我迅速將握著防狼噴霧的手伸到他面前，按了下去。

防狼噴霧毫無反應。

再按一下，什麼都沒發生。

不會吧！老美的東西這麼不可靠！在窗戶上砸個兩下就壞了!?我的大腦頓時一片空白，看來我今天要交待在這兒了。

漆黑的小巷裡閃過兩道槍火。

遠處的霓虹燈還在安靜地閃爍著，大城市的夜晚總是燈火通明。加了消音器的槍是無聲的，也許除了喝多了的醉漢，沒人會留意到這條深不見底的巷子。我眼前一黑，感覺自己中槍了，還沒來得及呼叫，就直挺挺地倒了下去。

（未完待續）

逆思流

沒有名字的人2：迷失之海

作者／FOXFOXBEE
榮譽發行人／黃鎮隆　總經理／陳君平
經理／洪琇菁　國際版權／黃令歡
執行編輯／呂尚燁　美術主編／李政儀
企劃宣傳／楊玉如、洪國瑋
出版／城邦文化事業股份有限公司　尖端出版
台北市中山區民生東路二段一四一號十樓
電話：(〇二)二五〇〇七六〇〇　傳真：(〇二)二五〇〇二六八三
E-mail：7novels@mail2.spp.com.tw
發行／英屬蓋曼群島商家庭傳媒股份有限公司城邦分公司　尖端出版
台北市中山區民生東路二段一四一號十樓
電話：（〇二）二五〇〇—七六〇〇（代表號）
傳真：（〇二）二五〇〇—一九七九
中彰投以北經銷（含宜花東）／楨彥有限公司
電話：（〇二）八九一九—三三六九
傳真：（〇二）八九一四—五五二四
雲嘉經銷／威信圖書有限公司　嘉義公司
電話：（〇五）二三三—三八五二
傳真：（〇五）二三三—三八六三
客服專線：〇八〇〇—〇二八—〇二八
南部經銷／威信圖書有限公司　高雄公司
電話：（〇七）三七三—〇〇七九
傳真：（〇七）三七三—〇〇八七
香港總經銷／城邦（香港）出版集團有限公司
香港灣仔駱克道193號東超商業中心1樓
電話：（八五二）二五〇八—六二三一
傳真：（八五二）二五七八—九三三七
E-mail：hkcite@biznetvigator.com
馬新經銷／城邦（馬新）出版集團　Cite(M)Sdn.Bhd.
E-mail：Cite@cite.com.my
法律顧問／王子文律師　元禾法律事務所
台北市羅斯福路三段三十七號十五樓
二〇二一年九月一版一刷

■中文版■

郵購注意事項：
1. 填妥劃撥單資料：帳號：50003021戶名：英屬蓋曼群島商家庭傳媒(股)公司城邦分公司。2. 通信欄內註明訂購書名與冊數。3. 劃撥金額低於500元，請加附掛號郵資50元。如劃撥日起 10～14日，仍未收到書時，請洽劃撥組。劃撥專線TEL：(03) 312-4212 ・ FAX：(03) 322-4621。E-mail：marketing@spp.com.tw

國家圖書館出版品預行編目資料

沒有名字的人2 : 迷失之海 ; FOXFOXBEE 著 .
--初版. --臺北市：尖端出版, 2021.09
面 ; 公分.--(逆思流)
譯自:
ISBN 978-626-308-330-1(平裝)

857.7 110007299